さよならドビュッシー前奏曲《プレリュード》

要介護探偵の事件簿

中山七里

宝島社
文庫

宝島社

目　次

さよなら
ドビュッシー
前奏曲《プレリュード》

要介護探偵の事件簿

要介護探偵の冒険

1

「こんな不味《まず》いメシが食えるかああっ」

そう叫ぶや否や、香月玄太郎《こうづきげんたろう》は目の前にあった膳《ぜん》を力任せに引っ繰り返した。串焼きや手羽先に姿を変えた鶏肉と季節の野菜が卓の上に勢いよく四散し、居合わせた仲《なか》居《い》がひぃと小さく叫んだ。

「大方年寄りでしかも病人食しか口にせんから味など分かるまいと高をくくりおったか、このくそだわけが。こりゃあっ春見《はるみ》いっ。貴様の『日頃世話になっているお礼』ちゅうのは、この腐れコーチンのことかあっ」

「いやっ、あのっ、これはっ」

呼ばれた春見善造《ぜんぞう》は電撃に打たれたように背筋を伸ばす。

「ににに錦《にしき》でも老舗《しにせ》の名店の定番料理で、わたくしもこれは美味《うま》いと毎週のように」

「貴様の舌には一粒の味蕾《みらい》もないのか。何が名古屋コーチンや。こんなもんええとこ犬の餌《えさ》じゃ。馬鹿たれい！」

次に玄太郎は仲居に矛先を向けた。

「先代の時分にはわしもようここで馳走《ちそう》になったが、代替わりした途端食材どころか性根《しょうね》まで腐ったと見える。客の舌鼓より札束を数えよって、今頃先代も草葉の陰で泣き暮らしとることやろう。仲居、わしの言うとる意味は分かるな？　一羽《いちわ》当たりの差額はいったい何ぼじゃ。さあ言うてみい」

車椅子の上からずいと前傾するだけだが、その鬼面が眼前に迫ると哀れ仲居は尻をついたままぶるぶる顫《ふる》え始めた。

それを見ていた介護士の綴喜《つづき》みち子《こ》は諦めたように溜息《ためいき》を吐《つ》く。この爺《じい》さまは黙ってさえいれば好々爺《こうこうや》に見えるのでつい油断してしまうのだが、本性《ほんしょう》は武闘派のヤクザよりもタチが悪い。この見かけに騙《だま》されて、今まで何人何十人の粗忽者《そこつもの》が地雷を踏んだことか。

この後の展開も大体は察しがつく。女将《おかみ》から板前、その他諸々《もろもろ》の雁首《がんくび》が面前にずらりと揃《そろ》えさせられ、皆の顔が蒼白《そうはく》になるまで絶え間ない罵倒《ばとう》が繰り返されるのだ。そういう時の玄太郎はまことに意気軒昂《いきけんこう》としており、ひょっとしたら面罵《めんば》したいがために怒りを溜《た》めているのではないかとみち子は推測している。

だから血相を変えて飛んできた女将がよせばいいのに「このトリは安城《あんじょう》の種鶏《しゅけい》センター直送のものを朝じめにした正真正銘の名古屋コーチンで」などと要らぬ説明を始めた時などは、玄太郎の舌なめずりの音が聞こえてきそうだった。

「そうか女将。そんなら種鶏センターが偽物《にせもの》を寄越《よこ》したか、さもなくばわしの舌が鈍いかのどちらかということやな。よおし分かった。そんならどこぞ民間の独立機関にDNA検査でもして貰《もら》うか？　それも保健所立会いの下《もと》でな。最近は検査の精度も上がったらしいからお互い満足のいく結果が出るやろう」

するとと今度は女将が瘧《おこり》のように顫え始めた。もうこうなれば蛇に睨《にら》まれたカエル同然だったが、下手《へた》な抗弁が火に油を注いだらしく玄太郎の舌鋒《ぜっぽう》はもはやとどまるところを知らない。車椅子ごと迫ると女将を壁際に追い込み、逃げ場を封じてから鼻の頭が舐《な》められる距離まで顔を近づけた。

「この下衆《げす》めらが、国産地鶏やったらまだしも可愛《かわい》げがあるものを、たばかるに事欠いて外国産の冷凍肉なんぞ使いよったな。客の舌をナメきった肚《はら》にも我慢ならんが、それより何より見下げ果てたのは銘柄に縋《すが》りつくが如《ごと》きさもしい根性やあっ。誇るべき腕があるんなら冷凍肉だろうが屑肉《くずにく》だろうが美味に仕立て上げるんが料理屋の身上《しんじょう》やろうに、暖簾《のれん》の古さと敷居の高さに胡坐《あぐら》かきよって。どうせ厨《くりや》では味の分からん阿呆《あほう》どもと嘲笑《あざわら》っとるんやろう。この業突張《ごうつくば》りの、千三《せんみ》つ屋の、詐欺師の、猫肉喰《ぐ》らいの、腐れ料亭の、害虫めら、恥を知れ恥を。おのれらなんぞが錦の真ん中に店を構えるなど笑止千万片腹痛い、狐狸《こり》棲《す》む山里《やまざと》でも勿体《もったい》ないわ。今すぐこんな店畳んでしまえい。そうや、ええことを思いついた。わしの知り合いでここを利用した客は百か二百か。そいつらで集団訴訟して損害賠償請求するというのはどうや。一人当たり百万円としても総額二億円は今日びすぐに払えるものではあるまい。すぐに強制執行してやるからそう思え。そうなればわしが安く買い叩《たた》いて跡地に思いきり下品な風俗店を建ててやろう。嘘と強欲と高慢に塗り固められた偽料亭よりは欲得に正直な分、そっちの方がよっぽどマシじゃあっ」

その場に卒倒した女将を放置したまま、玄太郎は接待した春見に悪口雑言《あっこうぞうごん》の限りを尽くしてから介護車両に乗り込んだ。ワンボックスタイプにリフトを備えた介護車両はハッチを開ければ車椅子のまま乗車できる。これは介護タクシーよりも楽だと、最近の玄太郎はもっぱらこちらを愛用している。元々は介護サービス社の所有であったものを運転手ごと買い取ってしまったのだ。もっとも玄太郎に言わせれば「福祉車両は譲渡の際にも非課税になるし、自動車税が減免される」ので二重にお得なのらしい。

発車寸前にみち子が振り返ると、春見は頭を腰より低く下げていた。

「あらあら。春見さんたらあんなに恐縮してますよ」

「構うものか。あれは普段から客のクレームで頭なんぞ下げ慣れとる。本心じゃ外見ほど萎《しお》れちゃおらん。それにわしも寄る年波でな、さっきの女将も含めてずいぶんと手加減した」

「……あれで？」

「うむ。思ったことの十分の一も言うとりゃせん」

そう言えば、玄太郎の部下から聞いた話では「社長は倒れた後、ひどく丸くなられた」そうだから、今の言葉も本当なのだろう。しかし、それなら足腰が不自由でなかった頃の玄太郎とはいったいどれほどの癇癪《かんしゃく》持ちだったのだろう。

みち子が玄太郎の介護担当になったのは今から二年前のことだ。最初はただ短気で偏屈な老人だと思っていたのだが、言説を聞いていると時折古き善《よ》き頑固爺さんの顔を見せるので、以来歯に衣《きぬ》着せない言葉の応酬を繰り返している。

「それにしても、よく名古屋コーチンかそうでないかなんて分かりましたねえ。そんなにグルメだったんですか」

「ふん、あの程度なら子供の舌でも分かるわ。なにが名古屋コーチンじゃ。歯ごたえもなきゃあコクもありゃせん。もっとも誰かしらんが老人食やちゅうて薄味のもんばあっかり食わせよるからな。お蔭で舌だけは鋭敏になりよった」

言外に他の器官は鈍磨したと匂わせているが、その口調に切実さや喪失感は欠片《かけら》もない。下半身不随の要介護者の言葉としては見事なまでにあっけらかんとしており、これはもう玄太郎ならではの物言いなのだろう。

長年介護ヘルパーの仕事をして痛感するのは、肉体が萎《な》えた者はいつしか心も萎えていくという傾向で、これは老若男女の別を問わない。その点この香月玄太郎という男は例外中の例外で、第一、健常者より口が達者な介護老人など探してもそうそう見当たるものではない。

「あれは何や」

玄太郎が指差す方向を見ると、大津《おおつ》通りの歩道をハリボテの鎧《よろい》を着た少女や全身タイツ姿の少年たちがわらわらと行列を作っていた。

「ああ。あれはコスプレっていうんですよ。どっかの大学のパレードみたいねえ」

「仮装行列みたいなものかね」

「姪《めい》の話やと、まあお祭みたいなもんでしょうか」

「お祭。ああなごや祭の三英傑《さんえいけつ》みたいなもんか。要は神輿《みこし》代わりなんやな」

自分もあまり詳しくないので、みち子はしばし熟考してなけなしの知識を総動員する。

「いいえ。マンガとかゲームの登場人物の格好して、その役になりきるんですよ。ストレス解消……なんですかねえ」

「祭ごとでも演劇でもないのに、話の登場人物になりきる？　仕事でもないのに？」

「ええ、まあ給料は出んでしょうね」

「ふん。とろくさい」

一刀両断に切り捨てた時、玄太郎の胸ポケットで携帯電話が鳴った。

「ああ、わしや。春見か、どうした。いや、さっきのことならもうええ。何も気にしとらん。あれは食後の運動や。もっともほとんど箸《はし》は付けとらんが。うん？　烏森《かすもり》？　知っとるも何もわしの店子《たなこ》でお前のところの建築士やないか、それがどうした。何？　殺されたあ？　どこで。建築中の自分ん家《ち》でか。ああ？　内側からは全部鍵が掛かっとるだと？」

名古屋市から東名阪《ひがしめいはん》をしばらく北上すると現場の七宝町《しっぽうちょう》に到着した。建物よりは田畑が目立ち、遮《さえぎ》るものがないせいか北風がまともに当たる。みち子が玄太郎の車椅子を押して行くと、先に到着していた春見が驚いて駆け寄ってきた。

「こ、香月社長。どうしてこのような所に」

「お前こそずいぶん早いやないか」

「事務所はここから五分の場所ですから……しかし、社長はどうしてまた」

「あの敷地は烏森に売ったが、あの一帯六筆三百五十坪はまだわしの土地やぞ。人死《ひとし》にのあった地所になぞ誰が住みたいもんか。一気に売り値が下がるわ」

「そうはおっしゃいましても」

「起こってしまったものはしようがない。とにかく自殺やろうが他殺やろうが早いとご解決せんと、値下がりに歯止めが効かんようになる。さあ、行ってくれ」

玄太郎は及び腰の春見をまるで無視して、みち子に前進を促す。

七宝町のこの近辺は二つの市に隣接していながらまだまだ開発の余地を残した場所だったが、目端《めはし》の利く玄太郎はずいぶん前からこの土地を所有していたらしい。

舗道も真新しい広い敷地のうち既に何筆かは春見が社長を務めるハルミ建設に売却され、ハルミ建設は建売住宅の上物《うわもの》付きで分譲している。まだ入居者もいない新築の建物群は派手な幟《のぼり》や垂れ幕と相俟《あいま》って、さながらモデルハウスの展示場のようだ。

〈今なら十年固定金利一・八％〉

〈信頼と実績。ハルミのユニット工法。工期大幅短縮、優れた耐震性と耐火性〉

〈ホルムアルデヒドなど化学物質を吸収するエコ塗料を全ての壁に使用〉

〈先着三名様に欧風家具五点セットプレゼント！〉

「ここらの新築はみんなユニット工法で建てたのか」

「ええ。工期短縮で人件費も削減できますし、仕上げ段階まで工場生産なので職人の腕の良し悪しに左右されません。最近はなかなかそういう職人もおりませんし人手不足しがちで……恥ずかしながら社長の私自らが現場作業している有様なのですよ。昨日のスレート取り付け作業も最後は私一人でしたからね」

「お前一人で？」

「他の連中は遅れの出ている佐屋町《さやちょう》の物件に駆り出されましたから。私もここが終わってからはそっちに直行ですよ」

「ああ、そういやお前は経営手腕はともかく、大工の腕は棟梁《とうりょう》仕込みやったからな。ところで烏森はどんな風に死んでおったんや」

「いや、実は私も現場の刑事さんからちらと聞いただけで」

問題の物件は敷地に沿って規制線と警察官に囲まれていたので一目瞭然《いちもくりょうぜん》だった。まだ未完成なのだろう、ブルーシートに包まれた資材が庭に放置されたままになっている。みち子がふと様子を窺《うかが》うと玄太郎は不快感を露《あら》わにしており、まるで丹精込めて作った料理に無数の蟻《あり》がたかっているのを目の当《ま》たりにしたような表情だ。

一行の姿を見咎《みとが》めた若い刑事が早速こちらにやってきた。

「失礼ですが」

「この地所の元地主や。死んだ烏森とは大家と店子でもあった。責任者を呼んでくれんか」

「ああ、それなら私が伺いましょう」

「いや、訊《き》くのはわしや。烏森がどんな風に死んだのかを知りたい。何でも内側から鍵が掛かっておったそうだな。自殺なのか他殺なのか。自殺ならちゃんと遺書はあるのか。綺麗《きれい》な死に方かそうでないのか。他殺なら物盗りなのか怨恨《えんこん》なのか」

「……は？」

「は、やない。今のは不良物件を処分する際の確認事項や。これを訊かんことには何も始まらん。さあ答えんさい」

　すると当然のことながら若い刑事は態度を一変させ、捜査上の機密を一般人に教える義務はないなどと常識的なことを権柄《けんぺい》ずくで告げた上、玄太郎に誰何《すいか》し身分証明書の提示を求めたものだから、玄太郎の態度も変わった。みち子は聞こえぬように溜息を吐く。この男は公務員、殊《こと》に警察官という人種を毛嫌いしており、つまり組織の威光を嵩《かさ》に威張り散らす人間を心底侮蔑《ぶべつ》しているのだ。

「急がば回れ、ちゅうことか」

　老人には似合いの格言だが、あいにく玄太郎の口から出るとその意味合いはずいぶん変わってくる。第一、この爺さまの回り道など大抵誰も通らない。

　玄太郎は徐《おもむろ》に携帯電話を取り出すと慣れた手つきでキーを押した。

「津島《つしま》署かね？　香月玄太郎という者やが佐野《さの》くんに繋《つな》いでくれんか。どこの？　あんたは自分の親分の名前も知らんのか。署長の佐野治仁《はるひと》に決まっておろうが。わしの名前を告げれば分かる。早く繋いだ方があんたのためやぞ。……おお、佐野くんか。久し振りやな。いや、挨拶は結構。実はな、七宝町のわしの地所で人死にがあって急遽《きゅう》駆《きよ》けつけてみたんやが……おおさすがに知っておったか。ああ、そこら一帯はわしの所有や。そこで捜査協力を兼ねて馳《は》せ参じたのだが現場の若いお巡《まわ》りさんが、何を思うたのかこの哀れでかよわい車椅子の年寄りを質問責めにし、あまつさえ身分証明書、つまりわしに関しては障害者手帳になる訳やが、それを今すぐ提示しろとそれはそれはヤクザ顔負けの恐ろしげな言葉でわしを恫喝《どうかつ》するのだ。お蔭で寿命が五年ほど縮まった。誰かもっと年寄りに優しく物の分かった人間を寄越してくれんか。何、捜査関係事項？　ふむ、お前さんにまで無碍《むげ》に断られたらしようがないな。それなら公安委員長の則竹《のりたけ》にでも訊いてみるとするか。いや、いっそ国会議員の宗野《むねの》。確か警察庁ＯＢだったはずやがあいつはどうや。後援会長のわしの話なら少しは聞き耳を立ててくれるやも知れん」

話の途中から刑事の顔色がみるみる変わっていくのをみち子は同情しながら観察していた。聞いて呆《あき》れる。全く、何が哀れでかよわい年寄りだ。まるで悪の水戸黄門ではないか。

「何々。副島《そえじま》？　その男が現場を仕切っておるんやな。おお、わざわざこちらに出向いてくれるのか。それは有難い。やはり人の上に立つ者は年寄りの扱い方を知っておるな。もっとも、そういう態度が末端の兵隊にまで行き届いてこそ市民のための警察なのだろうが、それが今後の課題じゃろうな。うん？　ああ別に構わんが。なあ、そこの若い刑事さん。電話の相手が代わって欲しいと言うとる」

介護車両の中で待っていると、現場と津島署が近いせいもあるのだろうが十分もしないうちに一人の男が押っ取り刀で駆けつけてきた。

「津島署捜査一課の副島と申します」

どう見ても警察官というよりは腰巾着《こしぎんちゃく》の役員秘書といった風情で、自分よりも強大な権力の前ではいくらでも卑屈になれそうな男だった。

「まだ鑑識作業が終了していないので建物の中にお連れすることはできませんが……」

「ああ、構わん構わん。ただ概略が知りたいだけや。それで、いったいどんな具合で発見されたんや。近所に死臭が洩れでもしたのか」

「いえ。本日二月十五日午前六時半頃、犬の散歩で通りかかった近所の老人が、建築中の家の窓から人の倒れているのが見えると通報してきまして。所轄《しょかつ》が駆けつけたところ烏森健司《けんじ》さんの死体を発見しました」

「散歩途中に窓から。それは怪しいですな。あの窓の中を見ようとしたら、道路から脇に入り込まないと中はとても見えないでしょう」

春見の言葉に玄太郎は鼻を鳴らした。

「ふん。新築の戸建て、外観はモダンな近代建築。これで近所が興味や嫉妬を覚えんのなら、もう少し日本は住み易《やす》くなっとるよ」

「現場での検死結果では死亡推定時刻は昨夜の十二時から二時までの間。近隣の話では作業の終了したのが昨夜の八時過ぎということですから、完成間近の新居に入った直後に何らかの異変があったようです」

「家にやってきたのを見た者はおるのか」

「目撃者はまだ現れておりません。恐らく他人のクルマに同乗してきたのでしょう。被害者の物と思われるクルマも見当たりません」

「やっぱり自殺なのか」

「それが……死因は首を布状の物で絞められたようで自殺と断定することはできないのです」

「しかし、内側からは全て鍵が掛かっていたと言うやないか」

「はい。現場は平屋造りで進入口は玄関と裏口、東西南三方向に窓がありますが、いずれも施錠されていました。まだ内装はされず配電前の状態でしたが、さすがに一級建築士の指示で窓はダブルサッシ、それも上下二箇所でロックされており外部から開け閉めすることは不可能です。また玄関と裏口には最新式のＣＰ錠を二つずつ使用しています」

「ＣＰ錠？」

「官民合同会議試験に合格した防犯建物部品のことです。空き巣などがよくやる所謂《いわゆる》サムターン回しが困難で、合鍵を作っても〇・〇五ミリ以上オリジナルとの誤差があれば開錠できません。しかも鑑識によれば玄関裏口共に鍵穴にキーが差し込まれた形跡は皆無、つまり未使用という所見《しょけん》です。まだ家具の搬入がないため、鍵は一度も使われなかったのですね」

「ということは、竣工《しゅんこう》直前の家に入って内側から鍵を掛けただけで外部からは一切施錠しなかったということか」

「その通りです」

「なら和室はどうだ。畳を剝《は》がして板を上げれば床下から出入りも可能だろう」

「あの家に和室はありません。全室フローリング仕様になっていて、床板を簡単に剝がすような真似《まね》はできません」

「誰も出入りできないのなら自殺だろう」

「いや、それが……我々は手で絞めた場合は扼殺《やくさつ》、紐《ひも》か何かで絞めた場合は絞殺《こうさつ》と呼びます。今回は首に残されていた索条痕《さくじょうこん》にわずかな表皮剝脱が認められ、その交差部分は後ろに位置しています。つまりこれは背後から絞められた犯行情況を明示しており、更《さら》に現場には索状痕に一致するような凶器が見当たらない点、そして遺書らしきものも見当たらない点から自殺の可能性は非常に希薄であり絞殺と判断されたのです」

「すると何か。烏森が他人に縊《くび》られたにも拘《かか》わらず、その者が家屋から出た形跡がどこにもない、ということか」

「はい」

「待て。竣工間近と言うてもまだ完成した訳やない。窓の隙間やら床下に通じる収納庫やら、どこぞに人一人掻《か》い潜《くぐ》るくらいの抜け道はなかったんか」

念を押すように問うと、副島は苦りきった表情で頷《うなず》いてみせた。

「内装や配線はともかく、建築物としての体裁は完了しています。壁にも床にも抜け道など存在しません。リビングから屋根裏に続く収納階段はありますが、天井も外側から施工されておりネズミ一匹這《は》い出る隙間もないのです」

「では犯人は奇術師だとでもいうのか」

「わ、分かりません」

「捜査一課の課長、だったな。自身に考えるところは何かあるのかね」

「い、いえ。今のところは初動捜査の段階であり、断定的なことはまだ何とも」

「何や、結局はないない尽くしやないか。そんなことでよく現場の指揮官が務まるもんやな」

叱責半分愚痴半分でそう言うと、副島は悔しさを必死に隠そうとしながら頭を垂れた。

「まあ他殺なら他殺で構わんが、早いとこ事件を解決して欲しいもんや。一カ月。そうさな、長《なご》うても一カ月で終結させてくれ」

「一カ月？　その期限はどういう理由で」

「人の噂《うわさ》も七十五日と言うがな、不動産の場合はそれが当て嵌《は》まらん。巷間溢《こうかんあふ》れる幽霊屋敷の話は知っとるやろう？　こういう事件はちゃっちゃと解決せんと噂が根付いて後々まで尾を引くことになる」

その時だった。問題の新築物件の玄関先からいきなり甲高《かんだか》い声が聞こえてきた。

「パパァッ」

見れば、規制線に阻《はば》まれた母子が警官と押し問答をしているようだが、遠巻きで会話までは聞き取れない。はっきりと分かるのは、背丈が母親の腰までしかない女の子が懸命に家の中に入ろうとしているのを母親が引き留めている図だ。遠目にも鮮やかなイタリアン・レッドのコートが対照的な白いコートから離れようと暴れている。

「奥さんの仁美《ひとみ》さんと娘の奈菜《なな》ちゃんですよ」と、春見が口を挟む。

「パパァッ、パパァッ」

これだけ離れた場所に届くのだ。子供特有の声質を考慮しても喉も裂けよとばかりに叫んでいるのだろう。

「可哀相《かわいそう》だなあ。あの子、まだ八つなんですよ。昔からパパっ子でしてね。外出も烏森くんと二人きりということが多かった」

「母親は共稼ぎか何かか」

「いいえ。烏森くんは稼ぎが良かったですから。仁美さんは子育てより別の方に興味があったようですね」

奥歯にモノの挟まったような言い方で春見が彼女に抱く心証《しんしょう》が透けて見える。そして、夫の稼ぎを当てに遊び呆《ほう》ける野放図な妻の日常が浮かび上がる。みち子が仁美の服装に容赦ない観察を加えると、成る程着ているコートや抱えたバッグは一目でそうと分かるブランド品だ。

「烏森くんの仕事振りを詳しくご存じで？」

「ああ。お前ん所以外にもうちの手掛けたマンションで何度か設計を依頼したことがある。若いがなかなかに優秀な建築士やったが」

「ええ、おっしゃる通りで。昨年に日本建築家協会賞の候補に選ばれてからは一躍売れっ子になりまして。うちとの付き合いは律儀《りちぎ》に続けていましたが、注文も引く手数多《あまた》でしたね」

「ほう。では同業者の中で彼の死を喜ぶ者も何人かいるということですな」

副島が抜け目なく春見の言葉尻を捕らえる。だが玄太郎は遠方の母子に視線を置いたままで、副島の懐疑にはちらとも関心を示さない。

何をそう熱心に──みち子が様子を窺おうとすると、玄太郎は絶妙のタイミングでついと母子から視線を外した。

「烏森が死んで得をする、というのなら疑う相手は同業者だけには限るまい」

「と、おっしゃいますと？」

「ここが忌避物件になると当然、隣接する敷地も買い手がつかんようになって値を崩す。するとわしや春見がひどく困る結果になる」

「成る程、つまりお二人の商売敵《がたき》も広義の容疑者になり得るということですな。では香月さん、貴方《あなた》が窮地に立たされると利益を得る、というか快哉《かいさい》を叫ぶ者に誰か心当たりはありますか？」

そう問われると、玄太郎は意表を衝《つ》かれたように怪訝《けげん》な顔をした。

ああ、この傑物にも人並みに敵を恐れる気持ちがあるのだな、とみち子はいささか意外な感に打たれる。だが考えてみればそれも道理で、経済的な背景さえ除外すれば、この男は下半身不随のいち老人に過ぎないのだ。

玄太郎は眉間に皺《しわ》を寄せ、明らかに困惑の表情を浮かべている。

「困ったな」

「何をお困りで」

「そいつは捜査の攪乱《かくらん》を誘う原因になりかねんぞ」

「はい？」

「わしを恨みに思う人間なんぞ、両手両足の指を使ってもまだ足りん。おい、春見。お前の指を貸せ」

2

午前七時。介護ヘルパーの仕事始めは早い。要介護者である顧客が朝の早い老人であることが多いからだ。もっとも連れ合いを早々に亡くし、一人娘も二十歳《はたち》過ぎに片付いてしまったみち子には、朝が早かろうが遅かろうが大した違いはない。むしろ自分を頼りにする者がいるという事実が何でもない朝に活力を与えてくれる。

香月邸の玄関に到着すると、ちょうど中から飛び出してきた二人の少女が脇をすり抜けていった。

「おっはよおー、みち子さん」

仔犬のように元気一杯で駆けていったのは玄太郎の孫娘、遥《はるか》。ぺこりと小さくお辞儀をして遥に引っ張られていったのはやはり孫娘の片桐《かたぎり》ルシアだ。ルシアの両親はインドネシアに住んでいたのだが昨年暮れのスマトラ島沖地震で消息を断ち、遺《のこ》された ルシアを玄太郎が預かっている。この二人に長男夫婦、そして次男を加えた六人家族香月家の敷地には二棟の建物があり、離れは玄太郎専用の平屋建てだ。二年前、脳《のう》梗塞《こうそく》で倒れたことを切っ掛けにバリアフリーの見本のような家を建てたのだが、スロープ式の玄関や家中に張り巡らされた手すりなど病院施設にも負けない心配りで、介護する側にとっても負担が少ないようにできている。

玄関から入って奥の部屋が玄太郎の寝室だ。ノックをすると案の定、すぐに「どうぞ」と返事が返ってきた。

「朝の着替えです。入りますよ」

ドアを開けるとベッドの上から玄太郎が忙《せわ》しなく手招きをしている。これで立場とシチュエーションが違えば結構艶《いろ》っぽい場面なのだが、相手が相手なので望むべくもない。

「遅い。五分遅れた」

「五分くらい何ですか。それで誰かが困る訳じゃなし」

「わしが困るんや。何せ先が短いから一分一秒が貴重でならん」

上半身を起こさせると玄太郎はじっとしているのももどかしげにパジャマを脱ぎ始める。みち子は倒れないようにその肩を軽く押さえておく。

「早いですねえ、パジャマ脱ぐの」

無言の作業を続けていた玄太郎の手が上着を脱ぎ捨てた段階で停《と》まる。全く動かない下半身だけは介助者の手が必要になる。みち子もまた無言でズボンを脱がし始める。

当初はこの作業の最中も会話を欠かせなかった。できたことは誉《ほ》め、できなかった時も患者の表情や仕草に注目し後で記録するのが介助業務の一環だからだ。だが間もなくみち子はそれを放棄した。この老人に誉め言葉など何の役にも立たず、表情の観察もまるで意味のないことが分かったからだ。

ズボンを抜いて露わになった下半身は、老いてなお頑健《がんけん》な上半身とは笑えるくらいに不釣り合いだった。膝から爪先まで骨と皮でできた歪《いびつ》な造形物——それは使わなくなった肉体は朽ち果てるという摂理の証明だった。仮に玄太郎の障害が奇跡的に回復し下半身が動くようになったとしても、とても腰から上の体重を支えられるものではないだろう。

つい注視してしまった——そう気づいた時には、斜め上から玄太郎の視線があった。

「どうした。この脚が今更珍しいかね」

「珍しいですよ……。こんな風になった身体を見られても眉一つ動かさず平然としているのは玄太郎さんぐらいです。大抵の患者さんは怒ったり恥ずかしがったりするのに」

「何や、そんなことか。しょうもない」

玄太郎は事もなげにひらひらと手を振った。

「しようもないって……当人には深刻な話でしように」

「怒ったり嘆いたりしたところで元に戻る訳じゃなし。それにどう足掻《あが》こうが、どう取り繕《つくろ》おうがこの痩せさらばえた脚は間違いなくわしのものや。正真正銘わしの一部や。それが何で恥ずかしいものか」


仕事といっても玄太郎がすることといえば携帯電話でのやり取りだけなので、特別なことが起きない限りは在宅のまま大抵事足りてしまう。そしてまた特別なことが起きても用事の方から玄太郎を訪ねてくる。

「お邪魔しまーす」

正午過ぎ、玄関に姿を現したのはブローバ・フレームのメガネとタイトな制服が印象的な女性事務員だった。

「社長お、おられますかあ」

その姿を認めた玄太郎は迷惑そうな顔も見せずに、

「よお。さっきは電話では詳しく話せんとか言うておったが」

「経理の話ですからあ。これは直接でないとお」

彼女は〈香月地所《こうづきじしょ》〉で経理を務める谷口沙織《たにぐちさおり》と名乗った。外見とは裏腹に間延びした口調がみち子にはいささか耳障《みみざわ》りだった。

「七宝町の売り物件、キャンセル出ちゃいましたあ」

「何やと？」

「三物件から売買見合わせたいってまるで示し合わせたみたいに。一応理由訊いたら、やっぱり例の事件の影響みたいですねー」

「それが何で経理のお前さんに関係する？」

「あの六物件全部売却できないと経理上は所有不動産だから含み損になるんですよねー」

「ああ……そういうことか」

玄太郎は即座に合点した様子で軽く頷く。

不動産売買には無知のみち子が「でも売れなくても資産じゃないですか」と口を挟むと、少し苛立《いらだ》たしげに沙織に説明を促した。

「一物四価《いちぶつよんか》と言いまして、不動産には同じ物件であっても四つの値段が付いてるんです。まず固定資産税評価額、次に相続税評価額などの基となる路線価、毎年三月に発表される公示価格、そして最後に実勢価格」

「どうして、そんなややこしいことするんですか」

「ぶっちゃけ言うとですねー、不動産の処分方法が一様でないからです。相続とか売却とか競売《けいばい》とか。例えば坪単価の超高い物件を相続する時、その基本が実勢価格だと税金がスゴいじゃないですか。だから実勢価格よりも低い路線価を採用して減免措置としているんですねー。あと、物件のプラス要因とマイナス要因を公示物件と比較しながら実勢価格を設定するなんてこともあるし」

「問題はな、七宝町の物件が四価ともさほど変わらんようになったという点さ」

「いーえ。現実には実勢価格が四価の中で最低です。取得直後に整地などの開発費用が掛かってますから、あの売り値で成約できなければ益は出ません。また売却できなければ固定資産として計上せざるを得ませんが、その場合は購入時からの下落幅と費用分がそのまま含み損になりますから、その影響で今期決算は赤字になってしまいます」

「ふうむ……」と呟《つぶや》くなり、玄太郎は憮然《ぶぜん》とした表情になる。

「名証二部とはいえ仮にも上場しとるからな。二年連続赤字は避けたいところや」

「でも実際に赤字なら仕方ないでしょう？」

「いや、あのな。二期連続赤字は上場廃止基準になっとるんだよ」

「やっぱり一戸建てよりマンション販売にウエイト置いた方が良かったですかねー」

「いや、それはそれで正解やった。見てみい、去年の三月に建てた甚目寺《じもくじ》のマンション。一年経たんうちに、もう二割も値を下げた。住むんなら戸建てゆう意識はまだ根強い。大都市圏ならともかく、マンションなんてのは不動産ですらない。ただ空間を売り買いしとるようなもんやからな。利便性が色褪《あ》せれば価値なんぞ元からないから、あっという間に値を崩す。その点、土地は永久不変なんて思い込みがあるんで値崩れしても下限値がある。バブル高騰期、土地の値上がり方が青天井やった時どこぞの馬鹿が、日本は土地が限られているから上昇一辺倒も当然だとほざいておったが、あれも満更《まんざら》的外れとは言いきれん」

「でも、あの物件はハズレでしたよねー」

ずけずけと遠慮のない物言いに玄太郎はまたも憮然とする。どうやら口調に似合わぬ辛辣《しんらつ》な意見を口にできる社員のようだが、こういう社員を平然と野放しにしているところがいかにも玄太郎らしい。

「ここらは元々調整区域の多い地区やったから希少価値はずいぶんあるんやが」

「それを言うんなら、殺人事件だって希少な出来事だけど価値なんて全然ないですから」

「その三件は完全なキャンセルなんか？」

「いいえ。手付け打つのを待ってくれってだけ。何せ殺人事件だったら犯人がご近所という可能性もありますからね」

「つまり解決できれば、か」

「ええ。少なくない手付けを用意したくらいですから、皆さん購入意欲はそのままで。価格帯も一次取得者層向け、場所は名古屋市と津島市の中間地で両方とも通勤圏内」

「おい、さっきはハズレ言うたやないか」

「ハズレの物件をアタリに変えるのがディベロッパーの真髄やあっ、ていうのが社長の口癖じゃないですかあ」

「……ようもそんだけ舌が回るなあ」

「いやあ、これも社長の教育の賜物《たまもの》で」

「それにしてもや。これでますます事件を早期解決して貰わなあかんようになった」

玄太郎は携帯電話を取り出すと、最近登録したばかりの相手を呼び出した。

「おお、副島くんか。わしや、玄太郎や。事件どうなった。もう解決したか？　何？　何が勘弁や。勘弁して欲しいのはこっちや。あの人死にのせいでわしまで死にそうな目に遭うとる。いや下手したらわしんところの社員やその家族にまで被害が及ぶ。もし、そんなことになったらあんた責任取れるか。わしの身に何かあれば宗野の後援会は自然消滅、この夏に改選が予定されとる衆院選も苦戦に。うん？　電話では話せん？　何や、あんたもか。そんならここに来て話せばよろしい。邪魔者は誰もおりゃあせん」

「玄太郎さん」電話を切った患者にみち子は非難の目を向ける。「あなた、自分以外の人間はみんな犬か何かやと勘違いしとりませんか?」

「何をたわけたことを。犬なら決して主人を裏切らんし、第一もっと賢いわ」

沙織と入れ違いにやってきた新しい犬は、尻尾こそ振りはしないものの従順さをしきりに示そうと躍起になっていた。

「署長の佐野がくれぐれもよろしくと申しておりました。それから則竹公安委員長からも」

「ああ、ええ、ええ。そんなのは後回しにしてくれ。それより、さっき電話口で言いかけたのは何やったんや。何ぞ進展でもあったか」

「実は現在、重要参考人の一人から事情聴取をしている最中なのです」

相手の反応を確かめる仕草が、まるで自分の芸を誉めて貰いたがっている犬のようだったので、みち子はこみ上げる苦笑を堪《こら》えるのに必死だった。

「誰や、そいつは」

「被害者の妻である烏森仁美です。最初本人は隠していましたが、被害者には八千万円の死亡保険金が掛けられていました。受取人はもちろん、妻の仁美に指定されています」

「絵に描いたように単純な話やな」

「実際、犯罪なんてのは単純なものばかりで」

「ほう。そんなら、内側から鍵の掛かった家から犯人が脱出したのも単純な方法なのか」

そう切り返されると、副島はぐっと言葉に詰まる。

「内側から施錠されていたと言うが、玄関ドアのノブには烏森以外の指紋は付いておらんかったのか」

「それがその……実は後から拭き取った形跡があり、被害者の指紋すら残っていませんでした」

「烏森の女房はどうなんや。保険金のことを含めて何ぞ捜査が進展しそうなことを言うたのか」

「保険金のことを黙っていたのは変に勘繰られるのが嫌だったからで、八千万円という金額は夫の年収に比較してもそれほど常識外れの額面ではない。第一、それは保険の外交員が初めに提出してきたプランだったと。因《ちな》みに、その保険を勧めたのは十年来の付き合いをしている外交員で烏森自身が契約しています。それに言うことがふるっていましてね、烏森の収入なら今殺して八千万円を手にするよりも、生かしておいて稼いで貰う方がずっと割りが良い、と」

「ふん」

道徳としてはともかくカネ勘定としてなら理屈が通っている、とみち子は思う。つまり、それは金の卵を生む鶏を文字通り絞め殺すようなものだからだ。

「派手な買い物が祟《たた》って仁美自身は破産の一歩手前ですが、言っていることにも一理はあります」

「他に烏森を憎んでいた輩《やから》はおったのか」

「ああ、それは枚挙に暇《いとま》がなかったですね。新進気鋭と持て囃《はや》される一方で、被害者は色んな場所でトラブルを起こしています。依頼主の注文通りに造らなかった。逆に設計図通りに施工しなかったと建築会社を非難し、デザインを盗《と》った盗られたのと訴訟沙汰《ざた》は半ば日常茶飯事だったようです。当然、敵も多いのですが……さて、殺したいくらいに、となるとどうでしょうねえ。色やカネよりは薄弱だろうという意見が本部の大勢を占めていますが。ああ、もちろん疑いのある人物については一昨夜のアリバイを一つずつ潰しています」

「アリバイと言ったな。女房のそれは確認したのか」

「それがですね……事件の前日から当日まで伊豆に一人で旅行していたと言うんですよ」

「一人で？　あの夫婦には娘がおったろう」

「仁美は月に一度、一人旅をするのが恒例みたいになってましてね。今回は十三日に家を出て、十五日の朝には戻っていた。その直後警察からの連絡を受けて現場に駆けつけた、とこういうことです」

「つまり烏森が殺された時分には伊豆におったということか……ところで烏森はその日、どう行動しとったんかね」

「これは留守番をしていた娘の証言ですが、十四日の朝、仕事で出かけると言い残して家を出てからはそれっきりらしいですね」

「ええ？」みち子がそれを聞き咎めた。「それなら、あの奈菜って娘《こ》は父親が家を出てから母親が帰ってくるまで丸一日、ずうっと独りで留守番をしとったんですか」

「そういうことですねえ」

この事実一つでみち子の仁美に対する心証は最低ランクに落ちた。結果論ではあるが、年端《としは》もいかない我が子を孤独で不安な状況に陥れたのだ。金遣いの荒さや夫への愛情のなさは見逃すとしても、その一点だけは到底看過《かんか》できるものではない。

「その女房が今は任意同行とかで引っ張られておるんじゃろ。娘はどうした」

「烏森の大阪の実家が預かってますよ。いつまた母親が出頭を求められるか分からないからと。可哀相ですが、まだ当分は大阪暮らしになるでしょうな。捜査本部も事情聴取一回だけで終わらせるつもりはありませんし」

「……さぞ心細いでしょうに」

「いや。まだ幼いせいでしょうが、父親が亡くなった事実で頭が一杯らしく母親と離れ離れになった時も泣き喚《わめ》くようなことはなかったようです」

聞きながら、みち子は副島に対する心証も最低ランクに落とした。この男は奈菜をどこまでも幼女扱いしているが、八歳ともなればもう感受性は一人前だ。父親の死に母親が関与している——そんな風に知らされて平常でいられる訳がない。恐らくは泣き喚くことすらできないほど打ちひしがれているのだ。そんな単純なことさえ想像できない男に何が犯罪捜査の責任者か。

みち子の思いが伝播《でんぱ》したように、玄太郎の表情もまた憤懣《ふんまん》やる方ないという風だった。いや、やる方ないというのはこの男の身上ではなかった。怒りを体内に溜めるは病の元凶、さっさと排出するに限るというのが信条だ。

「長々と説明を聞いたが何のこっちゃない。結局は怪しい奴の数が増え、解明できない謎はそのままやないか」

「それはその、あの」

「懇意にしておる検察OBからこんなことを聞いた。たとえ容疑者を逮捕したとしても、犯行の動機とチャンス、そして方法を明らかにできなければ公判を維持できんので、結局は不起訴処分になってしまうのだとな。つまり今度の事件は、内側から全て施錠された家からどうやって犯人が脱出したのかを解明せん限り真の解決にはならんということっちゃ」

「そそそ、その通りで」

「それなのに判明したことが保険金の掛けられていた事実だけとは情けない。何が捜査の進展なものか。かえって混乱し迷走しとるんやないか。お前もこんな所で油を売っとる暇があるんなら、さっさと本部に帰って陣頭指揮を執《と》らんかあっ」

こんな所に呼び出したのはあなたじゃないですか——と、喉まで言葉が出かかったが小気味が好《い》いので黙っていた。

副島はやはり主人に怒鳴られた犬のように、尻尾を巻いて玄関から逃げ出していった。

だが玄太郎の一喝《いっかつ》も空《むな》しく、事態が進展したとの報《しら》せはなかなか入ってこなかった。

それどころか、翌々日には玄太郎を更に激昂《げっこう》させる一報が届けられた。

「何ぃ！　いつや、それは。ついさっきやとお。それを営業は黙って見過ごしたんか。何でその時、わしに報せん。たわけぇ、そんな言い訳なんぞ聞く耳持たん」

玄太郎は携帯電話に悪態をつくが、あまりの勢いに機体が潰れやしまいかとみち子は妙な心配をする。

「何。事件が解決しないとどうしようもないだと。それなら、すぐにも解決しますと何故《なぜ》胸を張って答えん。早期解決したら言った通りになったと鼻を高くすれば良し、解決が長引いたら長引いたで全部警察のせいにすりゃあいい。大体、客は安心したがっとるんだぞ。誰かに背中を押して貰いたがっとるんだぞ。それなのに引き戻すような真似をしてどうする。責任取らんでもええ範囲なら、客の勇気を引き出すのも営業の仕事のうちじゃ。分かったか。分かったんなら、今すぐ客に連絡して事件は早期解決するからと説得せえっ」

それはちょうど夕餉《ゆうげ》の最中だったが、玄太郎の癇癪にはすっかり免疫のできている家族は眉一つ動かさず、黙々と箸を進めるだけだ。ただ一人まだ慣れていないルシアだけが目を丸くして声の主を見ている。その視線に気づいた玄太郎はばつが悪そうに「すまん。仕事の話をせんといかんから中座する」と断ると、逃げるように母屋から離れに移動した。

「いったいどうしたっていうんですか」

「七宝町の例の物件、三件のキャンセルがあったのは覚えとるだろ。今日、残りの三件もキャンセルを申し出よった。理由は聞くまでもないがな。ええい、それにしても腹が立つ。警察が不甲斐《ふがい》ないばかりに何故わしのような善良な市民が巻き添えを食わなあかんのや」

善はともかく良というのはどうかしらね——みち子が判断に迷っているのをよそに、

玄太郎は携帯電話を開いた。

「ああ津島署かね。香月だが捜査一課の副島くんを頼む」

すぐに本人が代わったらしいが、電話越しにも恐縮した様子が伝わってくる。そして二、三やり取りをしただけで玄太郎は携帯電話を閉じた。

「すぐに来るそうや」

玄太郎の言葉通り、それから十分もしないうちに副島が駆けつけてきた。もはやどう見ても主人の合図を聞きつけた忠実な犬だった。

副島を前にした玄太郎は開口一番、本日更に三件の売約キャンセルがあり、その全ての原因が副島の不手際によるものと叱責した。

「そ、それはあんまり言い掛かりのような」

「黙らっしゃい！　売約がキャンセルになったのもあそこの治安が悪くなって地域住民の不安が高まったせいや。それが警察の責任やなくて誰の責任や」

「そ、それは元来生活安全課の仕事でして、我々捜査一課の職域とは」

弁解を始めた途端に玄太郎の機嫌が更に悪くなる。組織内での責任転嫁が傍目《はため》からどれだけ醜悪に映るか、何故公務員という人種は知ろうとしないのだろう、とみち子は思う。

「それに捜査は着実に進展しています。我々だって、ただ手をこまねいている訳ではありませんから」

「ほう、何がどう進んだ？」

「烏森仁美に金銭以外の動機が見つかりました」

玄太郎は鼻を鳴らした。「男か」

「……どうしてそれを」

「カネでないなら愛憎の縺《もつ》れ。女が男を殺す理由なんぞ、それが相場や。で、相手は」

「烏森の設計事務所を通じて知り合った柏木《かしわぎ》という税理士ですよ。問い詰めてみると、伊豆への旅行もそいつが同伴していたと証言を翻《ひるがえ》しました。仁美が旅行についてはっきり証言しなかったのはそういう事情からだったんですな」

「待て。男連れならお互いにアリバイとやらを主張できるんやないか」

「それがですね、名古屋から二人で行動すると誰に目撃されるとも分からないので、伊豆で合流したと言うんです。そして帰りも二手に分かれた。つまり、仮に宿泊先で二人の滞在が証明できたとしても、その後先や宿泊中に単独行動を取ろうとしてできないことはない。一方が不在になっても何とでも取り繕えますからね。現在、捜査本部では仁美の任意同行を再度検討しております」

夫に多額の保険金を掛ける一方で自分は不倫旅行――そう聞けば典型的な悪妻に思

えるが、反面みち子は副島の言説に危うさも聞き取っていた。宿泊先で一人がアリバイを補完し、もう一人が現場に戻って犯行に及ぶ。確かに突飛な話ではないし、伊豆との距離を考慮しても頷けるものはある。だが、それは仁美が犯行に関与したことを前提とした可能性であり、いくぶんこじつけの感がなきにしもあらずだ。

「その柏木とかいう税理士は何と言うとる」

「いや、それが……柏木は事件発覚当日の十五日から韓国に出張しておりまして、まだ捕まえておりません。しかし帰国予定が三日後になっていますので早晩任意で引っ張れば、互いの供述に綻びも生じてくるでしょう」

「何やらちと強引な気もするがの……しかし、それで動機とチャンスは揃《そろ》ったが、肝心の方法についてはどうなんや。まだ家屋から抜け出す方法や、女房が亭主に手を掛けた証拠が出た訳ではあるまい」

「そ、それは」

「大方、きつい尋問をすれば方法も自白するだろうと踏んどるのだろうが、もしも真犯人なら、その方法が明白になった時点で刑が確定することを承知しておるはず。簡単に吐くとは考え難いがな」

副島は黙り込む。

「だがしかし、許された時間が多い訳ではない。解決が一日でも遅れればその分、わしを含めて有形無形の被害を蒙《こうむ》る者が出てきよる。冤罪《えんざい》などはもってのほかじゃが、犯人逮捕がひと月を越えるようなら、わしも市民の代表として捜査本部ひいては津島署に不信任めいたものを表明せんといかん」

相変わらず副島は口を開かないまま、何やら居心地悪そうに立ち尽くしている。

「どうした？　やけに心外そうな顔をしとるな。国家権力ともあろうものが、こんな老いぼれの機嫌に左右されるのがそんなに不服か。さもあろう。しかし、権力と称するものの正体が実はいち個人ないしは複数の思惑であることは自明の理や。それは普段から権力を行使しておる手前《てまえ》が一番よく知っておろう。それ、分かったのならさっさと謎を解いてみせろ」

副島が出ていくと、みち子はまた非難の目を向けた。

「あなたはいったい、どこの国の独裁者を気取ってるんですか」

「そんな大層なつもりはない。単なる意趣返しさ」と、玄太郎は白々《しらじら》しく言う。

「あの男、人一人の罪や罰など捜査の手法如何《いかん》でどうにでもなると思っとるフシがある。ああいう権力を笠に着た人間を見ると虫唾《むしず》が走ってな。つい、もっと大きな権力を見せ付けたくなる。まあ、わしの悪い癖や」

「あら。悪い癖という認識はあるんですね」

「うむ。直そうとは思わんが。……しかし困ったな。陣頭指揮を執るべき男があのざまでは早期解決など、とてもやないが覚束《おぼつか》ん。こうしとる間にも土地はどんどん値を下げていくしな」

その時、ドアをノックする者がいた。開けてみるとルシアがそこに立っていた。

「お爺ちゃん。お夕飯の残り、どうするって伯母さんが……」

「おおお、しまった、すっかり忘れとった。今から片付けに行くと言っておくれ」

「ねえ。その仁美っていう奥さんが犯人なの」

いきなりの質問に玄太郎は目を剝《む》いた。

「何でお前がそんなことを知っとる！」

「だって、お爺ちゃん大声だもの。今だって母屋《おもや》まで筒抜けだったんだから」

「うーん、あれでも声を忍ばせとったつもりなんやが……」

「それで本当なの？　奥さんが旦那さんを保険金目当てで殺しちゃったって」

「いいや、まだそうと決まった訳やない。ただ、そう解釈した方が色々矛盾が少ない、というだけの話でな。それにしても、どうしてそんなことを気にする？」

「小っちゃい子、いるんでしょ」

「……ああ」

「お父さんが殺されて、その犯人にお母さんが疑われて、今も独りでいるんでしょ」

「……ああ」

「その子が一番、可哀相だよね」

「……ああ」

「あたしなんて、その子に何の関係もないけどね。それでも、全然悪いことしてない子がそんな辛《つら》い目に遭《あ》うのは……上手《うま》く言えないけど、やっぱり間違ってるような気がする」

ルシアは遠慮がちにそれだけ言うと、「偉そうなこと言ってゴメンナサイ」と頭一つ下げて母屋に駆けていった。

後には車椅子の老人と介護士だけが残された。

「……負うた孫に教えられる、か」

「はい？」

「みち子さん。明日っからちょこちょこ付き添って貰うよ。あの介護専用車も一緒にな」

「……何を考えとられるんですか」

「昔々、外国のテレビ映画に『鬼警部アイアンサイド』というのがあって……いや、これはみち子さんの趣味ではないか……ふむ、しかしそれも一興やな」

玄太郎が含み笑いを洩らすと、みち子は警戒心も露わにその顔を覗《のぞ》き込む。

「とにかく売却するまではわしの地所や。やはり、揉《も》め事の排除は手前でやらんとなあ」

「探偵の真似事でも始めるつもりですか」

「安楽椅子探偵というのがおってな。現場には一歩も足を踏み入れず、椅子の上だけで事件を解決してしまいよるんだ。……そうや、いっそ車椅子探偵というのは響きがええな」

「要介護探偵というのはどうです？」

3

その日、要介護探偵を乗せたワンボックス・カーが栄《さかえ》の一角にあるマンションに到着した。市内一番の幹線道路である広小路《ひろこうじ》通りの一筋裏に位置しロケーションと利便性では申し分のない物件だ。

「ずいぶんと綺麗なマンションですねえ」

「ああ。2LDKで親子三人には少々手狭やが、坪単価が高いからそうそう広い部屋にはできんかった」

常駐の管理人室では初老の管理人がまだ午前中だというのに舟を漕《こ》いでいたが、見慣れぬ車椅子の来訪者に叩き起こされる羽目になった。

「あ、貴方がここの大家さんなのは分かりましたが、烏森さんの部屋はまだ関係者以外の方は立ち入り禁止になっていまして……」

「何を言う。大家といえば立派な関係者やないか」

「しかしそうは言いましても警察から」

「警察がお前を雇っている訳ではないぞ？」

それはさしずめ魔法の呪文であり、烏森の部屋は規制線を無視して呆気《あっけ》なく開かれた。

まだ書類上は烏森一家が入居しているのだが、既に転居のための荷造りは完了しており、家財や細々《こまごま》とした小物の類いはあらかたダンボール箱に収納されている。がらんとした部屋の中で、唯一烏森の仕事道具であった製図台と製図道具だけが主人の帰りを待ちわびている。

ダンボール箱を仔細《しさい》に点検すると一度テープの剝がされた跡がある。恐らく警察が中身を検《あらた》めたのだろう。仕事に使っていたパソコンも押収され、徹底的に調べられているに違いない。

「何もないな」

玄太郎の呟きにみち子は思わず頷いた。家財道具のことだけではない。この部屋には住人の体臭も生活臭も全く残っていない。

「どうせ警察が調べ尽くした後や。わしが新たに発見できるものはあるまい」

「あら。それならどうしてこの部屋を見ようなんて思ったんですか」

「部屋を見るとな。たとえ荷物を片付けた後であっても、住んでいた人間がどんな生活をしていたのかが薄ぼんやりと見えてくる。家具の置かれていた場所、壁のキズ、汚れの有無、床の傷み具合、全てその人となりを反映させる」

「へえ。じゃあ玄太郎さんの見立てでは、ここの家族はどんな風だったんですか」

「春見の言うた通り、母親はあまり子供を構っておらんかったようやな」

「どうして、そんなことが分かります？」

「掃除して大方は消してあるがな、子供の目線の位置まで落書きやキズの跡が仰山《ぎようさん》ある。確かあの娘は八歳やったな。そんな齢《よわい》の女の子が部屋の中で落書きをするんやぞ。共働きならともかく、専業主婦ならそうなる前に子供を外で遊ばせるやろう。この付近なら久屋《ひさや》通り公園もデパートも目白押しやしな。それなのにそんな跡が多数残っとるのは母親が子供をほったらかしにしておった証拠や。父親は父親で部屋に閉じ籠《こ》もって作業に没頭。だから製図台の周辺には落書きの跡など皆無やろ？」

とりあえず見たいものは見たと言う玄太郎をエレベーターに乗せる。箱の中は意外に広く、車椅子を収納して尚《なお》、大人三人分ほどの空間を残している。

「このマンションは、烏森が設計してハルミ建設が施工した最初の物件やった。もう七年も前か、烏森が独立して直後の仕事やったから結構力が入っとる。エレベーターにこいつを乗せても余裕がある広さにしたのは、近い将来高齢者が都心の集合住宅を必要とするやろうと考慮した結果らしい。見てみい。今では烏森の予測通り、ここらのマンションに入居する三割は世帯主が五十歳以上の住人やからな」

「えらく目端の利く人やったんですねえ」

「需要と供給、というのをよく心得とったんだろう。どんなに派手な外見だろうと、その物件を欲しいと思わない顧客にしてみたらただの悪趣味な飾りや。欲しいモノを欲しい分だけ、というのは一番効率的な商いなんじゃが、それを知る者は案外少ない」

「でもまあ、多少の見込み違いもあったようですがね」

後ろを金魚の糞《ふん》のようにくっついていた管理人がぽつりと洩らした。

「うん？　何やと」

「部屋や共有部分は確かに神経が行き届いてますが、地下駐車場がちょっと……」

「地下駐車場がどうした」

「部屋数の割りに収容台数が極端に少ないんですよ。こんな名古屋のど真ん中だから自家用車を持つ入居者は多くないって、六十世帯に対して二十台分のスペースしかない。さすがに住人から不満が出て、先々月に駐車場の割り振りを増やしたら、車両感覚の狂いからか早速場内で物損事故が出ちゃいましてね」

「そんな報告、わしは聞いとらんぞ」

「いや、物損と言ってもバックの際に車止め乗り越えて壁に穴開けた程度でしたから。ああ、そう言えば烏森さんが烈火の如く怒ってましたねえ」

「何やと?」

「事故を聞きつけて現場を見た瞬間、顔色変えましてね。あの野郎とか畜生とか言いながらどこかにすっ飛んでいきました」

「それはいつだ」

「ええっと……六日前だから十四日昼頃のことでしたよ」

「今すぐそこに案内せえ」

一行が到着した駐車場は平日で皆が出払っていたため、駐《と》めてあるクルマは五台しかなかった。見通しが良いので管理人の言う破損箇所は一目瞭然だ。六箇所の突出した支柱部分のうち一つにバスケットボール大の欠落があり、その奥から鉄筋が顔を覗かせている。

「これはまた見事に開けたもんやな。それにしても事故から六日も経つのに、まだ修復しとらんのか」

「マンション全体が老朽化していまして……先月廊下の罅《ひび》割れを補修するのに管理費

のかなりの部分を拠出してしまい、新たな予算が組めんのですよ」

なっさけない！　――とかの愚痴が飛び出るものと思ったが、玄太郎は支柱の欠損部分を藪睨《やぶにら》みするだけで管理人の言葉は耳に入らない様子だった。

「あれを、もっと近くで見たい」

言われた通り車椅子を支柱まで押し進める。玄太郎の視線は欠損部分に固定されて微動だにしない。その目は喩《たと》えて言うなら鷹《たか》の目だ。半分がた目蓋《まぶた》が閉じているが、見るものを射貫《いぬ》くような鋭さは隠しようもない。玄太郎は時折こういう目をする。大抵は仕事の中で重要な判断を下す時だが、それを目にする度《たび》にまだまだこの男は現役なのだと実感する。

その玄太郎が何を思ったのか、いきなり穿《うが》たれた穴に手を突っ込んだ。

引き抜いた手には崩れたコンクリートの欠片が握られていた。

そして、その手がすいと口に運ばれる――。

「玄太郎さん！」

異物嗜好《しこう》。認知症老人特有の症状が頭を掠《かす》める。慌てて玄太郎の手を押さえるが既に遅く、コンクリート片は口の中に放り込まれた後だった。

「あなた、いったい何だって……」

不安そうに見守るみち子を尻目に、玄太郎はコンクリート片の咀嚼《そしゃく》を繰り返す。

やがて、その口から唾液《だえき》と一緒になった残骸《ざんがい》が吐き出された。玄太郎は如何《いか》にも不味いといった表情で口の周りを拭《ぬぐ》う。

「お味はよろしゅうございましたか?」

皮肉たっぷりに問うと、老人はさらりとこう答えた。

「えろう塩っ辛いな」


次に玄太郎が行先を指示したのは七宝町の事件現場だった。

「家の中が見たい。もう、あれから五日経ったからな。そろそろほとぼりも冷めた頃やろう」

弁解のようにそう言ったが、みち子は真面目に受け取らなかった。事件当日のあれは玄太郎自身の食指が動かなかっただけで、目的さえあればこの爺さまは規制線があろうが自衛隊一個師団が防衛線を張っていようが必ずその場所に向かう。

「都市計画法という法律があってな」

玄太郎が誰に言うともなく語り始める。こういう時の聞き手はみち子と決まっているので、黙って耳を傾ける。

「高度成長期の頃、所謂建設ラッシュというのが起きて、あちこちやたらにビルやらマンションが建った。それではいかんということで、人口集中による無秩序な開発を防止し計画的な都市化を目指すという目的の下、都市計画法が施行された。最初は良かった。市街化すべき場所とすべきでない場所を区別し、またすべき場所にはどんな建物を建てれば良いのか。その道路幅に対してどれだけの容積を許すのか。計画通りに建設されれば理想の都市になるはずやった」

「いい話じゃないですか。国もたまにはまともな法律を作るんですねえ」

「ところがな、ええ話はここまでだ。人間が生きているのならその集合体である街もまた生きておる。満遍《まんべん》なく集中するはずもなく、具合良く分散するはずもない。中でも割りを食ったのが市街化調整区域や。長ったらしい名前が付いとるが要は、ここは街にするつもりがないから新しい家を建てるな、という意味さ。するとどうなるか。事実上、新築は許されんから若い連中は嫌ってその地を出て行く。残されるのは老人と廃墟《はいきょ》だけや。土地は二束三文、田んぼや畑に転用するしかないが、おるのは年寄りだけやから当然土地も荒れる」

「あら……まあ……」

「そして、ここに政治とカネが絡むと更に醜悪な図になる。都市計画の決定権は首長が握っておってな。つまり、市長や知事の胸三寸で調整区域の場所が決定されたり変更されたりする訳やから、当然そこには土地所有者の思惑やら政治的配慮やらカネが渦を巻く。簡単な話、調整区域の所有者が知事になったら何をしたがるかを考えてみればよろしい」

きっとみち子にも理解できるように嚙《か》み砕いて話しているのだろう。法律の不手際とそこに欲望が群がる図式は容易に思い浮かべることができた。

「あの七宝町の地所はなあ。値上がりを見込んで買ったというのもあるが、それ以前にわしの中の天邪鬼《あまのじゃく》が騒ぎ出したんや。二期前の知事がな、個人的な理由であそこを調整区域に指定しよったのさ。当時その地は知事の天敵ともいうべき男の地所でな。まあ、嫌がらせみたいなものさ。そいつは不動産屋をしとったんだが、自前の地所がいきなり売り物にならなくなったもんだから堪《たま》ったものやない。しばらくして店を畳んだ。以来、そこは荒れるに任せておったんだが……さて、この男には香月という悪い友人がおってな」

玄太郎はそこで唇の端をくいと上げた。

「周辺地域に商業施設やら娯楽施設を呼び込む一方、知事の頰を札束ではたくようなことをして調整区域の規制を外させた。上手い具合に時期が来て交通アクセスも充実し始めた。土地にも改良を施した。元々は二つの市に挾まれたベッドタウン候補地やから、春見に分譲させた二区画と六物件が売れればちょっとした住宅地になる。そうなればそこを中心にした新しい街が生まれ、若い者も戻ってくる」

未来図を語る玄太郎は普段と違い、ひどく無防備な子供のように見えた。

「あなたは知事さんを差し置いて、自分で街やら国を造ろうなんて思っとるんですか」

「ふん。役人どもの拵《こしら》えた計画やら法律なんざ糞食《くそく》らえや。安く買った土地に化粧をし、付加価値を付けて高く売る。それで買い手が幸せになるんなら、それに越したこたぁない。谷口にも言われたが、それがディベロッパーの醍醐味《だいごみ》っちゅうヤツよ」

聞きようによっては天晴《あっぱ》れな弁舌と思いながら、他方でみち子はこの男に踏み付けられた者たちの恨み辛みに想像を巡らせる。

猪突猛進《ちょとつもうしん》と言えば聞こえは良いが、跳ね飛ばされる方は堪ったものではない。札束に屈し、権力に押し潰されて声を奪われた者の怨嗟《えんさ》は如何《いか》ほどのものだろう。車椅子の上で高笑いするこの老人の鼻をあかすためなら人殺しの一つや二つ厭《いと》わない者がいたとして何の不思議があろうか。

現場に到着すると、既に困惑顔の春見が二人を待っていた。

「香月社長。どうしてまた探偵の真似事なんか始められたんですか」

「うるさいわ。警察があんまり無能やから自分で片付けんとしようがないやないか」

「しかし餅は餅屋という諺《ことわざ》もありますし……」

「こういう事件を俗に密室と言うらしいが、要は不動産にまつわる謎やろ？　不動産の謎を不動産屋が解《と》いて何が悪い」

新居の玄関には未だに規制線が張られていたが、玄太郎は「ふん」と鼻を鳴らしながらその下を掻い潜る。

　副島が建築物としての体裁は完了していると言った通り、確かに外観は竣工状態に見える。しかし中に入ると、まだ到底人の住める有様ではなかった。壁紙もなく、配線は剝き出しのまま。完成しているのはアイボリー色のフローリングくらいのものだ。広々としたダイニング・キッチンには梱包《こんぽう》されたままの資材が山と積まれ、壁には配線を含めた平面図がメモ代わりに貼り付けられている。あまりの殺風景さに数日前まで死体が転がっていた事実さえ忘れそうになる。

「死体はダイニングのほぼ中央にあったそうです。丁度ここいらでしょうか」

　春見は不快そうに床を指差す。だが、玄太郎は逆に天井を見上げる。中心からは照明用の配線がぶら下がり、西側の隅には四角く仕切られた部分がある。恐らく屋根裏倉庫への入口だろう。だが、そんなアクセントがあっても照明器具がないので天井も広漠とした印象を与える。

　次に玄太郎は車椅子を窓側に近付け、ロック部分に目を落とした。これも副島の説明通り上下二箇所を施錠する方式であり、外側から細工することなど不可能に思える。

「警察の方は壁に仕掛けがあるんじゃないかと疑ったようですけどね。無理ですよ。従来工法ならともかく、ユニット工法はひと部屋ごと外壁取り付けから配線まで工場で造り上げてしまうんですから」

「わしは昔ながらの工法の方が好みやけどな。現地でユニットの組み立てだけなぞ、まるでプラモデルと一緒やないか」

「そんな乱暴な……しかし確かにユニット工法にも短所があって、その一つがデザインに制約が加わることですが、さすがにそこは鳥森くんですな。ユニットの組み方を不整形にすることで独創的な外観に仕上げた。本人は積木細工の応用と言っておりましたが、ああいう発想はとても私らにはできません。つくづく惜しい男を亡くしたものです」

「それはそうだろうさ。何の役にも立たん奴を殺したところで、やっぱり何の役にも立たん」

「また、そんな憎まれ口を……」

構わず玄太郎は浴室に移動する。通常、浴室への開口部は外気との兼ね合いで狭く作られるものだが、この家のそれは大人二人分の幅があり車椅子でも楽に入った。

「終《つい》の住処《すみか》にするつもりだったんですかね。将来、自分が車椅子を使うことも考慮して設計していたようです」

成る程、脱衣所から浴室まではバリアフリーであり、車椅子のまま湯船に直行できる。

「警察は浴室の窓にも疑いの目を向けましたが、そこも網戸の向こうは二重サッシの嵌め殺し、しかも内側からブラインドが取り付けてあるので後からの細工は全く不可能です」

最後に一行は玄関に戻ってきた。

「玄関と裏口も彼らが固執《こしつ》した箇所です。つまり、ドアの蝶番《ちょうつがい》を犯行後に外側から取り付けられないかと考えた訳ですな。しかしこれも無理です。ご覧の通り、玄関もそして裏口も蝶番は家の内側に隠れており、外側から装着することはできません」

「床はどうなんですか。フローリングを剝がしてから、床下に潜って上手く元通りに嵌め込むというのは」

「綴喜さんも無茶を言われますな。フローリングも室内側から打ち付けた上に隙間なくコーティングされているんです。よしんば手品師みたいにそれができたとしても、床下はベタ基礎になってますから出入りできるのはシロアリくらいのものです」

玄太郎は二人の会話など耳に入らぬかのように表情を動かさない。半眼のままでドアを見ているだけだ。

そのうちに携帯電話を取り出した。

「おう、副島くん。わしや、香月や。一つ訊くが、烏森の死んだ時刻を十五日の十二時から二時までの間と決めたのは誰や。……大学の医学部？　……責任者の名前は？

……海部《かいふ》教授。よし分かった。今から会いに行くからアポイント取っておけ」

海部教授という人物の第一印象を一言《ひとこと》で表わせば、流行《はや》りの町医者という風情だった。

大学の教授ともなればそれなりの経歴なり名声が頭を高くさせてしまっても当然なのだが、この人物は物腰も柔らかく初対面の老人に対してひどく丁寧だった。狷介《けんかい》なところも尊大なところもなく、それどころか玄太郎の車椅子を目にするなり、「前もって言って頂ければ良かったのに」と慌てて床に平積みされていた書籍類を片付け始めたので、こちらが恐縮する有様だった。

「副島さんからお話は伺っています。何でも死亡推定時刻について興味がおありだとか」

「お忙しいところを年寄りの我儘《わがまま》で潰してしまい、誠に申し訳ない」

みち子は耳を疑った。この老人の口から出た言葉とはとても思えなかった。

「実はわし自身の抱えておる問題にそれが絡んできよりました。そこで先生にご教授願いたいのだが……あいにくとわしはまともな教育を受けておらん。この齢になっても分かるのはかろうじて不動産に関わることだけや。だから、この年寄りにも理解できるように説明して欲しい」

「ええ。わたしも教えるのが仕事ですから」

「無学なので物分かりが悪いかも知れんが」

「構いません。生徒のように点数を付ける訳ではありませんから。……ええと、七宝町の事件に関連して、ということでしたね。あの案件は現場の検視官が算出したもので、まだ死体検案書は作成途中ですし、捜査上の秘匿事項を市井《しせい》の方に漏洩《ろうえい》することも無論できません。ですから今からお話しすることはごく一般的なこととお考え下さい」

玄太郎は神妙に頷いた。

「ご存じの通り、人体のほとんどは水分で構成されています。さて、ここにコップがあり、その中に熱いお湯が入っているとします。最初は熱いが、そのうちどんどん温《ぬる》くなり、やがて外気温に近づいていきます。そして、これはほとんどを水分で構成している人体にも同じことが起こるのですね。最初は暖かだった体温が死亡時をスタートに大体死後四十八時間以内で気温とほぼ同じになります。冬なら一時間に二度、春と秋なら一度、そして夏なら〇・五度ずつ下がるのですが、つまり発見時の体温から逆算していけば低下のスタートである死亡時間が判明するという理屈です。但し体温にも個人差があり、外気温も一定ではないため推定時刻という表現をしているのです」

「ふむ……」

「二月十五日の外気温については気象庁の地上気象観測原簿によると六度から八度。死体の検温……これは直腸内の温度を測るのですが、これが二十七度でした。成人男性の平均体温を三十七度とし、その差は十度。これを逆算すると」

海部は手近にあったコピー用紙を摑《つか》むと大きな字で数式を書き並べ始めた。

死後経過時間　　一時間当たり低下温度
00.01~05.00（Hr）　1.81℃
05.01~10.00（Hr）　1.10℃

37℃－27℃＝10℃

1.81×5＝9.05　　1.10×0.86＝0.95

「こうして検温した六時五十分から五・八六時間前、つまり〇時五十九分を中心とした前後一時間を死亡推定時刻と算出した訳です」

玄太郎はしばらく無言で数式を凝視していたが、やがて一度だけ深く頷いた。

「結構。非常に分かり易い」

「しかし、実はこれは正確な数値ではありません。担当した検視官はまだ経験も浅くあまり拘泥しなかったのですが、密閉された室内においては外気温と室温の低下速度には差異が生じるからです。その点、建物の構造にお詳しい香月さんには何かご意見がありますか」

「最近の一般住宅は例の如くエコロジーというヤツが大流行りでしてな」玄太郎はいささかの皮肉を込めて笑う。「あの物件も発泡プラスチックの断熱材を外張りにする工法でしたな。断熱材で四方の壁を埋めてしまうと、日中、窓から採り入れた太陽熱をかなりの時間室内に溜め込むことができる」

「ああ、それは貴重な意見です。すると、実際の体温低下は外気に触れていた場合より緩やかだったことになります。従って死亡推定時刻は〇時五十九分よりも以前に遡《さかのぼ》る必要がありますね。丁度胃の内容物の消化具合が出ている頃なので、そちらと照合しながら死体検案書を修正するつもりです」

「ありがとう、先生。よく理解できた」

丁重に礼を言い辞去を告げると、この温和な教授は一瞬だけ悪戯《いたずら》っ子のような笑みを浮かべた。

「これは私の独り言ですが……抜け毛の目立つ被害者の側頭部にはタンニンを主成分とした塗料が微量に付着していました。新築間もない現場にはあって当然のものと、一課の刑事さんたちは歯牙《しが》にもかけませんでしたが」

「タンニンを主成分とした塗料？」

「不動産や建設関係の方ならよくご存じでしょう。〈柿渋《かきしぶ》〉と呼ばれる物ですよ」

海部教授に見送られて二人は校門を出た。最後まで誠実だった教授の姿が見えなくなると、みち子は辛抱しきれずに口を開いた。

「ああ、びっくりした」

「さっきの説明にかね？」

「いいえ。玄太郎さんがあんな風に畏《かしこ》まった姿なんて初めてで」

「ふん、そんなことか」

玄太郎は面白くもなさそうに鼻を鳴らす。

「あの先生は誠意ある対応をしてくれた。だから、こちらも誠意をもって傾聴した。当然のことや」

4

ハルミ建設に到着すると、玄太郎はドライバーと一緒に車内で待っていろとみち子に命じた。

「いけません。自宅と違って何が転がっとるか分かったもんじゃない。わたしが付き添いますから」

「困ったな。塗料のサンプルを見て話しするだけなんやが」

「絶対に駄目です。ええですか。玄太郎さんは押し手がおらんかったらはいはい歩きの赤ん坊と変わらんのですよ」

「赤ん坊がこんな憎まれ口を叩くもんか」

「とにかく一緒に行きます。一人にさせて何か起こったら、後で職務怠慢と非難されるのはわたしです」

強硬に主張し続けていると、やがて玄太郎が渋々折れた。

「塗料のサンプルでしたら、わざわざ来て頂かなくても、こちらから持参しましたものを」

急な来訪に驚く春見に構わず、玄太郎は他人の事務所を我が物顔で進む。

「どんな種類の塗料をお探しで？」

「とにかく見せろ。話はそれからや」

春見は聞こえないような溜息を吐いて、玄太郎を先導する。

事務所の奥に行くと〈資材倉庫〉とプレートの掛かった部屋に突き当たった。春見は鍵を取り出して開錠する。

「ほう。ご丁寧にいちいち鍵を掛けとるのか」

「以前、従業員が資材の横流しをしまして……それに懲《こ》りて今は私が管理しております」

倉庫の中に入った途端、溶剤のシンナー臭と鉄の臭いが鼻を衝《つ》く。と、同時にひんやりと乾いた空気が一行の全身を包んだ。広さは十五坪ほどもあろうか、青白い蛍光灯の下に資材や塗料が整然と並べられている。

玄太郎は塗料の並ぶ列を水平に移動する。蓋のしてある容器もあれば開けっ放しの容器もあり、玄太郎は一つ一つを仔細に見ていく。よくよく注意すると壁や床には塗料のこぼれた跡が点在している。

「おい。蓋の開いた塗料は表面に膜が張っとるぞ」

「ああ、これは不手際をお見せしてしまいまして」

そして、ある容器の前でぴたりと車椅子を止めた。みち子はその容器を見てあっと叫びそうになった。

その容器には〈柿渋〉のラベルがあった。

「ここに死体を置いといたんやな」

まるで世間話をするような口調だった。

「犯人はお前や、春見」

背筋がいきなり寒くなったのは冷気のせいだけではなかった。みち子が恐々《こわごわ》振り返ると、春見善造はひどく困惑した表情で二人を見ていた。

「いきなり何を言うかと思えば……。どうして私が烏森くんを殺さなきゃならないんですか。仕事上の有能なパートナーだったのに」

「動機とやらか？　それは烏森がお前の偽装建築に気づいたからや」

「偽装建築？」

「烏森が最初にお前と組んで建てた栄のマンション。あれは完全な手抜き工事や。わしの会社に提示した見積もりよりずっと安い材料を使ってその差額を浮かした。地下駐車場の破損した支柱を見て烏森はそれを知った。だから口封じにあいつを殺した。違うか」

ふう、と聞こえよがしの溜息を吐いたかと思うと、春見の次の行動はあまりに素早かった。音もなくみち子の背後に回り込んで膝を崩させ、あっという間に手近にあったナイロン紐で手足を縛り上げてしまった。叫ぼうとした口には丸めた雑巾《ぞうきん》が詰め込まれた。

「女子《おなご》に手荒な真似をするやない！」

「しかし、身障者のご老人に手荒な真似をするのはもっと気が引けます。それに元々社長は介護者がいなければ身動きが取れませんしね。ご心配なく。梱包作業は手馴れていますから痛くないように縛ったつもりです」

人をまるで資材扱いして──みち子が一人憤慨している間に、春見はドアに戻って鍵を掛けた。

「しかし香月社長。貴方は本当に難儀なお人だ。アリバイを疑うとかならまだしも、最初からそれに言及されたのでは逃げ場がないじゃありませんか。……幸か不幸か、今日は朝から皆が出払っていまして。それにここは四方が分厚いコンクリート壁で窓もありませんから、多少の大声を張り上げても外には洩れません」

「しかし事務所の前では運転手がわしらを待っとるぞ」

「社長から話が長くなるので先に帰れと伝言された……とでも説明すれば納得してくれるでしょう。貴方が気紛《きまぐ》れなのは彼も嫌というほど承知しているでしょうからね」

話しながら、春見は車椅子をスチール棚に縛り付けて固定しようとする。

「念のため、社長にも身動きは取れないようにさせていただきます」

「下半身不自由な老いぼれにえらく厳重なことやな。親に恥ずかしいとは思わんのか」

「すみません、すみません……しかし社長。何故ここが死体を保管していた場所と思われたんですか」

「烏森の頭には柿渋が付着しとったそうや。警察は建設途中の建物の中やから塗料が付くのは当然と思ったらしいが、現場で塗料を使っていたのはあの時点でフローリングだけ、しかも色は柿渋とは似ても似つかぬアイボリーや。ちょっと気を利かしたら、その柿渋がどこか別の場所で付いたものやないかと想像がつく。そしたら、すぐに思い出したわ。七宝町の分譲地、あれは内装を柿渋塗装しとったやろう。幟にエコ塗料エコ塗料とうるさいくらいに書いてあったからな。恐らく、ここの床か壁にこぼれた柿渋塗料が烏森の頭に付着したんやろうさ」

「柿渋なんて今じゃ珍しくもない。それだけの根拠でこの場所を特定するなんて、ひどく強引だと思いますが」

春見は身体の自由を奪われた二人を前にして、威嚇《いかく》も開き直りもしない。ただ、降って湧いたようなトラブルに当惑しているようにしか見えない。

「第一ですよ、あの密室の謎はどうなったんですか。仮にわたしに彼を殺さなきゃならない動機があったとしても、あの部屋から脱出できることを証明しない限り逮捕なんてできっこない」

「ああ、あれか。あんなもの現場をちらと見ただけで見当がついたぞ」

事もなげに玄太郎が言うと、春見は目を丸くして顔を近づけた。

「ご冗談を。ちらと見ただけでそんなことが分かるはずありません。警察でさえ、その一点で捜査が行き詰まったというのに」

「春見よ。相手が素人ならいざ知らず、あれは建築屋には分《わ》っかり易い方法やぞ。まるで下手な手品を後ろから見せられておるような気がしたわ」

玄太郎は馬鹿馬鹿しそうに斬って捨てる。

「あの物件はユニット工法やったな。基礎の上に工場で仕上げた一部屋ごとのユニットを組み立てる。そして最後に屋根を被《かぶ》せる。いつぞや、わしの言うた通りプラモデルや。そこでお前は死体を室内に転がしておいてから屋根を取り付けた。つまり烏森はお前が作業を終えた十四日の午後八時よりもずっと前に死んでおったのだ。殺された時に密室やった訳やない。逆や。殺してから密室にしただけや。もっと仔細に説明してやろうか？　もちろん屋根一枚をお前一人で張ったのではない。十四日の作業で屋根も九分通り張り終わっていた。そして残り数枚を残した段階で、お前は若い連中を遅れの出ている佐屋の現場に追い立てた」

「遅れていたのは事実なのですよ。本当に最近の若い者はこういうキツい仕事には就《つ》きたがらんので人手不足が慢性化してまして」

「死体は大方《おおかた》アルミの断熱シートに包んだ上にブルーシートでも被せておったのだろう。建設現場でブルーシートに覆われておれば誰も見向きもせん。お前は死体を担いで張り残した所から屋根裏に入り、収納階段を使ってリビングに下りた。時刻は七時頃、外は既に暗く照明もまだ装備されていない闇の中の行動や。家の外からは様子が分からんし、見えたとしてもブルーシートのお蔭で資材を運んでいるようにしか見えん。お前は床の上に死体を転がすと、内側が全て施錠されていることを確認してから屋根裏に戻り、階段を収納しこれも施錠した。そして屋根に上がり、軒天井を打ち付ける。垂木《たるき》を乗せ、野地板《のじいた》と耐水合板を装着し、アスファルトルーフィングを敷き詰めてから最後に平板スレートを張った。工程だけ連ねれば大層な仕事に聞こえるが、残っていたのは畳数枚分だけやったろうから、お前の腕なら一時間もかかるまい」

春見は黙って聞いていたが、時間経過と共に眉間の皺を深くしていた。

「まるで見てきたかのようにおっしゃる。香月社長はご自分でも大工仕事の経験がおありで？」

「ないな。しかし、自分の売った地所にどんな家が建つか興味はあるからな。時間の許す限り現場に顔を出して作業の様子は観察しとるよ。実際、お前の立ち働く姿も何度か見た。さすがにあの棟梁の弟子やと感心して見ておったもんやが」

「お褒めいただいて光栄です……。しかし社長、密室の件はそれで説明がつくとしても、死亡推定時刻の件はどうなります？　検死の先生の報告では十五日の深夜十二時から二時までの間ということでした。社長の推理が正しいなら少なくとも烏森くんは十四日の夕方には死んでいたことになる。それでは齟齬《そご》が生じます」

「ふむ。お前はその十二時から二時までの間はスナックなり何なり誰ぞと一緒にいて、アリバイを作ったのだろうな。だが、実際は多分こうだったのではないか。栄のマンションで烏森がお前の偽装建築に気づいたのが十四日の昼や。奴《やつ》は取るものも取りあえずここにやって来てお前を詰問した。そこでお前は奴を手に掛けた。お前のことや、しでかしたことを後悔はしたやろう。だが捕まることはできん。必死に考えた。そして思い付いたのが死んだ時刻をずらして、あの家の中に放り込むことやった。そうすればアリバイも成立、密室のカラクリを解けなければ警察の手が自分に届くこともない」

「死んだ時刻などどうやってずらします？」

「大学の先生に聞いた。死亡推定時刻というのは死体の体温が外気温と同じになる時刻から逆算するのだとな。だが、外張り断熱の建物なら室内の温度低下は緩やかやし、元々の体温が異常な高さのままで保温されたとしたら十二時間くらいは誤魔化せる。丁寧に計算式まで教えて貰ったからな。わしも久し振りに頭使って計算してみたんさ」

「何が久し振りなもんですか。社長の頭脳はいつもフル回転でしょう」

「そこでこの倉庫や。お前はここに死体を置くとありったけの暖房で倉庫内を暖めた。死体の周りにはストーブをガンガン焚《た》きもしたやろうな。都合の良いことに倉庫の管理はお前がしとる。邪魔者が倉庫にふらりと入ることもない。死体の温度はどんどん上昇し四十度以上にはなったか。六時間ほどもそうしておいてから、すっかり暖まった死体を断熱シートに包み、お前は七宝町の現場に向かう。現場はここからクルマで五分の場所やから、到着しても死体はまだまだ暖かい。後はさっき長々と説明した通りや。夕刻過ぎでも外張り断熱のお蔭で室内は外よりは冷えていない。死体が発見された六時半には体温は二十七度まで下がったが、元より条件が違うのだから正確な時刻が算出される訳がない。だが、お前はそれ以前に大きなヘマをやらかした」

「何を……ですか」

「倉庫内を締め切ったままで暖めたことさ。長時間高温にしたため保管していた有機溶剤塗料のシンナー成分が揮発してしもうた。ここにある何缶かの表面に膜が張ったのはそのせいや。それに、あいつは抜け毛の気味があったからな。恐らく何本かはここに落ちとるはずやぞ」

「では後ほど大掃除をしなくてはなりませんな。ああ、それから塗料も全部買い替えなくては。やれやれ、また余計な仕事が増えた」春見は大きく溜息を吐いた。「自業自得だというのは分かっているんですがねえ。烏森くんが乗り付けてきたクルマの処分だって大変だったというのに」

「ユニット工法を利用したことは仕事柄当然として、死体を暖めて死亡推定時間を狂わせるなんてのはどうやって思い付いた。お前のアイデアとも思えんが」

「ああ、それはですね。昨年、うちの手掛けた物件で似たような出来事があったんです。やはり外張り断熱の家屋で購入者が自殺したのですが、室内の保温効果で体温低下が緩慢だったために推定時刻が大きくずれ込んで捜査が混乱したんです。それを参考にしました」

「しかしなあ、何も殺すことはなかったろう」

「それはわたしだって。あれが穏便《おんびん》な話し合いだったら、また別の展開があったのでしょうが……それがあんな風に恐喝されては」

「あの男が恐喝したのか?」

「ええ、怒鳴り込んでくるなり、よくも自分の初仕事に泥を塗ってくれた。公表されたくなければ今後ひと月ごとにまとまった金額を口座に振り込め、と言われました。当時の発注書も見積もりも、彼は初仕事の記念に保管していると言う。追い詰められて、気がつくと自分のネクタイで彼の首を絞めていました」

「あやつもそこそこ稼いでおったはずだ。いの一番にカネの話をするほど切羽詰まっていたとは思えんが」

「彼自身ではなく細君の仁美さんがカード破産寸前でした。自分は働きもせず毎日毎日買い物を続ければそうなるのが当然なのですが、彼女は自分のような女性だからこそそういう生活が相応《ふさわ》しいと嘯《うそぶ》いていたようです。その、根拠のない思い込みはどこから来るんでしょうねえ。また、あの鳥森くんという男も仕事では辣腕《らつわん》を振るっても女房の操縦はからっきしでした。彼よりも羽振りの良さそうな税理士と浮気され、彼女を必死に引き止めたいがため放埒《ほうらつ》な生活を戒《いまし》めることができなかった」

「やれやれ」と、玄太郎も溜息を吐く。

「そう言や、お前ん所の分譲マンションは他社よりも二割安というのが売り文句やったな。どうせそれ以降も偽装建築を続けたんやろう。そんなハリボテみたいな物件を何も知らん客に売り続けて面白かったか?」

「どうにも仕方なかったのです。長引く不況で受注は減る、あっても足元を見られるような受注額。コストカットや人員削減も限界で、残された方法は原材料のコンクリートを安く仕入れたり鉄筋の数を減らした上で内装だけグレードアップさせ、激安物件として売り出すしかなかった。でなければ会社は倒産してしまう。わたしだけではない。従業員とその家族の生活を護《まも》るためでした」

「阿呆。そいつらの生活を護るためなら、高いカネ出して安普請《やすぶしん》のマンションに住まわされる客の生活はどうでもええと言うのか。そういうのをすり替えと言うんや」

　春見は気圧《けお》されたように口を閉じた。

「春見。一度しか言わんからよく聞け。鳥森を殺《あや》めたことも含めて、今まで手抜き工事をした建物を公表せい。そして手持ちの財産を投げ打ってでも補修工事をせい。そうしたところで罪は消えん。民事でも刑事でもこっぴどくやられるやろう。しかし最低限、建築屋の矜持《きょうじ》だけは守れる」

春見はしばらく頭を垂れて考えていたが、やがてゆるりと上げた表情には気弱そうな苦笑が浮かんでいた。

「貴方の、そういう前向きな剛《つよ》さがわたしには眩《まぶ》しかった。しかし、誰しもが貴方のように真《ま》っ直《す》ぐ歩いていける訳じゃない」

「皮肉なもんやな。わしの足はこんな風に使いものにならんというのに」

「これ以上、責められるのは辛うございます。それに知られてしまったのなら、こうするより他にありません。恐れ入りますが……」

一礼し、春見は自分のネクタイを引き抜くと玄太郎に一歩を踏み出した。

玄太郎は眼前に迫る男を無言で睨みつける。

みち子は身を捩《よじ》りながら何とか声を出そうと足掻く。

その時――――、
施錠したはずのドアが轟音《ごうおん》と共に吹っ飛んだ。

わんわんと反響音が壁を叩く中、ドアをなくした入り口から数人の人影が一気になだれ込んできた。

「なななな何だお前らいったい」

不意を衝《つ》いた襲撃に春見はひとたまりもない。うろたえた様子で立ち竦《すく》んでいると、いきなり腹に膝蹴りを一発、そして顔面にストレートを食らった。げふ、と一声呻《うめ》いてそのまま地べたに腰を落とした。

「社長！　お怪我《けが》は」

次第に目が慣れてくると、むくつけき男たちが七人ほどで春見を取り囲んでいるのが見えた。風体《ふうてい》や面構《つらがま》えは到底堅気《かたぎ》の者ではない。

「ああ、わしは何ともないから先にその女子を解放してやってくれ。酷《ひど》い目に遭わせた」

無骨な手がみち子の戒めを解く。

「こ、香月社長。この男たちは……」

「うちの下請けはお前の所だけやのうてな。こういうやんちゃな者が勤めとる建築屋とも懇意《こんい》にしとる。春見よ。わしが何の用意もせんとここにのこのこやってくると思うか？　わしらが中に入って十五分経っても戻らんかったら、これらが突入する手筈《てはず》になっとったんや。長い付き合いなのに、まだわしの流儀が分からんとみえる。わしはカネにはカネで、権力には権力で、そして暴力には暴力で対抗する男やぞ」

「社長、この男どうします。材料もここにたっぷりある。セメント漬けにして名古屋港へ」

「たわけ。れっきとした殺人事件の犯人や。すぐ津島署に送ってやらんか」

「へ？　わしらが、ですか？」

「普段悪さばあっかしとるんや。こういう時こそ警察に恩を売っておかんか……。おお、みち子さん。すまなんだなあ」

春見が断言した通り、縛られた箇所に痛みはなかったが、遅れてやってきた怒りと恐怖で顫えが止まらない。

「こうなるかも知れんから、わし一人で行こうとしたんやが、あんたも強情やったし」

「本っ当に、何て面倒な爺さんなんだろ！　呆れて開いた口が塞がらんわよ。もう、あたし決めましたからね。ええ、絶対に決めましたとも！」

「……辞めるんか？」

「あんたみたいな危険な患者の世話できるのはあたしぐらいしかおりません。今後何があっても絶対、辞めませんからね！」

＊

「契約の止まっていた六物件、午前中に全て成約済みでえっす」

沙織の浮かれた声でそれを確認すると、ご苦労さんと一声答えて玄太郎は携帯電話を閉じた。

やれやれ。何とか決算には間に合ったか。

「強引な商売だこと」

背中からみち子が皮肉る。

「何を言うか。元々商売ちゅうのは北極の住人に氷を売りつけることなんやぞ」

「はいはい……。それにしても玄太郎さん。あたし、一つだけ分からんことがあるんです」

「何かね」

「どうして春見さんの仕事が手抜きだって見破ったんですか?」

「ああ、そんなことか。わしがあの時、コンクリを口に含んだのは覚えとるな」

「忘れるものですか。あたしはあの時てっきり……」

「あのコンクリは塩辛かった。それでピンときた。あのな、元来コンクリートというのは高アルカリ性でできておる。pH13のアルカリ性が鉄筋の表面に不動態被膜を作って鉄筋を錆《さ》びんよう保護するためだ。ところが、コンクリートの成分となる砂が塩分を含んでいると、その不動態被膜が破壊されて鉄筋はすぐに腐食する。錆びて体積の増した鉄筋は膨張圧でコンクリートを割り、その割れ目から酸素と水が浸入して腐食を更に加速させる」

「じゃあ、あのマンションに使われたコンクリートは」

「うん。材料費を浮かすため海岸から海砂を盗んできよったんだ。何せタダやからな。コンクリが塩辛かったのはそのせいさ。大体、いくら何でも築七年しか経たんマンションがそんなに早く老朽化する訳がない」

ひとしきり感心した後、昼食の用意があるからとみち子は中座した。

もうすぐ二月が終わる。尖《とが》っていた風も丸みを帯び、庭ではスミレが開きかけている。

玄太郎は上半身を深く椅子に沈めて淡い陽光に身体を晒《さら》す。さすがに数日間走り回ったツケだろうか、疲労が首と肩にきている。だが労働に見合うだけの対価が得られたかどうかは微妙なところだ。懸念していた六筆の物件は無事に成約できたが、あれはそもそも売却予定のものだった。津島署からは感謝状を贈りたいと言ってきたが、そんな紙切れを貰ったところで便所紙にもならない。唯一、顔が綻《ほころ》んだのは、奈菜が鳥森仁美の許《もと》に戻れたのをルシアが我がことのように喜んだ時だった。両親を亡くしたばかりのルシアにとって、それはわずかながらでも慰めになったのだろう。

それにしても不愉快な事件だった。身の程知らずの買い物を続けて生活を破綻させた女。その女との縁を断ち切れず夫婦という関係に縋り続けた男。倒産寸前の経営状況を糊塗《こと》するために偽装建築を続けた建築屋。いや、殺人事件の関係者だけではない。高級マンションを破格値で手に入れたと得意満面であったろう購入者。そしてブランドを偽った高級料亭と、そのブランドに盲《めし》いてしまった食客たち――。

その根本にあるのは卑小な虚栄心だ。高級な装飾品、高級な食事を希求するのは、そうしたものを愉《たの》しむ時、自分はそれを愉しむ人間に値するのだと優越感に浸ることができるからだ。ブランド品は信用できるから、などというのは見え透いた口実に過ぎない。本当に優れたものと自分が信じているのなら、その出自など何の関係もないではないか。

そんなにも現実が嫌なのだろうか。虚栄であったとしても、そんなに他人より上等であることが重要なのだろうか。

だが、玄太郎一人憤慨したところで、これからも偽装事件は後を絶たないだろう。人に虚栄心がある限り、それにつけこんだ新たな偽装がまた生まれる。

だからこそ、せめて自分だけは現実から目を背けまいと思う。半身不随の癇癪爺い――それこそが自分の正体だ。そしてどんなに華美な装飾をしていようが、どんな肩書きを振りかざそうが、その人間の本質さえ見極めていれば失敗することもない。

そこに会社の営業担当者がやってきた。

「社長。栄のワンルーム・マンション、入居希望者が挨拶に来られました」

おお、そうかと玄太郎は身体を起こす。

確か若手のピアノ弾きとかいう触れ込みだった。ゆっくりと吟味して、もしも外見だけのチャラチャラした男なら即座に断ってやろう——。

「すぐに会おう。こちらに来てもらえ」

要介護探偵の生還

1

玄太郎が倒れた。

それは新しい年度が始まって間もなくのことだった。正午過ぎ、いつもと同じように自分のオフィスで執務中だった玄太郎は、電話中にいきなり言葉を途切れさせたかと思うとそのまま床に昏倒《こんとう》したのだ。近くにいた社員が揺り動かしたが一向に意識が戻らないため一一九番に連絡した。

十分後に駆けつけた救急隊員は玄太郎の容態をひと目見るなり脳溢血《いっけつ》ないしは脳梗塞との判断を下し、直ちに病院に搬送した。玄太郎は意識を喪失したままだった。

CT検査の結果、玄太郎は脳梗塞と診断され、すぐに香月家の家族が呼び出された。不安と動揺で浮き足立つ家族の前に現れたのは、眼鏡の奥から理知的な瞳を覗かせた四十代の医師だった。

「この病院で外科を担当している御陵《みささぎ》です」

「外科あ？」

次男の研三《けんぞう》は声を裏返していた。

「オヤジ、手術が必要なのか。だ、大体脳梗塞って何だよ。あれは冬のもんじゃないのかよ」

「脳梗塞は冬の寒い日に血管が縮まって、という印象があるのでしょうが、実際には急に暖かくなった春先とか真夏に多い病気なのですよ。大量の汗を掻くと血液濃度が上がり血栓ができやすくなるのです。香月さんは一般にはアテローム血栓性脳梗塞と呼ばれるもので、最近とみに増加しているタイプなんです」

御陵医師は持っていたメモに大雑把な血管の断面図を書いてみせた。

「動脈硬化が進むと血管の壁が傷付き、そこにコレステロールなどが入り込み、お粥《かゆ》のような塊を作ります。これがアテロームというものですが、これが蓄積すると血管壁が盛り上がり内部が狭《せば》まって血流が悪くなります。更にアテロームは内皮細胞を破壊するのですが、それを補修しようとして血小板が集まり、結果的に血栓を作ってしまいます。そしてやがて血管が詰まって血液を送れなくなり、それが脳動脈の場合には脳細胞が死んでしまいます」

「あ、あの。実家の父親も同じ病気だったのですが、脳梗塞になってしまえばもう後は治療しかなくて手術の必要はないって……」

長男の嫁である悦子《えつこ》が不安げに尋ねる。

「通常はその場合が多いのですが……香月さんは血管を非常に脆《もろ》くされており、血栓で膨れ上がった血管が破れてしまいました」

「そんな、あんなに丈夫そうだったのに！」

「従って事は急を要します。開頭して出血を除去し血管を元に戻さなければ生命の保証はできません」

御陵医師の言葉に家族全員が凍りついた。

「ご家族に過大な期待を抱かせてもいけませんから事前に申し上げておきますが、仮に手術が成功し一命をとりとめたとしても脳梗塞の後遺症は確実に残ります。梗塞の起きた部位は中大脳動脈と前大脳動脈です。こんな風に二箇所が同時に詰まってしまうのは非常に珍しい症状なのですが術後の運動障害、感覚障害、そして言語障害は覚悟しておいて下さい」

絶望的な前提条件だった。手術が成功しても生命を長らえさせるだけで健常者としての生活は諦めろというのだ。

立場上、長男の徹也《てつや》がその場で差し出された手術同書書に署名を迫られた。

徹也は家族の顔を見回す。

研三、悦子、そして娘の遥。全員が頷《うなず》いていた。身体《からだ》の障害を決定づけられた生活――それでも生きてさえいてくれたら、と全員が同じ想いだった。ここにはいない長女の玲子《れいこ》もきっと同意しただろう。

署名された同意書をひったくるなり御陵医師は手術室に消えた。親族に与える印象よりも患者を優先させた態度に、憤慨する者は一人もいなかった。かかりつけでもなければ口コミの評判を聞いた訳でもなかったが、この医者なら信頼できるという感触があった。銀行員である徹也は融資の際も提供された担保価値よりは人物に重きを置くのを信条としていたが、その長きに亘《わた》って培《つちか》われた目が御陵医師を信じろと告げていた。

そして何よりも生きてさえいれば後は玄太郎自身が何とかするだろうという不思議な確信めいたものがあった。第一、何事も諦めるなというのが玄太郎の口癖だったではないか。

手術は午後一時ジャストに開始された。

開頭を含んだ術式で玄太郎の肉体が長時間の大手術に耐え得るのかどうかも定かではなく、一同は手術室の前に設《しつら》えられた待合室でじりじりと結果を待っていた。皆、席を立つのを怖れているようだった。まるで自分が席を立った瞬間、死神が結界を押し開けて手術室に忍び込むような不安があった。

「畜生」と、誰に言うともなく研三が呟《つぶや》く。

「唯我独尊が立って歩いているようなクソッタレオヤジが脳梗塞だと？　そんなありきたりの病気で逝《い》っちまったらただじゃおかないからな」

「しかしな、研三。親父だって七十歳だぞ」

「ただの七十歳ならもっと枯れてらあ。あのオヤジは特別誂《あつら》えなんだよ。今まで屠《ほふ》ってきた商売敵の肝を食らって人の三倍は寿命が延びてる妖怪なんだ」

いつもの軽口だったが、その場では切実にしか聞こえなかった。そして、いつもならたしなめる筈《はず》の徹也も今だけは同意したい気分だった。

その時、廊下の向こうからこちらに近づく足音が聞こえた。見れば、タイトな事務服に身を包んだ女性が小走りに駆けてくるところだった。徹也は思い出した。確か玄太郎の会社で経理を担当している谷口沙織という社員だ。

「社長は？」

親族への挨拶をすっ飛ばして、開口一番の台詞《せりふ》がこれだった。普段ならむっとする場面だが、その口調がひどく切迫したものだったので家族の誰もそれを咎めようとはしない。

徹也が医師の説明をそのまま伝えると、沙織は顔を強張《こわば》らせたままふうと息を吐いた。

「わたしも、ここで待っていいですか」

断る理由はない。遥が気を利かせて長椅子のスペースを空ける。遠慮がちに腰を下ろしてから、初めて沙織は自己紹介した。

「わたし、会社の代表で来たんです。本当は社員全員で押しかけようって勢いだったんですけど……」

「けど？」

「そんなことしたら社長が怒るに決まってるって。大事な仕事放ったらかしにしてどこで油売っとるんや、このくそだわけええって」

研三が唇だけで笑った。

逆に徹也は面《おもて》に陰を作った。

「その……会社での親父はいったいどんな風なんですか。やっぱり暴君で傍若無人なんですか」

「ええ。暴君で傍若無人です。おまけに癇癪持ちで言葉遣いが乱暴で、粗野で頑固で諦めが悪くて考え方はナウマン象より古いです」

そう断言してから沙織はでも、と付け加えた。

「みんな、そんな社長が結構好きで」

「え？」

「何か自分のお爺ちゃんと仕事してるみたいだって。ほら、今の会社ってどこもセクハラとかパワハラとかうるさいじゃないですか。でもウチの社長、そういうの全くお構いなしですからねー。女性社員に早く結婚しろだの夜遊びするなだの短いスカート穿《は》くなだのって、もううるさいの何の。仕事ミスったりしたら二言目にはこのたわけ給料泥棒今すぐ辞めちまええって。たまーに手も出たりするし」

居合わせた家族たちにはその光景が目に浮かぶようだった。

「普通の経営者だったら言わないこと平気で言いますからねー。でも、言われた本人悔しがるけど根には持たないんです。自分のために真剣に言ってくれたのを知ってるから。パワハラなんて特にそうだけど、管理職が保身に走ってて言うべきことを言わない、するべきことをしない。そんなの下からは丸分かりだから逆手に取られる、みたいなとこがあるじゃないですかー。でもウチの社長は保身どころか自爆オッケーで立ち向かってくるから逃げようがないんですよ。そんなに真剣に怒る人、他にいないし。だから真剣に怒られるのが分かってるから、こっちも真剣に仕事するしかないんですよねー」

家族たちはめいめいの心の裡《うち》で頷く。どうやら玄太郎は会社にいても家の中と同じ顔をしていたようだ。

玄太郎の辞書に適当とかおざなりとかいう言葉は存在しない。善悪正邪の区別なく玄太郎は全てにおいて明確な立ち位置を示し、徹底的に持論を主張した。世知《せち》や常識には目もくれず、自分の物差しだけで物事を二分した。正しいか過ちか、ではなく好ましいか好ましくないかがその判断基準だった。そして、そうした人間の常として敵も多かったが心酔する者もまた多かった。

しかし、と家族は恨めしそうに手術室のドアを見つめる。どれだけの人間に心酔され必要とされていたとしても、あの部屋の中では何の意味も持たない。執刀医の技量と本人の気力、体力、それだけが必要とされる全てなのだ。

一秒が一分に、一分が一時間にも感じられる。皆がまるで死刑宣告を待つ囚人のような焦燥に駆られていると、再び廊下の向こうから足音が近づいてきた。現れたのは制服に身を包んだ五十代の警察官だった。その身のこなしと凛《りん》とした風貌からかなりの上級職であることが窺われる。

「津島警察署の佐野治仁と申します」

敬礼こそしなかったものの、その口調の厳然さに研三までがわずかに居住まいを正した。

「不躾《ぶしつけ》ですが玄さ……いや、香月さんのご容態は？」

先ほどと同様に徹也が知り得る限りを説明する。その最中、徹也は毎年届く玄太郎宛ての賀状にその名を見かけることを思い出した。

「津島署の佐野さんと言えばもしや署長さんではありませんか？　いったい親父とどんなご縁で」

「初めて香月さんとお会いした時には本山《もとやま》の……ご自宅の地区を担当する派出所に勤務しておりました」

それを聞いて研三が身を乗り出した。

「その頃、オヤジが何か悪さでもしましたか？」

「逆です。私がお世話になったのですよ」

無言で沙織がスペースを作ると、佐野は会釈して腰を下ろした。

「お世話した？　意外だな。オヤジの警察嫌いは今に始まったものじゃないと思ってたんだが」

「私が派出所勤務を拝命した頃のことです。当時、あの界隈《かいわい》には警察も手が付けられんような不良グループがおりましてね。まあ、暴力団の予備軍みたいなものですが、そいつらによるトルエンの盗難が相次いでいました」

「トルエン？　いったい何のために」

「まだ今ほど麻薬が出回っていない頃でしたから、その代用品ですな。建築会社の倉庫から盗み出して高値で売買したり自分たちで使うのです。そして、その何件目かの標的に選ばれたのが香月さんの会社でした。夜分に盗みに入った際、運悪くその場に香月さんが居合わせましてね。驚いたものの多勢に無勢、そいつら居直り強盗に転じて香月さんを袋叩きにした上、トルエン他の有機溶剤をたんまりと奪っていった」

「へえ、オヤジでもそんな目に遭ったことがあるんだ」

「ええ。何せ不意を衝かれましたから。顔と言わず腕と言わず包帯と絆創膏《ばんそうこう》だらけでお岩さんのような有様でした。ところがそんな狼藉《ろうぜき》を働いても狡猾《こうかつ》な奴らで証拠になるようなものは何も残しちゃいなかった。被害届を受けた私としても憤懣やる方なかったが、証拠がないので逮捕拘留もできない。香月さんは泣き寝入りするしかない状況だったのですが……」

「しかしまさか、泣き寝入りなんかするタマじゃないよなあ、あのオヤジが」

「ええ、その通りです。まずイの一番に私が怒鳴られました。何故、逮捕する前にあいつらを叱ろうとせん！　と、こうです。叱って言うこと聞くような奴らじゃないんですが、それでも叱られなかったら本人たちも善悪の区別がつかんじゃないかと。それからです。傷が癒えて包帯が取れるなり、香月さんは単身奴らのアジトに乗り込んでいったんですよ。腹にダイナマイトの束を巻いて」

悦子と遥は息を呑《の》み、兄弟と沙織は苦笑混じりに頷いた。

「それで鉄パイプを振り回して大立ち回り。まあ元より若い時分は腕っ節と向こう意気の強さで鳴らした人でしたから、さしずめ怒れる大魔神といったところですな。報せを聞いて私が駆けつけた時にはアジトにいた十数人を叩きのめした後でしてね、学校行かなかったから仕事がないだと調子こくな、親が冷たいからグレただと甘ったれるなくそだわけと机の上で仁王立ちになって延々説教しているんです。本人たちは完全に戦闘意欲を喪失して床に伸びているんですけどね」

その光景も如実に目に浮かぶようで、居合わせた者たちはうんうんとしきりに頷く。

「ただ、それで終わらないのが香月さんでした。要は仕事で忙しけりゃ悪さをする暇もないだろうと、新しい建築会社を一つ拵《こさ》えてそいつら全員社員にしてしまったんですよ。その会社というのが実は」

その社名を聞いて一同は少なからず驚いた。地元ではテレビCMまで流している優良企業ではないか。

「結局、香月さん一人が不良グループ一つを壊滅させてしまった。署の方では感謝状も手配したのですが、あの人は受け取ってもくれませんでした」

「ああ、それは無理でしょうね」研三は片手をひらひら振りながら言った。「床の間に感謝状や表彰状を並べることほどみっともないものはない、他人から自分がどう扱われているか吹聴《ふいちょう》することほど破廉恥なものはないってのがオヤジの持論ですからね」

佐野はさもあらんという風に微笑する。

「我々がつい目を瞑《つぶ》りがちなことをあの人は決して見逃そうとしない。見て見ぬふりをしない。気に食わなければ怒る。説教を聞かなければ他人の子であろうと平気で殴る。昨今の風潮からすれば明らかに行き過ぎだが学ぶことは多い。私もずいぶん教えられました。今の私があるのも、あの頃に香月さんに出会えたからだと思います」

そう言って頭を垂れた。

嫌な雰囲気だ、と徹也は焦《じ》れた。まるで通夜の席で死者の善行を称《たた》えるような会話だ。

そして、やがて誰も口を開かなくなった。

不気味なほど静謐《せいひつ》な廊下に蛍光灯の高周波だけが聞こえる。身を寄せ合えば互いの心音が聞こえそうなくらいだ。既に手術開始から三時間が経過していた。にも拘わらず、手術室の向こう側には何の動きもない。焦燥は限界近くまで高まり、咳《せき》払いさえ躊躇《ためら》われる。

「いくら何でも時間が……」

耐えきれずに徹也が沈黙を破ったその時だった。

ふっと「手術中」のランプが消えた。

弾《はじ》かれたように全員が立ち上がった。開いた手術室のドアから最初に姿を現したのは御陵医師だった。

「先生」

徹也が皆を代表して歩み寄ると、御陵は疲労の垣間《かいま》見える表情で手袋を外した。

「時間がかかったのは、脳内出血の処置と共に血管の拡張術を行ったからです」

「血管の拡張術？」

「脳内血管の狭窄部《きょうさく》を拡げて脳梗塞の再発を予防するための措置です。なにぶんご高齢ですからね。二回目の手術に耐えきるには体力面での問題があったので一気に済ませたかったが、少なくともその判断は正しかったようです」

「それじゃあ……」

「ええ。手術自体は成功しました。ただ、術後の経過は慎重に見守る必要があるでしょう。先ほども言ったように高齢でいらっしゃいますから、まだまだ予断を許せません。ここから先は患者主体の闘いになりますが、どなたか傍《そば》にいてあげて下さい。しかし、それにしても」

　御陵は手術室の向こう側に視線を投げた。

「体力もそうだが、あの精神力はいったいどこから来るものなのでしょうな。あのご年齢であれほどまで生《せい》に執着している方はそうそういらっしゃいませんよ」

「オヤジの往生際の悪さは筋金入りでしてね」研三が口を挟んだ。「地獄に逝っても、早く現世に戻せと閻魔《えんま》様の胸倉摑むような男だからな」

　血栓を除去し再発防止の術式を行ったとしても死んだ脳細胞が復活する訳ではない。また血流が正常に戻ったからといって意識が回復する訳でもない。手術が終わっても玄太郎の身体は未だＩＣＵ《集中治療室》の中にあった。

脈拍と鼓動は微弱なまま一進一退を繰り返していた。最初のうちはわずかな容態の変化で看護師を呼んでいたが、「危険な場合にはモニターからナース・ステーションに通報されますから」と釘を刺されて以来、家族はじりじりとした気分で玄太郎を見守ることしかできなくなっていた。

その生命は部屋を占拠した医療機器によって維持されていた。定期的な信号の流れと一定の数値が玄太郎の存命を告げている。だが、実際の肉体からはまるで生気が感じられない。普段の玄太郎があまりにも生命力に満ち溢れているためか、色が失せ動きをなくした玄太郎はその抜け殻という印象さえあった。

御陵医師は家族に絶望を与えない一方で過大な期待も許さなかった。脳はまだまだ医学にも不可知の部分が多く、玄太郎の容態も万全とは言い難い。脳のどの部分が損傷しているのかはＭＲＩを駆使しても全容が判明する訳でもない。従って、このまま意識が戻らずに死亡してしまう可能性もあると言うのだ。

玄太郎が倒れたという知らせを聞きつけて、面会謝絶にも拘わらず何人もの人間が病室を訪れた。それはたとえば玄太郎が後援会長を務める国会議員であったり、県会議員であったり、または著名な芸術家たちだった。中には名の知れた暴力団の組長までが目立たぬように見舞いに馳せ参じ、家族は今更ながら玄太郎の交友関係の広さに戸惑う有様だった。

だが、家族が本当に待ち望んだ見舞い客は手術の翌日になって漸《ようや》く到着した。

「具合はどうなのよ？」

長女の玲子は徹也を見るなり、そう訊いた。夫の仕事の都合でインドネシアに同行したはいいが、すっかりかの地を気に入ってしまい、あろうことか帰化までしてしまった香月家の変わり種だ。だが思い立つと即座に行動し、常識やしがらみに一切縛られない性格は玄太郎のそれを一番色濃く受け継いでいた。

「電話で話した通りだ。まだ意識は回復していない」

「ちゃんと話し掛けたの？」

「二、三回。でも反応はない。第一、聞こえているかどうかも……」

「何やってんだか！」

その主語が玄太郎なのか徹也たちなのかは言わないまま、玲子は脇目も振らず玄太郎の許に向かう。一緒についてきた一人娘のルシアも思いつめた顔で玲子の後を追う。

だが部屋に入り、中央で医療機器に囲まれて横たわる玄太郎の姿を見るとさすがに玲子も顔色を変えた。

「お父さん……」

語尾は掠《かす》れて、徹也の耳にも届かなかった。

「近くで触ってもいいの？」

「するなと言ってもどうせするんだろ？」

玲子は無言でベッドに歩み寄った。玄太郎の顔には表情がなく、肌も血の気を失って透き通っている。

「やっと年相応の枯れた老人になったわね……でも、全然似合わないよ」

色を喪《な》くした唇にそっと触れる。

「わしは他人から憎まれとるから長生きするんやあって、辺り構わず喚き散らす方がお父さんらしいよ。ホント、朝から晩まで怒鳴り続けてよく喉が潰れないものだって兄妹三人で感心したものよ。それが、今はひと言も口にしないんだって？　嫌よ、そんなの……」

玲子は膝を落とし、玄太郎に顔を近づける。まるで壊れ物を扱うような指で鼻の稜《りよう》線《せん》から頬を愛《いと》おしげに撫《な》でていく。三人の兄妹で一番玄太郎に逆らったのは玲子だったが、一方で一番玄太郎と仲が良かったのも玲子だったことを、徹也は今更ながらに思い出す。

「そう言えば憶《おぼ》えてる？　あたしとか研ちゃんが仮病で寝てたら、いつも布団ひっぺがして学校に追い出したよねえ。子供のうちから逃げること覚えるな、相手が何であっても闘う前に帰ってくるなあって」

不意に玲子は眦《まなじり》を上げた。

「それが脳梗塞で意識不明？　病院のベッドで大往生？　あんまりふざけないでよね。子供にはあんなこと散々言っておきながら、そんなあったりまえの死に方であたしたちが納得すると思う？」

「ちょっ、ちょっと玲子」

「親ならちゃんと最後まで責任持ってよ。どうせ死ぬなら他人に真似できないような派手な死に方するんだって言ったじゃないっ。こんな所で普通に死ぬなんて絶対に許さないからね。起きなさい。起きてまたあたしのこと叱りなさいよ。ねえったら」

「無駄だ、玲子。聞こえやしない」

徹也がその肩を引き戻そうとしたその時、最後の一言が迸《ほとばし》り出た。

「起きろったら起きろよおおっ、このくそ爺いいっ！」

あまりの大声に徹也は思わずたじろいだ。

驚いたのは部屋の外にいた者たちも同様で、遥などは一瞬玄太郎が目覚めたものと錯覚したほどだった。もちろん家族以外にもその怒声を聞きつけた者が大勢おり、ものの一分もしないうちに医師と数人の看護師がすわ何事かと飛んできた。

「いったい何の騒ぎですか」

「あなたたちは病院内ではお静かにという張り紙が読めないんですか」

「しかも集中治療室の中で絶対安静の患者が寝ているというのに」

看護師たちの非難を受けてひたすら頭を下げるのは何故か徹也一人で、張本人の玲子といえば我関せずといった態度でただ玄太郎を凝視しているだけだ。

そして——

「徹ちゃん。見て」

「何だよ！」

苛立《いらだ》たしげに振り向いた徹也は、それを見て小さく叫んだ。

玄太郎がうっすらと目を開けていた。

2

「所長。やっぱり今回は誰かと交替して貰えん？」

綴喜みち子がそう訴えると、電話の相手は悲鳴を上げた。

「勘弁したってよ、綴喜さん。昨日はちゃあんと納得してくれたやないか。第一もう訪問先の近くまで来とるんでしょ？　いくら何でもそんなドタキャンはひど過ぎるよ」

「あたしには仕事を選ぶ権利がないって？　これでも数少ない常勤職員なんやけど」

「んなことは分かっとるよ。優秀だっちゅうことも。だからこそあんたにお願いしたんやないの」

「持ち上げてくれるのは有難いんですけどねえ。別にあたしの気が進もうが進むまいが患者さんの方でこっちを嫌う場合がありますからね。その時はよろしく」

相手の慌てる声が聞こえた瞬間にみち子は携帯電話を閉じ、そして大きな溜息を吐いた。

要介護者の香月玄太郎という名前には聞き覚えがあった。地元では知る人ぞ知る、一代で富を築き上げた立志伝中の人物だ。もっともこうした人物にはありがちだが、その人物評は大きく二分しており、清濁併せ呑む老獪《ろうかい》な野心家と称える声もあれば鬼畜のような拝金主義者と貶《けな》す声もある。

だがみち子にとって引っ掛かるのはその評判よりも彼が富豪であるという点だ。衣食足りて礼節を知るという言葉通り、大抵財布の重い人間は穏健であることが多い。争う必要がないからだ。だが、そうした人間に限って五体が不自由になった途端に正体を現す。裕福であればあるほど保証される自由も大きいが、一転肉体の一部が不自由になるとその反動も大きく、過度な期待やないものねだりとそれを実現できない憤怒を繰り返すようになる。カネで解決できないものが存在することに逆上するのだ。自制心が外れて噴出するのは傲慢さであったり冷酷さであったり幼児性であったりと様々《さまざま》だが、いずれにしてもその矛先は至近距離の介護者に向けられる。

それを偏見と誹《そし》られようが、みち子の場合は経験則なので容易《たやす》く翻意はできかねた。

香月家は本山を過ぎた高台の高級住宅地の中にあった。通称「お屋敷町」と呼ばれ、古くから田畑や山林を所有していた地主たちが大勢暮らしている。遠くから眺めても成る程名前に恥じない邸宅が行儀よく並んでいるが、この有様も実はみち子の気に食わない。山間《やまあい》を切り開いた限りある土地で豪邸を建てようとすると、どうしても階数が多く廊下の狭い、要介護者にとっては不便な家になってしまうからだ。

だが、そんな先入観も当の香月邸を見るまでだった。広大な敷地には真新しい平屋造りの離れがあり、そこが要介護者の住まいらしい。玄関はスロープ状になっており上がり框《かまち》の段差が最小限になっている。廊下は車椅子一台分が楽に通れる広さで壁には延々と手摺《てす》りが設えてある。バリアフリーのモデルハウスもかくやという仕様であり介護する側にとっても有難いことこの上ない。介護が楽ということは要介護者にもストレスがないということになる。

また、みち子は香月家の家族にも好印象を抱いた。息子夫婦の態度が「雇う」のではなく「お願いする」に終始したからだ。

民間サービスの介護料金は決して安いものではない。だから患者の身体を託しながらも、その手間の一つ一つをタクシーの料金メーターのように見つめてしまう瞬間がある。そして、それが度重なるとどうしても雇用しているという意識が顔を覗かせる。

もちろんそれは間違いではないが、時には実の肉親以上に気を遣い、食事や入浴の世話、果ては排便の始末までする身としては雇用被雇用の関係だけでは語って欲しくない部分がある。

「実は御社《おんしゃ》に介護をお願いすると言い出したのは親父本人でしてね」

「お義父《とう》さんの面倒ならわたしが看《み》るって何度も言ったんですけど……」

嫁の弁解めいた口舌を聞き流しながら、みち子は香月玄太郎という患者を感情に流されない人物ではないかと推測した。身の回り、特に下《しも》の世話は親族に頼りたいという感情は誰しも持っているが、結局はそれが介護疲れの一因となる。最初からそれを見越して他人に委《ゆだ》ねるには一種の潔さが必要だからだ。

大間違いだった。

最初に見た玄太郎は車椅子の中から手に届く範囲の物をことごとく払い落としていた。

「うあああ、ふおおおおっ」

くぐもった叫び声に居間のドアを開けてみれば花瓶、置時計、パソコンの類いが粉々になって床の上に散乱しており、どうやら摑みきれなかったり操作できなかったものを腹立ち紛れに振り払ったらしいが、その様はどう見ても聞き分けのない駄々っ子同然だ。

「脳梗塞の後遺症は下半身と両手の指、そして言語中枢に及びました。下半身はともかく指先と口先が上手く動かないのが本人の癪に障るようで……」

徹也の耳打ちにみち子は黙って頷いた。ある日突然に身体機能を失った患者の戸惑いと憤《いきどお》りは何度も間近で見てきた。昨日までできたことが今日できなくなることの恐怖は、きっと体験した者にしか理解できないだろう。

馬には乗ってみよ、人には添うてみよ――とにかくみち子はリハビリ介護を開始することにした。これが最初の接触だ。

まず本人が一番歯痒《はがゆ》く感じているであろう発音の回復から着手する。通常はアイスマッサージとして氷水に浸した専用綿棒で口蓋と喉頭壁と舌根部をほぐすのだが、玄太郎の場合は言語中枢から来る障害なので口の運動から始めてみる。

「パ・タ・カ・ラと言ってみて下さい」

「はわ・と、とぅあ・く、くあ・るぅあ」

「もう一度。パ・タ・カ・ラ」

「は、はわ！　とぅあ！　くあ！　る、る、ぅあ！」

玄太郎は一音ごとに顔を腹立たしく歪《ゆが》めた。

何度か発音させてから舌を上下前後に動かさせる。舌の動きはまだぎこちない。恐らく本人にしてみれば他人の舌を動かしている感覚なのだろう。そのじれったさがそのまま表情に表れている。

しかしリハビリの肝要は反復と継続だ。初日から急速な回復を望んでも意味がない。今日はこのくらいにしましょう、とみち子が打ち切ろうとした時、玄太郎は顔を真っ赤にして「はう！　とあ！　くあ！　るうあ！」と連呼し始めた。

これにはいささかみち子も面食らったが、しばらくは玄太郎のするがまま任せることにした。この種のリハビリは本人に己《おのれ》の現状を突きつけることになるので、大抵の患者はげんなりとしてしまう。それをこの男は闇雲に続けようとしている。よほどの負けず嫌いなのかあるいは意固地なのか。やがて何度繰り返しても思うように発音できないことに業を煮やしたのか、玄太郎は車椅子の肘掛けに両の拳を叩きつけた。

次に指先の麻痺《まひ》度合いを確認してみる。断面六角形の鉛筆と白紙を置いて好きに書いて貰う。筆記用具に鉛筆を選んだのは筆圧がそのまま線の濃淡になって現れるからだ。

「字でも絵でも何でも好きなものを書いて下さい」

みち子が話し終わるのも待たずに玄太郎は鉛筆を走らせ始めた――が、その線は蛇行し、つかえ、脇に逸《そ》れた。指が痙攣《けいれん》している訳ではないが力と方向の制御ができないのだ。紙の上に描かれたのは文字とも図形とも判別しかねる幼児の悪戯書きだった。

「ふうんっ」

ここでも玄太郎は癇癪を破裂させて鉛筆を腹立ち紛れに壁際に放り投げた。まるで親の敵でも見るかのように自分の手の平を睨みつける。

あらあら、これは何とも扱いが難しそうな爺さまだこと——みち子は改めて床に散乱した花瓶の欠片やパソコンの残骸に視線を落とした。麻痺した腕とはいえ、この老人は相当な腕力の持ち主らしい。

介護の仕事は3Kと言われて久しいが、3Kの一つが「患者による危険」というのは仲間内の了解事項だ。認識能力を失くした患者は、だからこそ力の制御ができずに時として満身の力を込めて無用な動作をし、また癇癪を爆発させる。そして患者がそうした振る舞いをする時、近くにいるのは大抵が介護者だ。だからあまり表立っては言われないが、患者からの無意識の暴力で介護者が怪我をするのは珍しいことではない。中にはそれを理由に辞職する者さえいる。

もしも、この老人らしからぬ力が不意に我が身に向けられたら無傷では済みそうにない——。そう感じたみち子はいったん香月家を辞去し、会社の上司に電話を掛けた。

「どうしたの、綴喜さん」

「香月さんの介護ですけどね」みち子は相手の心配口調をよそに言葉を続ける。「引き受けさせて貰いますから」

「え」

「当分、やのうて、ずっと担当しますわ」

相手の返事も確かめないままみち子は携帯電話を閉じた。

みち子は、あの玄太郎の癇癪をどこか頼もしく思っていた。己の不甲斐なさを受容してしまう人間はそこで止まる。それがその人間の限界値だ。現状を憎み、空を渇望する者にだけ羽は与えられる。

ええですよ、玄太郎さん。

あんたに癇癪を起こさせる源泉がどれだけあんたを元に戻せるのか。あたしも及ばずながら力を貸すとしましょう。

翌日からみち子の本格的な介護が始まった。

みち子はまず、玄太郎が意思を疎通したがっていることに着目しノートパソコンを用意した。手書きよりはワープロ入力の方が簡単なように考えたからだ。家人に訊くと玄太郎はウィンドウズに馴れていたというので、マイクロソフト・ワードを開いておいた。ただしローマ字変換ではなくかな変換にした。ローマ字変換は親指シフトを前提にした便利な機能ではあるが両手使用が基本で、今の玄太郎には適合しない。ここは指一本で確実に文字を打てる、かな変換が有効だろう。

だが、この思いつきはすぐに頓挫《とんざ》した。玄太郎にキーを押させてみたものの、その指は思い通りにはなかなか触れず隣のキーを押してしまう。また押せたとしても力加減が調節できず、強く押し過ぎたり逆に弱過ぎたりで真っ当な文章を打ち込めない。

その途端、玄太郎はくわっと両目を開き、片手を振り上げるとそのまま拳をキーボードに叩きつけた。

いくつかのキーが吹っ飛び、それを見たみち子は最初に目撃したパソコンの残骸の意味を思い知った。自分が考えつくよりも早く、玄太郎本人か、もしくは家人が試みていたのだ。

玄太郎の焦燥に引き摺《ず》られかけていたみち子は、介護に関する第一条を思い出した。

――焦りは禁物。失われた能力を取り戻すのは失われた記憶を取り戻すことに似ている。性急に事を運んでも碌《ろく》な結果は得られない。タイピングのような特殊な作業よりは、まず日常的な動きから回復させるべきだ。

物を摑み、そして運ぶ。その典型的な行為の一つに食事が挙げられる。昼食の様子を観察したが、玄太郎の食事は現状は犬食いに近い。顔を皿に触れんばかりに沈ませ、スプーンで掻《か》き込むようにして中身を口に運んでいる。スプーンを持つ手が自由に動かないので、自然と皿と口の距離が接近してしまうのだ。

そこでみち子はオーソドックスながら食事補助具を用意した。これはホルダー付きのスプーンとフォーク、バネ付きの箸、そして底面が斜めになって掬《すく》い易くなっている食器などで、形状を変えるだけでも随分食べ易くなる。そして一方、みち子は調理の仕方にも工夫を加えた。たとえば食材に隠し包丁を入れて崩し易くし、柔らかく煮たりムース状にすることで咀嚼自体に快感が得られるようにした。よほど目新しく見えたのだろう、嫁の悦子が真横で感心しきりの様子だった。

そうした工夫が徐々に実を結び、食事中玄太郎の顔は皿から離れていった。咀嚼中の表情も幾分柔和になってきた。

だが日常行為の繰り返しだけではリハビリの効果が限定されることも確かだった。介護には理想的な完全バリアフリーの建物であっても、リハビリ用具を完備している訳ではない。

数日後、みち子は玄太郎を民間のリハビリセンターに連れていくことにした。本来なら治療を受けた病院のリハビリ施設を継続して使用できれば良いのだが、医療保険制度の改正で最長百八十日以内に利用日数が制限されてしまい、以来リハビリ難民のためにこうした民間施設があちらこちらに新設され出したのだ。

「でも、香月さんやったら医療保険なんか使わんでもずっとリハビリ入院できたんやないんですか？」

みち子がそう水を向けると徹也は苦笑混じりにこう答えた。

「それでも長期入院は歓迎されないらしくって――リハビリ入院に期限が設けられて

いるのを聞いて、先に親父がキレちまったんですよ。病院の顔色窺いながら治療続けるくらいなら、こっちから出ていってやる、みたいな気持ちなんでしょうかね」

ああ、この短気な爺さまならそうするだろうな、とみち子は妙に合点した。まだ数日間傍にいただけだが、玄太郎は本来そうであるべきことがなされない時、そうすべき人間がそれをしていない時に癇癪を破裂させるようで、そうした信条の持ち主からすれば患者の治療を渋る病院などヤクザ以外の何者でもないのだろう。

名古屋《なごや》老健《ろうけん》ケアセンターは香月邸からクルマで十五分の場所にある新設間もない民間施設で、ここには各種リハビリ器具が常備され理学療法士や言語聴覚士が常駐している。医師の診断書さえ提出すれば誰でも利用でき、専門スタッフも充実していて介護サービス社での評価も高い。

介護福祉士の仕事はあくまでも介護補助の範疇《はんちゅう》に限られており、医療行為としてのリハビリは療法士に頼らざるを得ない。四肢の運動とマッサージを一任し、みち子はせめて玄太郎の表情を観察して快不快を見極めようとした。

傍目から見てもその療法士は有能だった。筋肉の動きを知り尽くし、マッサージもちゃんとツボを押さえていた――が、言葉がまずかった。

「はい。お爺ちゃん、そこで肘を引いて。ああ、駄目駄目。何度も言わせないで。引くのは右。そっちは左」

玄太郎の眉間には深い縦皺が刻まれたままだった。幸か不幸か表情筋には後遺症がなく、療法士に触られる度に露骨な嫌悪を顕している。療法士は気づいていないようだが、玄太郎の目は相手の瞳の奥を覗き込んでいる。ちょうど面には顕れない真情を読み取ろうとしているかのように。

玄太郎が療法士を不信の目で見た時点でみち子はリハビリの難航を覚悟した。

「駄目だなあ。何か私とラポールができていないみたいだし、第一熱が入ってない。ほら、あの人を見てご覧なさい」

療法士の示す方向には老人と一組の夫婦がいた。老人は今しも車椅子から立ち上がり、歩行練習用の手摺りに手を掛けたところだった。

「感心なものです。香月さんと同様にあの人も脳梗塞の後遺症と闘っているが、本人はもちろん、息子さん夫婦まであぁして毎日ここに通ってるんですよ。息子さんはお勤めもあるでしょうにね」

息子夫婦は車椅子ごと老人の前方数メートルまで移動し、老人を手招きしている。

「父さん。ほら、今日の目標は三メートル。ここだよ。ここまで来るんだ」

「頑張って！　お義父さん！」

老人はその声援に応えるように二人の待つ場所に向かおうとする。手摺りに身体を預けながら自由の利かなそうな脚を一歩踏み出す。

「さあ、お爺ちゃんもあの人を見習って」

そう口にした瞬間、療法士の顔面に玄太郎の裏拳《うらけん》が飛んだ。大した力ではなく療法士もぎょっとしてのけぞった程度だったが、偶然の一撃にしては玄太郎のしてやったりという表情があまりに印象的だったので、みち子は忍び笑いを洩《も》らした。

そして、ふと気づいた。自宅でリハビリしている時、みち子もなかなかに厳しい声で玄太郎を介助していたが、一度も今のような抵抗を受けたことはなかったのだ。

センターに通い始めて数日後、玄太郎の会社の関係者が見舞いと称して顔を覗かせた。白髪混じり五十がらみの生真面目そうな紳士で、香月地所の顧問弁護士を務める加納《かのう》弁護士と名乗った。

「それで社長の回復具合は如何《いかが》でしょうか」

「加納さん、と言われましたか。失礼ですけど今まで脳梗塞患者を見られたことはありますか？」

「まあ二、三人ほどは」

「だったら、この症状の患者が一朝一夕に回復せんことはご承知でしょうに」

「ええ。しかし香月社長ならばもしや、と思いましてね」

「まるで、この人は人間じゃないみたいな口ぶりですなあ」

「ああ。しかし、それは一理ありますな。少なくとも並の人間ではない。脳梗塞に罹《かか》ったくらいで意気消沈するようなしおらしさとは無縁のお方です。会社の顧問弁護士兼監査役として気になったのは六月末日に予定されている株主総会に社長が臨席できるかどうか、です」

六月末日といえばあと一カ月少しだ。みち子はぶんぶんと首を横に振った。

「弁護士ちゅう方が世間知らずとは聞いておったけど。あんまり無理言わんで下さい」

「ふむ。そう言えば無理というのは社長の好きな言葉でしたな。無茶はしないが無理はする。それこそが弱小部隊の戦勲、地を這う者の飛翔に繫がると」

何を無責任なことを——みち子はこの紳士然とした男に憤りを覚えたが、背後で聞こえたばん！という音に思わず振り向いた。

玄太郎が両拳を車椅子の肘当てに叩きつけていた。何やら大事なことを思い出したような表情をしていた。

「おお、そう言えば」と、加納弁護士は言葉を接いだ。

「香月社長が並ではないことがもう一つありましたな。社長は株主総会というものを至極楽しみにしておられました。大抵の経営者が忌避したがり、できれば欠席したいと願う催事に人一倍熱心だった。この日を措《お》いて株主の皆さんと直接話せる機会はない、と」

依然として玄太郎と療法士とのすれ違いが続いていた頃、みち子は香月邸の応接間で一風変わったインテリアに目を奪われた。

ガラスケースに収められた全長一メートルほどの船舶模型——変わっていたのは、それがタイタニック号とかの客船や帆船ではなく威風堂々とした戦艦模型だったことだ。プレートには「日本海軍　戦艦長門《ながと》」とあった。

「ああ、それはお義父《とう》さんの自信作ですよ」

悦子は半ば呆れたように説明してくれた。

「仕事一筋の人なんだけど唯一の趣味が模型作りで。元々、手先が器用なのね。こんなに小さな部品でも慎重に組み上げていくのよ。出来映えは見ての通り、売り物にしてもいいくらいなんだけど応接間に飾るにはちょっと……ねえ。でも、本人がここに飾るって言い張るもんだから」

確かにそれは既製品と比べても全く遜色《そんしょく》のない完成度だった。マストから張り巡らされたロープがテグス糸で見事に再現され、艦橋や艦尾の細部にも手抜きと見える所は一切ない。甲板や船底の塗装も滑らかでムラがない。

そこでみち子は一計を案じた。他愛もない思いつきだが、あの療法士に全てを委ねて何もしないよりはずっと良い。

翌日、みち子は玄太郎の眼前に手の平ほどの箱を置いた。所謂食玩《しょくがん》と呼ばれるフィギュア入りの菓子だが、箱に書かれた「帝国海軍」という文字に玄太郎の目は釘づけになった。

ぷるぷると震える指で箱を開けると、中から出てきたのは戦艦武蔵《むさし》のミニチュアだ。玄太郎は一瞬目を輝かせると大小六つに分かれた部品を丁寧に、そして慎重に組み立て始めた。その集中度合いは文字を書いたりキーを打つ時の比ではなかった。息を止めたまままミリ単位の部品をまるで針の穴に糸を通すような細心さで摘《つま》み、所定の位置に嵌め込む。自由の利かない指はそのままなので、何度も取り落としたり狙いを外しはするが、それでも先のように癇癪を破裂させることも部品を投げつけることもしない。

そうして三十分もかかったろうか。覚束《おぼつか》ない指ながらも玄太郎が組み立てたミニチュアは、全ての部品がきちんとあるべき所に収まった真っ当なものだった。

いけるかも知れない——みち子は一つの感触を得た。

「徹也さん。あの、玄太郎さんは人目に触れるのが嫌いな方ですかね」

「え?」

「たとえば観客とかは気にせん人ですか?」

「ああ、そういうことですか。それなら安心していいですよ。傍聴人さえいれば被告席からでも大演説ぶつような人間ですからね」

次の日、みち子は玄太郎と共に包みを抱えてケアセンターに現れた。子供の背丈もある荷物に怪訝そうな患者たちと職員の前で包みを解くと、中から現れたのは大型のプラモデル・キットだった。

ハセガワ製「日本海軍　戦艦三笠《みかさ》」、二百五十分の一スケール——七千円もするようなプラモデルなど、こんな患者と逢《あ》わなければみち子の人生にはついぞ縁のない物だったろう。

中身を見た玄太郎の目は早速好奇と期待に輝き始めた。

「あ、あのう、これは？」

訝《いぶか》しむ療法士には見向きもせず、みち子は香月邸から拝借したツール・ボックスを開く。

「誰だって、一番関心のあるものには一番熱心ですからねえ」

ツール・ボックスを覗き込む玄太郎の表情はいよいよ輝きを増す。まず机の上に組立説明図を置き、一読した後に最初の部品をニッパーで切り離す。玄太郎の指の動きを見ていると分かるが、部品を直接切り出すのではなくランナーという接続部分を少し残そうとしているようだ。玄太郎は息を詰め、親指と人差し指に神経を集中させる。

刃先を震わせながら、ゆっくりと切断箇所を探り、そしてじわじわと力を加える。やがてモデラーズ・ニッパーの鋭く強靭《きょうじん》な刃でゲート部分は音を立てて切れた。

次に漸《ようや》く切り出した部品の残ったゲートをクラフトヤスリで削り始めた。左の指で部品を固定し、右の指でヤスリを動かし続ける。これもまた玄太郎には難儀な作業の筈だが、その顔に厭《いと》いの色はない。まるで職人のような透徹した眼差しで己の指先を注視しているだけだ。

挟み、握り、摘み、固定し、削る。どれもこれも単純なようで、そのくせ指先の繊細な動きと力の加減がなければ満足な結果が得られない。タイピングよりは遥かに困難な作業。だからこそみち子はそれをリハビリの一助にしようと目論《もくろ》んだのだ。精密作業の反復による指先機能の回復。そしてもう一つ――。

かしゅっ。かしゅっ。かしゅっ。

やや不規則だが軽やかな研磨の音がみち子の耳まで届く。

――え？

みち子がふと気づくと、玄太郎と自分の周囲はしんと静まり返っていた。それもその筈で療法士や職員は言うに及ばず、患者やその付き添いまでが玄太郎の一挙手一投足に注目していたのだ。それを知ってか知らずか、玄太郎は慌てることなく作業を進める。

次の部品をさっきと同じ要領で切り出し、その結合部分に接着剤を塗布して二つを接着しようとする。しかし接着剤の刷毛《はけ》先が思う所になかなか届かない。折角接着剤を塗っても、指が震えて狙う場所に持っていけない。やがて玄太郎は精密ピンセットに持ち替えて部品を摘み上げた。

息を止めて狙いを定める。

十センチ。

五センチ。

三センチ。

そして所定の場所に部品が結合すると期せずしてギャラリーたちから静かな拍手が沸き起こった。最初はぎょっとした玄太郎だったが、やがて満更でもなさそうに眉を上げてみせた。

3

リハビリに玄太郎の趣味を取り入れたのはみち子の思いつきに過ぎなかったが、その効果には目を瞠《みは》るものがあった。何かと癇癪気味の玄太郎も、元々慎重さを必要とする模型作りには驚くべき忍耐力を発揮したので作業が頓挫することは一度もなかったのだ。

加えて玄太郎の発語にも向上が見られた。散々指を使った直後に例の「パ・タ・カ・ラ」を発音させるとパ行、つまり半濁音の発音が幾分明瞭になったような気がしたのだ。

ただ計算外だったのはこの試みに賛辞を送る者が現れたことで、その一人が老健ケアセンターの院長だった。

「いやあ、素晴らしい！　あれは貴方《あなた》の発案らしいですな」

「はあ」

「ご存じの通り、指を含め筋肉の運動は脳の命令によるものです。ならば指を運動させ続けることで機能停止した脳に刺激を与えられないだろうか。貴方の考えは誠に当《とう》を得たものだ。リハビリ医学の基本と言っても良い。それも書写やタイピングといった単純運動ではなく、模型作りという複雑な運動を必要とする作業に着目したのは称賛に値する」

「はあ」

「さて、ところで折り入ってお願いがあるのですが……ついては、あの模型作りのリハビリをこれからも施設内で続行頂けないかと思いまして」

「はあ？」

「あのリハビリはなかなかに他の患者の目を奪ったようで……いや、中には励みになったとはっきり口にした人もおられた。あの、香月さんが不自由な指先を駆使して作業に没頭する様子は多くのリハビリ患者に大きな勇気を与える。もちろん本人の自由意思だが、喝采《かっさい》を浴びた時の様子では本人も満更ではなかったようなので」

「はあ」

みち子が気乗り薄な様子を見てとると院長は急に慌て出し、当然ながら施設使用料は支払う必要がないからとひどく熱心に勧めるものだから、玄太郎本人の意思を確認した上で回答することにした。

発語は不自由だが聴覚には何の問題もない。いや、下手をすれば耳聡《みみざと》さは人一倍と家人から聞いていたのでこちらの意思を伝えることには何の痛痒《つうよう》もない。

「と、いうことで先方さんはセンター内での作業をお望みですが、玄太郎さんはどうなんですか」

問われた玄太郎は頷くこともなく、しかし拒絶する風でもなかった。徹也から聞いた通り、この男は外聞とか他人の好奇の目などには毛先ほどの関心もないらしい。それどころか却《かえ》ってギャラリーのいる方が発奮する性格らしいので、みち子は院長の申し出を受けることにした。正直に言えば模型作りは削りカスやらこぼれた接着剤の後片付けが結構面倒なので、作業をセンター内で行うことはみち子の側にもメリットがあったのだ。

また、院長の言葉が満更お世辞ではなかった証拠に激励にやってくる者もいた。最初に近づいてきたのは玄太郎たちが初めて来所した日に老父のリハビリを応援していたあの夫婦だった。

「父は領家壮平《りょうけそうへい》と申します」

長男の壮一《そういち》と嫁の亜摘《あづみ》は一カ月前に京都から壮平を引き取ったばかりだと言う。

「義父は生まれ育った丸太町《まるたまち》がええとずっと一人暮らしだったんですけど、春先にかかりつけだったお医者様が亡くなりまして……」

京都人がかの地を離れたがらないのはみち子もよく聞く話だったので、それだけで生家に拘泥《こうでい》する老父と父親の身を案じる長男の微笑ましい諍《いさか》いがうっすら見えてくるようだった。

「ただ引き取るにはちょうどいい機会だったし、ここのセンターの評判が良いので通院しとるんです。いやあ、それにしても香月さんのあの集中力は大したものだ。後遺症がありながらよくもあんな細かい部品を扱える。あれは見ていて大変励みになります」

同じ症状の身内を持った者として親近感もあるのだろう。壮一は人好きのする顔で熱っぽく語った。領家壮平の場合は脳梗塞の典型的な症例で、動脈の一方が塞がったために右側の機能が完全に麻痺している。壮平にとっては右が利き腕利き足であるため、筆記も歩行もままならないという訳だ。そして玄太郎同様に失語症にも苦しめられている。

当の領家壮平はと見ると玄太郎の作業を興味深げに眺めており、玄太郎の方もその視線を気にする風もなく組立てに没頭している。

「父も戦争中は海軍でしたからね。もし会話ができたら、きっと戦艦の薀蓄《うんちく》話で二人とも止まらんかったでしょう」

こうして玄太郎の模型作りがリハビリセンターの恒例になった或《あ》る日、招かれざる客が訪れた。

その男は年の頃なら玄太郎とほぼ同じ、スキン・ヘッドをてらてらと光らせた上に針のような白髭《しらひげ》を顎にたくわえ、前を睨み据える眼光はまるで槍のようだった。握りの太いステッキは杖《つえ》代わりよりは護身用を思わせる。ひと目で堅気の者ではないと知れる風貌に患者とその家族がそそくさと道を空けると、男は玄太郎めがけて真っ直ぐ歩いてきた。

「やっとかめやな、香月社長お」

野太い声の主を見るなり、玄太郎は不快感を露わにした。少なくとも和気《わき》藹々《あいあい》の雰囲気にはならないことを察したみち子は二人の間に割って入った。

いさ」

「失礼ですが、どちらさんですか」

「溝呂木《みぞろぎ》郡司《ぐんじ》という者や。そこな香月社長の会社の株主でな、まあ古くからの付き合いさ」

溝呂木は勧められもしないのに、玄太郎の真横に腰を下ろした。

「ほほう、香月社長。九死に一生を得てリハビリに精を出しとると聞いて駆けつけてみれば模型作りか。なるほど隠居生活にはうってつけの趣味やなあ」

玄太郎という男はおよそ社交性とか愛想といったものには無縁の男なのだろう。眼前の溝呂木に敵意剝き出しの顔を向けた。

「おおおお、恐や恐や。しかしまあ、例の悪口雑言が出ん分、威力は半減どころか十分の一。まるで鎖に繫がれた犬やな」

玄太郎は溝呂木を睨み据えているが決して喚こうとも手を出そうともしない。だが、白くなるまで嚙み締めた唇の色で激情をじっと堪えているのは明白だ。介護士のみち子にはその理由が手に取るように分かる。口や手を出したところでその不自由な動きを見られ、更なる嘲笑《ちょうしょう》を浴びるのを怖れているのだ。

「ほほほ。どうしたね。もう怒る気力も失せたか。まあ、あんたも今年で七十やからそれでやっと年相応、むしろ今までが元気過ぎた。そろそろ後進に道を譲るべきやな」

溝呂木はステッキの頭に両手と顎《あご》を載せて、玄太郎を憐《あわ》れむように見る。

「その分では六月の株主総会も出席は叶《かな》うまい。例年ならあんたが壇上から睨みを利かせておったからサイレント・マイノリティたる端株の持ち主も言いたいことが言えんかったが、今年はさぞかし議論百出だろうて。鬼の居ぬ間の緊急動議も出てこよう」

「キンキュウ……ドウギって何ですか」

みち子が横から口を挾むと、溝呂木はにやにやと笑って答えた。

「平たく言うとな、株主総会で動議を提出し過半数の賛成が得られたら取締役を解任できるちゅうことさ。さすがに代表取締役は取締役会の決議に基づくものやから株主総会でどうこうできるもんではないが、それでも取締役の顔ぶれががらりと代われば、当然取締役会の思惑も随分と変わってこよう。香月社長、あんたは香月地所の四十二パーセントの株を取得しておる。あと、会社の社員どもが全部合わせて八パーセント。では、その八パーセントを誰か目端の利く者が譲り受け、現代表取締役香月玄太郎の病状に不安を抱く残りの株主が未来に向けての前向きな意見に耳を傾けた時、さて総会は如何なる流れになるかな」

溝呂木は楽しくて仕方がないという風に喋り続ける。

「ワンマン企業の命運は良くも悪くもオーナー次第や。あんたみたいに傑出した経営者には次代を継げる者も少なかろう。取り巻き連中はイエスマンばかり、乱世になればば右往左往するしか能がない。大将を失った弱小軍隊なぞ自壊に任せるのみさね」

今まさに鼻歌でも歌いかねない溝呂木だったが、玄太郎はもうそちらを見ようとはしなかった。己の指先に焦点を合わせて再び作業に没頭する。それをちらちらと盗み見ながら溝呂木は忌々《いまいま》しそうに唇を曲げる。

「本日、わし自身が会社の精神的支柱である香月玄太郎のポンコツ具合を確認させて貰うた。この上は責任持って総会で発表し、然るべき手続きの後に取締役会のメンバーを一新させてやろう。なに、心当たりはあるで心配せんでええぞ。融資元のあの銀行には、連鎖倒産で受け皿を失《うし》のうて途方に暮れた役立たずがあぶれとるからのう。役員職をちらつかせりゃ尻尾《しっぽ》振ってやってくる。香月地所の社名が変更されるのは来年か、それとも年内か」

ポンコツ、と聞いてみち子の中で何かが弾け飛んだ。担当患者のことを同僚からどう悪しざまに言われようと全く反応しなかった職業的自制心が、呆気なくぶち切れた。

「お帰り下さい」これが自分の声かと思うほど棘《とげ》のある口調だった。「あなたは香月さんには良《よ》うないお客のようです」

「見識の違いやな。真に価値ある財産ちゅうのは凡庸な親友よりは非凡な天敵や。安寧よりは苛烈が、平穏よりは危急が人間を育てる」

己のことを非凡などと称する人間はよほどの夢想家か或いは劣等感の持ち主だ。そんな人間に大層な価値があるとは到底思えず、みち子はますますこの男に胡散《うさん》臭さを感じる。

「しかしまあ、少なくともこの年寄りに危急は不必要になった。そやからわしが直々に引導を渡してやろう。それが長年角突き合わせてきた好敵手に対するせめてもの礼儀やしな」

含み笑いをしながら立ち去る溝呂木に、玄太郎はやはり無関心を決め込んでいる。

折角、多少の狼藉が許される立場なので唾でも吐きかけてやればいいのにと思ったが、本人は目の前の艦船模型に全神経を集中していて、溝呂木の退場にも気がついていない様子で、手元に塩があれば本人に成り代わって思い切り振り撒きたい気分になった。

「ああいういけ好かないお年寄りもいるんですねえ」

一部始終を見ていたらしい壮一が呆れ半分怒り半分の顔で溝呂木の背中を見送る。

「それにしてもひどいことを言うもんだ。綴喜さん、あんな奴に負けちゃいけません。一日も早く香月さんを回復させて、鼻をあかしてやりましょう」

後で見舞いに来た加納弁護士にそれとなく訊いてみると、溝呂木郡司という人物は右翼の肩書きを持つ総会屋であり、

「まあ、所謂古いタイプの総会屋でしょうねえ。今日び紋付《もんつき》羽織袴《はおりはかま》で株主総会に出席

するのは、あの御仁《ごじん》くらいのものですから」と、苦笑混じりに教えてくれた。

「事の始まりはねえ、例によって数十ページ足らずの機関紙を定期購読しろと溝呂木氏主宰の団体が見本誌を送ったところ、香月社長は誤字脱字に赤を入れて返送したのですよ。ご丁寧に『こんな程度の低いものを読ませたら社員が馬鹿になる』という但し書きまで添えてね」

「それはそのう、向こうから歩いてきたヤクザにわざわざ喧嘩《けんか》を吹っかけるようなもんやないですか？」

「香月社長はそういうことが好きなお人でねえ。私なんかも困ってるんだが。君子危うきに近寄らずという言葉があるが、あのお人は自分は君子でも何でもないから危うきは危害が及ぶ前に即刻叩き潰すんだ、というのが信条の人で」

「あらあら」

「だから毎年、株主総会の日にはですね、香月社長と溝呂木氏の丁々発止のやり取りが恒例行事になった感もあり、中にはそれが楽しみで出席する株主もいるくらいで」

「するとアレですか。玄太郎さんが毎年株主総会には必ず出席される理由ちゅうのは、あのスキン・ヘッドの爺さんと口喧嘩するために？」

「いや。それはあくまで演《だ》し物の一つ……いやいや、演し物ではなく式次第のようなものなのだが。香月地所も一応は二部上場しておる企業なんだが社員数百人ほどの小所帯でね。株主の多くも社員の家族やら創業以来の投資家がほとんどで目先の売買を繰り返す投機家が少ない。本当に株主含めて家内制手工業みたいな会社でね。社長にとって株主総会というのは、年に一回の懇親会なのですよ。あの溝呂木郡司という輩はその家族パーティーに闖入《ちんにゅう》した酔客に過ぎない」

「加納先生は、その、言ってみれば玄太郎さんのお目付け役みたいなもんですか」

「まあ、監査役もやっておりますからなあ。お目付け役と言われればその通りですな」

「……疲れませんか？」

するど加納弁護士は諦めたような苦笑いを浮かべ、そしてふむと少し考え込んでからこんなことを話し始めた。

「ここだけの話、あのお人は私よりもずっと年上なのだが、時々ひどく子供っぽい部分が顔を覗かせる。それは良識であったり正義感であったり、園児が真っ赤な顔をして主張するような単純で幼稚な理屈だ。老人特有の狷介さと誇る者もいよう。しかしね、綴喜さん。私のように弁護士なんて年がら年中、曲解された論理や牽強付会《けんきょうふかい》に塗《まみ》れている者にとって、その幼稚な理屈というのがえらく清新なものに響く時がある。それこそ世俗の温い風に馴《な》れきった頬をいきなり叩かれるような思いだ」

「清新……ですか」

「決して目新しい言葉ではないのだけれどね。何事にも寛容であることと無頓着であることは違うのだが、最近はそれをごっちゃにして物事の善悪を不明瞭にしてしまったきらいがある。あの香月玄太郎という人物はそれを絶対に許そうとしない。それが案外に心地良くてね。まあ、ああいったワンマン経営、無法な性格の人だから気苦労も多いし疲れもするが、飽きることはない。この、飽きないというのは意外に重要なのですよ」

それを聞いてみち子は、玄太郎に加納のような理解者と溝呂木のような敵がいる理由が分かったような気がした。だが、それがなかなか言葉として出てこないので少し苛々する。

すると、その様子を見かねたのか加納がこう言い添えた。

「あの人に敵が多いのは多分、他人の持っていない何物かを持っているせいでしょう。己の持ち得ないものを手にした人間に向ける感情は称賛かやっかみ混じりの敵意でしかないのですからね」

玄太郎の模型作りが評判になる一方で、領家壮平のリハビリ風景もまたギャラリーの耳目を集めるようになっていた。

センターの中はリハビリの種類と作業内容によっていくつかのブースに分かれてお

り、歩行訓練用のそれは壁伝いの一角にある。腰の高さで真っ直ぐに伸びた一本のバー、膝をついても衝撃の少ない厚いゴムでできた床。

今日一日、杖なしで父親がどこまで歩くことができたか——壮一と亜摘はその日の到達地点を日付入りの赤いガムテープで表示した。明日はこのテープよりも前に。それは傍目からも分かりやすい里程標であり、それゆえにギャラリーの参加を容易にした。

領家壮平のリハビリ時間は午後一時からと決まっていた。センター内の患者とその家族が昼食を終えて一服した直後でもあり、赤いテープとの相乗効果で自然、衆目は壮平の遅々とした歩みとそれを叱咤《しった》激励する息子夫婦の姿に注がれた。

右半身が不随であるため、常に右足を引き摺る形になる。だが、肝心の左足も病床生活で萎えてしまったのか自分の体重を支えきれず、二、三歩進むとすぐにふらつく。左手がバーを摑んでいるので派手に転倒することはないが、重心が左側に偏《かたよ》っているので始終不安定であることに変わりはない。こうした姿を見ていると、利き腕や利き足が諸々《もろもろ》の動作の要《かなめ》になっているのがよく分かる。そして、それを失った生活がいかに不便であるのかも。

領家壮平はたったの数歩進むのに頰を震わせ、唸《うな》るような声を低く吐き出す。ギャラリーたちはその一挙手一投足を見て普段の何気ない所作に愛しさを覚え、そして壮平に声なきエールを送る。

時折、壮平は力尽きたように膝を屈し、床に座り込む。だが息子夫婦がそれを許さない。

「父さん。ほら立って。昨日はここまで歩けたじゃないか」

「そうですよ、お義父さん。昨日できたことが今日できないなんて筈ないんですから！」

二人は真剣な面持《おもも》ちで父親に声を掛ける。見ていて気恥ずかしくなるような光景だったが、一つだけみち子が感心したことがある。二人とも激励はするが、決して壮平の手助けをしない点だ。

患者の最終目的が社会復帰とするのであれば介助の及んでいい範囲は自《おの》ずと限られ、そこから先は自助努力しかない。だが患者に近しい人間はそれが本人の甘えを助長すると頭の隅では分かっていながら、見かねてつい救いの手を差し伸べてしまう。ところがこの夫婦は、厳しさや冷徹さが結局は一番の協力であることを知っているようだ。

介護はする方もされる方も苦難の連続だ。顔で笑っていても、心の中では相反する感情が絶えず渦を巻いている。だからこそ、この領家親子の光景は他人事には映らなかった。壮平の一歩は希望への一歩だった。壮平への声援は全ての患者とその家族に対する声援だった。

最初は無言であったエールは日増しに声を重ねていき、二週間も経《た》つ頃になるとちょっとした応援団を形成するほどになった。リハビリは機能回復の訓練であると共に希望を見出す作業でもある。可能性も不明確な肉体の復活を、手探りで求めていく日々だ。支えがなければ挫《くじ》けてしまう。光明がなければ迷ってしまう。壮平の歩行訓練はちょうどその役割を担う形となった。センターにやってくる患者と家族は、床に貼られたテープが更新されるのを見る度に拳を握って奮《ふる》い立つという訳だ。

ところが或る日、半ばイベントになりつつあった歩行訓練に小さな邪魔者が入った。いつも通り周囲の視線を浴びる中、壮平が三歩目を踏み出そうとした時だった。いきなり、その正面に両手を広げて立ちはだかる少年がいた。

「歩くんじゃねーよ」

そう言い放ち、拗《す》ねた目で壮平を睨みつける。

構わず壮平が歩行を続けようとすると、今度は背後に回ってジャージの裾を摑み、前に進ませまいとする。

「翔平《しょうへい》っ」

亜摘が声高《こわだか》に叱責するが、少年は自分の身体を後ろに倒して尚も歩行を妨害する。

亜摘は強引に裾から少年の手を引き剝がし、向き直ったその顔に平手打ちを食らわした。

ぱしん、という乾いた音でギャラリーたちは静まり返った。

翔平と呼ばれた少年は束の間《つかま》、朱《あか》くなった頬を押さえて立ち尽くしていたが、すぐに目を吊り上げて再び壮平の裾に手を伸ばした。

「いい加減にしないか！」壮一が翔平の腕を捻《ひね》り上げ、歩行コースの外に引き摺り出す。

「こんなことをしていったい、何が楽しいんだ」

低い声で諭すように言うが、翔平は反抗心も露わの表情で碌に聞いている様子はない。話が終わるのも待たず、ぷいと顔を背けたかと思うとセンター出口の方に走り去ってしまった。

ふう、と壮一は溜息を洩らし、みち子に軽く頭を下げた。

「みっともないところをお見せしました。今のはウチの一人息子でして……」

「じゃあ領家さんのお孫さん。それなのに、どうしてあんな真似を」

「元々ウチの年寄りに懐かない子だったんですが、私と家内が介護を始めてからというもの、あからさまに反旗を翻しましてね。まあ、自分が構って貰えない腹いせのつもりなんでしょうが、家ではいつもあんな調子なんですよ。こちらに毎日お邪魔しているのも、一つにはあれが原因で」

「今日は珍しくついてきたから少しは良い子になったのかと思ったんですけど、蓋を開ければ案の定。本当にお恥ずかしい話で……。どこで育て方を間違えたんでしょうか」

夫婦は恥じ入った様子で頭を垂れた。

家庭の数だけ問題が存在する。血の繋がりが愛情だけを育《はぐく》む訳でもない。殊に要介護者を抱えた瞬間、家庭の問題は明確な形となって浮上することが多い。それは介護という行為が多かれ少なかれ家族への愛情を基盤にしているからだ。今まで幾多の家庭内争議を目にしてきたみち子には、壮一夫婦の悩みが容易に理解できた。

壮平はと見ると、息子夫婦の煩悶《はんもん》をよそに孫の消えた方向に視線を向けている。そして玄太郎は周囲の騒ぎもどこ吹く風という様子で主砲塔部分の整形に余念がなかったが、ちらとだけ壮平と目を合わせた。

二人の間で交わされた視線にどんな思いがあるのか――。さすがにこれほどの高齢者同士の思惑を推察するなど、経験豊富なみち子にも困難なことだった。

発症以前から相当な癇癪持ちであった玄太郎と、息子の言によれば面立《おもだ》ちから口調まで温和そのものであった壮平のどこがどう呼応し合ったものか、二人の老人には言葉によらない意思疎通が存在するらしかった。ただしそれは身振り手振りの類いではなく、もちろん障害者の間では常用アイテムとなった携帯電話の液晶画面を介したものでもない（壮平は携帯電話を所有していないらしい）。視線を交わすのが挨拶代わりとなり、相手の表情を見て意図するところを慮《おもんぱか》るといった具合だ。みち子の見立てでは、同じ後遺症と闘う者同士の連帯感が為《な》せる業《わざ》といったところか。

玄太郎が戦艦三笠の組立てに没頭していると、少し離れた場所から壮平がそれを眺めている。励ます風でも同情する風でもなく、ただ完成に近づきつつある上甲板を興味深げに見つめているだけだ。一方、壮平が歩行訓練を始めると玄太郎もまた、少し離れた場所からじっとその様子を見守るだけで決して近づいたり応援しようとはしない。言葉を交わした訳でもないのに、まるで二人の間には協定が締結されているようだった。

だが、本来その段階でみち子は気づくべきだった。他の誰でもなく、幾人もの要介護者を間近で見続けていた熟練のヘルパーなら当然着目しなければならないことを、みち子は完全に見落としていた。

4

戦艦模型の特徴は部品数の多さと細かさだ。たとえば老眼の兆しがあるみち子の目には毛髪の切れ端としか見えない物が、艦尾スタンウォークという部分の一部だという。そんな代物《しろもの》を切り離した後、ナイフやクラフトヤスリで整形するなど元来不器用なみち子にはたった一人で築城するにも等しい。それに比べて玄太郎の根気と集中力は脱帽もので、センター来所から二週間経った現時点で甲板部分はほぼ完成していた。後は艦橋を作ってしまえば細かい作業は一段落する。

津島署の佐野署長がセンターを私服姿で訪れたのは、ちょうどその日だった。

「リハビリの、模型作りですか」

最初は訝《いぶか》しげな佐野だったが、完成間近の甲板を見るなり驚嘆の声を上げた。

「ああ、これはすごいですなあ。私もずっと以前に凝ったことがあるが、部品一つ接着するにも流し接着といって針で瞬間接着剤を伝わせるようにせんとあかんのです。相当以上の器用さと根気が要るので、私は多忙になってから離れてしまったが……本当にこれを香月さんが？　とても信じられん」

問われたみち子は何やら我が子が誉められたように面映《おもはゆ》い。

「まありハビリ患者の細工にしては上出来でしょう」

「いや、とてもそうとは思えんから信じられんと言ったのです。見てみなさい。たとえばこの煙突基部周りの手摺りはリード線をほぐして防弾用ロープを再現してある。ただでさえ精密さを要求される作業なのに、接着剤のはみ出た跡も線のほつれもない。健常な指の持ち主でもここまで鮮やかな仕上げは難しい」

佐野の説明に周囲のギャラリーもしたり顔で頷くが、毎度の作業を観察しているみち子には不思議でも何でもない。

未《いま》だに玄太郎の指先は自由が利かない。時に小刻みに震え、時に力の加減が調整できずに部品を取り落としてしまうこともしばしばある。だが、玄太郎は一度として諦めたり自棄《やけ》になることがなかった。指の震えが治まるまで待ち、落とした部品をピンセットで何度も拾い直した。玄太郎の技術が傑出している訳ではなく、ひたすら根気よく愚直に時間をかけてここまで到達したのだ。周辺の空気をたちどころに張り詰めさせるような緊張感を放ち、鷹《たか》の目で部品を見据える姿は執念そのものだった。まるでこの戦艦三笠が完成した時が完治の時と信じて疑わないようだった。

その時、トレーニング・ルームに入ってきた三人を見て居合わせた者たちが道を空けた。

「あの方たちは?」

「玄太郎さんと並ぶ、このセンター希望の星といったとこでしょうね」

執念といえば壮平も同様だった。センターでのリハビリを開始してから、その歩行距離は遂に七メートルを超えていた。一日当たり半メートルずつ距離を延ばしている計算だが、その歩みは決して平坦なものではなかった。一歩進んでは止まり、二歩進んでは膝を屈する。手摺りにしがみつき、それでも前進しようとする姿はこれまた愚直としか言いようのないものだった。

だが、それを笑う者はただの一人もいなかった。ここに集《つど》う者はリハビリが変わり映えのしない単調さの連続であることを知っているからだ。

「あのう、皆さん」

ざわめきの収まったギャラリーに向けて壮一が口を開いた。

「いつも父の応援ありがとうございます。お礼も言えませんでしたが本当に励みになりました。皆さんの声援がなければ、本人もここまで歩くことはできなかったと思います」

落ち着いた声に何人かが頷いた。

「お蔭さまで昨日までに七メートル六十センチにまで記録が伸びました。それで昨夜本人と相談して決めました。今日は一気に十メートルを目指します。だから皆さん、応援よろしくお願いします」

深々と下げた頭にまた何人かが頷いた。めいめいの運動に取り組んでいた他の患者と付き添いも壮一に注目する。十メートルというのは歩行エリアのほぼ全長に当たる。つまり、壮平は今日中にエリアの端から端を制覇するというのだ。

「ほお」と、佐野は感心して言った。「宣言して自ら退路を断ちましたな。これでもう目標までは石にしがみついてでも歩かないといけなくなった」

「無茶せんといいんですけど」

「それはその通りです。しかし無茶はいかんが無理な行動には応援したいと思わせるものがありますな。何にせよ現状を打破するにはある程度の無理が必要ですから」

どうやら玄太郎に心酔している人間は言説まで似てくるようだ、とみち子は妙なことに感心する。

壮一の前説が済みジャージ姿の壮平が入室してくると、期せずして拍手が湧き起こった。手を振るような仕草はしないものの、戦場に赴くような面持ちでコースの端に車椅子を止め、そして手摺りに身体を預けてゆっくりと立ち上がる。

部屋中ほとんどの人間が壮平に注目する中、みち子はふと自分の患者に視線を移す。玄太郎の目は時折、壮平の姿を捉えるもののそれ以外は指先の部品に固定されて外れることがない。

「じゃあ、いっそこっちも今日中に完成させちゃいましょうか?」と、みち子が軽口を叩いたが反応はない。

本日、玄太郎が着手したのは甲板の主役ともいうべき一番主砲塔部分だ。まず左右合わせになっている砲身をニッパーでランナーから切断するのだが、握力が調整できない玄太郎は慎重に慎重を重ねて刃を当てる。部品を左指で固定したままナイフとクラフトヤスリで切断面を平らに整形していく。均等に同じ力で引かなければ研磨面が凸凹《でこぼこ》になってしまうので、力の入れ具合と方向が全てを決める。回復途中の玄太郎の指がどこまでその試練に耐えられるか。

「じゃあ父さん。スタートだ！」

その声を合図に壮平は第一歩を踏み出した。踵《かかと》を低く上げ、麻痺した右足を摺り足気味に差し出す。着地した地点を確かめるようにしてから、手摺りを伝って身体を前傾させる。力の失せた足を軸足に体重を移動させ、倒れかけた全身を左足で支える。これで第二歩、距離にして約半メートルだ。行程が一つ終わるごとに壮平は大きく息を吐き出す。

歩き始めた幼児でもこれよりはしっかりした足取りだろう。だがその一歩一歩を注視する目は我が子のそれを見る親の目よりも熱い。

「お義父さん、その調子」

「さ、すぐに身体を起こして」

壮一と亜摘が行く手から声を送る。つられるようにギャラリーからも「さあ」「頑張れ」と声が起こる。その気持ちがみち子にはよく分かる。

三歩、四歩と壮平は足を進める。

「手摺りに頼っちゃ駄目だ！　往来に手摺りなんてないんだから」

息子の声で手摺りから手を放す。途端に全身はバランスを失い、ぐらりと揺れる。

「おおう」

だがすんでのところで左足が踏ん張り、転倒は避けられた。

ほう、という安堵の溜息が一斉に洩れた。

「父さん、そこで二メートルだよ。さあ、気を取り直して」

壮平は真一文字に締めた唇を震わせながら体勢を立て直すと、再び右足を踏み出す。

みち子の真横で玄太郎がすうと息を吸い込む音が聞こえた。左の指が砲身の左部品を摘み、右の指は先端が刷毛状になった接着剤を持っている。

みち子は慌てて身体ごと向き直った。壮平の執念に気を取られていたが、自分のすぐ隣に勝るとも劣らない執念を燃やしている患者がいるではないか。

今使用しているのは瞬間接着剤ではなくスチロール樹脂用接着剤なのですぐに固まることはない。玄太郎の指はその接着面に沿ってナメクジのように遅く、しかし確実に移動する。

当初はこの動きも上下にブレ、均等な塗布など非現実的にさえ思えた。それが今では速さはともかく正確さは健常な指と比較しても何ら遜色ない。間違いなく運動機能は回復している。

接着剤を塗布し終えると、右手がピンセットで右部品を摘んだ。いよいよ貼り合わせだ。両手の同調が必要であり、脳梗塞の後遺症に苦しむ患者にはこれも困難極まる
「持ちこたえろっ」

作業だ。

今の今までひくついていた玄太郎の鼻が止まった。口は閉じたままなので息を詰めているのが分かる。

左右の部品が見えない糸に引かれるようにじわじわと接近する。

玄太郎はまだ息をしていない。

みち子の息も止まる。

震えのない指に全神経が集中されている。その瞬間みち子の聴覚はいったん遮断され、視線は釘づけになる。

そして、左右の部品はわずかのずれもなくぴったりと合わさった。

玄太郎とみち子は同時に大きく息を吐いた。

接合面からは溶けたプラスチックがはみ出ているが、これは乾燥した後に隙間を埋めるパテの役割になるのでそのままにしておく。

「ここまでは……よひ」

みち子は思わず自分の目と耳を疑った。今の声は間違いなく玄太郎の唇から洩れたものだ。しかし、これほど明瞭な発音は初めてだった。

次に玄太郎が砲塔パーツに手を伸ばした時、周囲から拍手が起こった。みち子が振り向くと、壮平が五メートルラインに到達したところだった。

「よしっ。父さん、これで半分過ぎたぞ」

壮一はガッツポーズで父親を鼓舞する。

「いいペースですよお」

「頑張って。頑張って」

心なしか声援する者も増えている。見回してみると、今や部屋中の人間が壮平の一挙手一投足に熱い視線を注いでいる。

壮平は荒い呼吸を整えようとしているが、肩の上下はなかなか治まらない。

「ほら。あと半分だ」

「根性、見せてくれ」

立ち止まった壮平に対してあちらこちらから声援が飛ぶ。壮平は二、三度頷くと改めて次の一歩を踏み出した——。

が、その足が全身を支えきれなかった。下半身が砕け、まるで糸の切れた操り人形のように床に崩れ落ちた。

「あああっ」

「大丈夫かっ」

声援が悲鳴とざわめきに変わる。思い余った一人が壮平に駆け寄ろうとしたが、壮一の手がそれを制した。

「すみません。本人の力で立ち上がらせてやって下さい」

最前列に居並ぶ患者とその家族が神妙な面持ちで頷く。

初めから分かりきったことだった。介助者がいようがいまいが、最後の最後に患者を立ち上がらせるのは患者自身でしかないことを。

ゆるりと面を上げた壮平が不意に玄太郎を見た。玄太郎もそれに気づき二人の視線が束の間交差する。体重を支える左手の人差し指が力尽きたように小刻みに床を叩く。

二人の老人の間に意思の疎通があるのかないのか、やはりみち子には分かりかねた。

やがて壮平は左手を伸ばして手摺りを探り当て、壁を背にずるずると立ち上がった。

すかさずギャラリーから一段と大きな拍手が湧き起こる。

「いいぞおっ」

「ファイトっ」

「ううむ。いや、こっちも凄まじい。香月さんやあの方もそうだが、応援している患者さんたちの熱の入れようが尋常ではない」

佐野が感心するように言ったが、みち子にしてみれば至極当然のことであり却って鼻白む思いさえする。各々に症状の軽重はあれど、ここに集っている者は全員が闘いの毎日だ。主治医からリハビリの効果を保証された訳でもなく、昨今は医療保険と介護保険の調整を錦の御旗にリハビリ通院に日数制限すら課された。いつ終わるとも知れぬ単調極まりない運動メニューに、それでも唯々《いい》諾々《だくだく》と従っているのは偏《ひとえ》にもう一度自分を取り戻したいからだ。自分の意思で身体を動かし、自分の意思で移動できる当たり前の日常に戻りたいからだ。彼らが応援しているのは壮平一人に対してではない。他人事ではない。患者たちとその家族は壮平の歩みに自分を投影しているのだ。

何故か居たたまれない気持ちになり、みち子はまた視線を玄太郎に戻した。

玄太郎が手にした砲塔パーツは上下貼り合わせになっており、既に接合した断面から溶けたプラスチックが溢れている。この溢れ出た部分を今度は紙ヤスリで研磨していく。目の粗いクラフトヤスリよりも仕上げは綺麗《きれい》になるが、直《じか》に削る分だけ指の力を必要とする。しかも均等な力で俊敏に、が条件になる。

ほんのわずかに震える右手が次第に静止していく。持ち主の表情は哲人のように何の感情も読み取れない。

紙ヤスリを纏《まと》った指が、接合面の走る方向に沿って動き出した。

しゅっ。

しゅっ。

しゅっ。

その動きはとても障害を負ったものとは思えない。まるで精密な工業用ロボットの動作だ。

みち子の胸が不意に熱くなった。完全に回復していない指をここまで正確に動かすためには並々ならぬ集中力と自制心が要る。今この瞬間のために、拡散しようとする力を収束させ、震えを抑えるよう肘から先の筋肉を懸命に制御している。それがどれほど神経をすり減らし見かけ以上に体力を消耗させるかは、障害を負った者にしか分からない。弱冷房の中にあって、玄太郎の額にはうっすらと汗が滲《にじ》んでいるが、これは暑さによるものではないだろう。

砲塔パーツを持つ手に研磨カスがこぼれていく。時折ふうと軽く吹き払うが、これも当初のうちは弱過ぎたり勢い余って唾まで飛ばしたりしたものだった――と、そこまで考えて、みち子はあっと思った。

それができるということは唇の調節機能も回復しているという意味ではないか。

みち子の動揺をよそに、一際《ひときわ》強いひと吹きが研磨作業の終わりを告げた。出来上がった研磨面は見事というより他なく、元の表面がそのまま延長されたように傷一つ見当たらない。

「しゃあて……すぎのが、難物なんや……」

再び洩れ出た言葉に、みち子は今度こそ確信した。

玄太郎は急速に言葉を取り戻しつつある。

「よし、七メートル六十センチ！　昨日までの記録を超えた。父さん、ここからが勝負だ」

うおおお、というどよめきが走る。歩行エリア全走破を今や誰もが願っているようだ。

だが当の壮平は立っているのも辛そうだった。ふおふおと不明瞭な言葉を洩らしながら顔中に玉の汗を浮かべている。一歩踏み出す度にふぅーっと肩で大きく息をする。

半身不随のアスリートを後押ししようといよいよ声援が高まる。最初こそ小波《さざなみ》のようだった声が、今は波濤《はとう》となって壮平を包む。

「負けんなああ、爺さん」

「あと二メートルや。いけるいける！」

「止まっちゃあかん。ゆっくりでええから歩き続けやあ」

「ガンバァ！」

直立しているのも辛くなったのか、壮平は前屈《かが》みになって進む。歩くというよりは前に倒れそうになる身体を片足ずつで踏ん張っている態《てい》だ。しかし、踏ん張った足も体重が掛かると重さに耐えかねて膝と足首を屈したままになる。

遂《つい》にその足が止まった。

壮平はかつて見せたことのない懇願の表情を浮かべる。

「父さん、駄目だ」

飛び交う声の中にあっても壮一の声は朗々と響いた。

「こんなに沢山の人が父さんを応援してくれている。ここで諦めたら昨日と同じだ。元に戻りたいのなら、今日は昨日より、明日は今日よりも前に進まなきゃいけない。だから、さあ！」

「よーし、よお言った！」

「わしらがついとるでよ！」

ボルテージが一気に上がる中、玄太郎の周辺だけは静かな緊張が横たわっている。

主砲塔の側面に設える梯子《はしご》。これはエッチング素材の部品を貼り付けるのだが、部品自体が非常に小さくて薄いためツル首ピンセットを使用する。銅製なので瞬間接着剤を塗布しなければならず、正確で素早い作業が要求される。もたもたしていると接着剤が速乾してしまい、手元が狂えばずれた状態のまま修正が困難になる。

玄太郎は深呼吸を一つすると、まずピンセットで梯子部品をテーブルの上に置いた。次に針を摘んで部品の上に立てたかと思うと、針の上部から瞬間接着剤を伝わらせた。これが佐野署長言うところの流し接着だ。全てがミリ単位の作業であり、根《こん》の詰め方も尋常ではない。

部品にほんの一滴だけ接着剤が付いたと見るや、玄太郎の右手は接着剤からピンセットに移った。

ピンセットの先端がすいと梯子部品を掬い上げる。一連の動きにはいささかの澱《よど》みもないが、それを行うために玄太郎の指先にはいったいどれほどの神経が集中しているのか。

実際、横で見守っていると知らず知らずのうちに息が詰まってくる。大きく息を吐くことが躊躇われる。目を凝らせば細く張り詰めた緊張の糸が見えるような錯覚に陥る。

部品を摘んだピンセットが接着部分に近づく。

先端が微動する。

もう、みち子は瞬《まばた》きすらできない。

まるでスローモーションを見せられているような感覚の中、部品は音もなく指定の場所に接着された。

ピンセットの先端が軽く上から押すが接着剤が溢れることも部品がずれる気配もない。

みち子はやっと息を継いだ。

途端、つんざくような歓声が耳に飛び込む。

我に返ると、周囲の熱狂が沸点に達しようとしていた。

「行けえっ」

「もう少しで九メートルやあっ」

壮平は壁に体重を預けながら、今にも倒れそうな身体を必死に支えている。胸を押さえて息も絶え絶えだ。

「父さん、頑張れっ。あとひと息だ」

壮一と亜摘が拳を振り上げて叫んでいる。だが壮平の目は二人には向けられず、四方八方に彷徨《さまよ》っている。苦痛を堪えている表情が悲壮感を増していた。

次の一歩、差し出した右足が遂に耐えきれずに砕けた。

壮平の身体が前のめりに崩れ落ちる。

辺りは騒然となった。

「あとたった一メートルなんだ。頑張れえっ」

「ここまでやったんだ。諦めんなあっ」

「立てえっ、立ち上がれえっ」

次の作業にピンバイス・ドリルを持ち上げた玄太郎が、さすがにその方向に目を向けた。ちょうど壮平がこちらに顔を向けていたので再び二人の視線が合った。

玄太郎の指がドリルの回転部分を忙《せわ》しなく回し始める。

壮平の指が小刻みに床を叩く。

「さあ、父さん。立て。立ってくれ。あと少しだ」

「あと少し！」

「あと少し！」

声援が大合唱に変わり、熱気が渦を巻く。その勢いに押されるように壮平が肘を伸ばそうとしたその時――。

ばんっという轟音《ごうおん》が部屋中に鳴り響いた。

大合唱がやんだ。

音のした方向に皆が目を向けると、玄太郎が拳をテーブルに叩きつけていた。

「た、たわけかあ、お前らは……何をいい気に声を張り上げて……」

「げ、玄太郎さん。あなた口が」

「そ、その人は息子らに殺されると訴えとる。それがなんで分からん」

「何を馬鹿なことを」壮一が笑いながら前に進み出た。

「父さんは喋れないんですよ。それをどうして」

「あの指が見えんのか。ずっとＳＯＳを叩いとるやないか」

皆の目が一斉にその指に注がれた。

トントントン、ツーツーツー、トントントン――。

壮一の顔色が変わったのと同時に佐野が立ち上がった。

「失礼。私は津島署の佐野という者ですが、詳しい話をお聞かせいただけませんか」

＊

「計画を思いついたのは壮一でした。最近先物取引で数千万円の借金を拵え、父親の遺産と保険金をその返済に充《あ》てようとしていたんですな」

佐野が久しぶりに顔を見せたのは株主総会の会場前だった。

「領家壮平さんは脳梗塞の前に狭心症も患ってたんですって？」

「ええ。大体、そんな持病を抱えて運動なんかしたら心筋へ血が流れなくなって発作が再発するのでリハビリなどとんでもない話なのですが、壮平氏の診断書を作成した京都の医師が急逝したこと、そして亜摘が以前医療事務に従事しており診断書の偽造が容易だったことが、今回の計画殺人の根幹になりました。亜摘は診断書から狭心症の言及を削除していました」

「じゃあ、最初っからお父さんをいびり殺すつもりであんなことを」

「自宅で無理な運動をさせて殺してしまえば不審死として検視に回される。そして狭心症であったことが判明すれば、その時点で壮一たちは容疑者にされかねない。しかし、もしも診断書を受理したセンター内でリハビリ途中に発作が起きれば、その死は心筋梗塞による病死として扱われる……二人はそう考えました。元より壮平氏は身体全体の動脈が硬化傾向にあり、狭心症による死は心筋梗塞のそれと酷似していてなかなか見分けがつきませんからな。後は父親に狭心症の再発予防の方法を教えないまま、その回復を願う孝行な息子夫婦を演じていればよかった」

それを指摘されると介護士であるみち子は穴があったら入りたい気分だった。リハビリ中に壮平が見せた息切れ、発汗、意識障害はいずれも狭心症の症状だったではないか。だが、リハビリ患者の感動的な闘病光景に気圧されて正確な判断ができなくなっていた。

「その点、あの極悪息子は群集心理の扱いが巧みでした。周囲をあんな風に煽動《せんどう》し、本人の退路を絶ってしまった。あそこで香月さんが気づかなかったら、多分壮平氏は死のゴールを迎えていたでしょう」

「どうして領家さんは玄太郎さんに向けて信号を送ったんですかねえ」

「ああ、それは後日壮平氏から時間をかけて何とか聞き出しました。香月さん、戦艦三笠を組み立てておられたでしょう。その様子から海軍に詳しい人ではないかと思ったらしい。しかし自分は口も利けないし筆談も上手くできない。それで窮余の一策でモールス信号を思いついた。他の者には分からずとも、あの人だけは理解してくれるだろうと唯一自由になる左手の指で助けを求めた」

結局、あの気の毒な老人を救えたのは五体満足の自分たちではなく、下半身不随で口も碌に利けない人物だった。それがみち子には何とも恥ずかしい。

「結局、あの家族でやんちゃそうに見えたお孫さんだけがまともだったんですねえ」

「ええ。彼は壮平氏をとても慕っておりましてね。両親の悪巧みの全てを知っていた訳ではなかったのですが、それでもあの状態の壮平氏を無理に歩かせるのは悪いことだと悟っておったようです。……ときに香月さん。本当に総会、出席されるんですか」

今まで黙って話を聞いていた玄太郎がこくりと頷いた。

「まんだ本調子やないんですが、これだけは顔を出さん訳にはいかんと玄太郎さんが言うもんで」

株主総会は午後二時を少し過ぎて開かれた。

みち子は車椅子を押して雛壇《ひなだん》最上段の左端に立つ。会場を見渡すと二百人ほどが席を埋めている。株主総会などみち子には初めてだったが、出席者の多くが扱い慣れた高齢者であったので浮き足立つことはなかった。

最初に株主総数と株式総数、議決権を有する株主数と出席株主の数が発表され、玄太郎の補佐として副社長の岩根《いわね》が議長席に着いた。

その後、第一号議案として貸借対照表と損益計算書、並びに利益処分案の説明が為されたが、家計簿すらつけたことのないみち子には数字の羅列にしか聞こえない。ただし香月地所の業績は堅調らしく、異議も質問もないまま議事は滞りなく進行していった。

動きがあったのは第三号議案、取締役三名選任の件だった。

「議長、緊急動議だ。取締役三名の解任動議を起こしたい」

会場から野太い声を発して立ち上がったのは果たして溝呂木郡司だった。

「ここに集まった株主さんたちは揃いも揃って慈悲深い方ばかりと見えるが、企業経営は義理人情では立ちゆかん。そこに雁首《がんくび》並べた取締役たちが代取香月社長の傀儡《かいらい》であることは周知の事実や。今までは良かった。しかし、肝心要の香月社長があのざまではなあ。元より腰巾着でしかなかった取締役連中に今後の舵取りができるとは到底思えん」

「で、ですが緊急動議は過半数の賛成が得られなければ」

「ならば今すぐ決を採ればよかろう。ふふん、心配せずともそんな頭数くらいは」

そこまで言った時だった。

「待ちんさあいっ」

低いが朗々とした声が議場に響き渡った。

手で合図があったので、みち子は車椅子を中央に静々と移動させた。言葉を遮られた溝呂木は目を白黒させている。

「只今紹介にあずかった、こんなざまの香月玄太郎やが。溝呂木さん、わしが車椅子の生活になったことで何か不安でもあるかね」

「あ、あんた口が利けるように」

「おおさ、憎まれ口も叩けるし土地の売買交渉もいけるぞ。わしの交渉力を知らん訳じゃあるまい？　ついでに今発表したばかりの貸借対照表に損益計算書、仔細《しさい》に一科目ずつ諳《そら》んじてやってもいいぞ。そのくらいの暗記力もまだまだこの三人にゃ負けやせん」

溝呂木は毒気を抜かれたように腰を下ろした。

「どうもお前さんは人を見かけだけで判断したがるようだが、下半身が動かないくらいで大袈裟《おおげさ》に騒ぎ過ぎじゃ。ホーキング博士を知らんのか。わしと同じく車椅子の人間だが理論物理学者として誠に立派な業績を上げておる。四肢が不自由だからといって、その者の知性や能力が自分よりも劣るなどという思い込みそのものがたわけた理屈であるのが何故分からん。それこそが己の知性の低さだと何故気づかん」

そこから先は玄太郎の独演会だった。

「見かけとか、周りの雰囲気に騙《だま》されてどうする。そういう説明できんような先入観や空気に流されるのを付和雷同《ふわらいどう》ちゅうんや。物事の本質なんてものは自分で見定めるもんや。それをせずして何が経験か何が見識か。尻の青い子供ならともかく、ええ齢した大人が自分の目でモノを見られんとは情けない。まあ、この場におられる株主の方々にはそんなうつけはおらんと思うがな。さて、ご覧の通りこの香月玄太郎、考えることも話すことも以前と寸分の変わりもない。足は多少動かし辛うなったが、まさか経営者が地所を走り回らにゃならん筈もないから必要不可欠の条件ではなかろう。もしわしが責められるとしたら判断ミスで皆さんに損害をかけた時だ。もしも今期無配当になったなら、その時こそ緊急動議でも何でもすればよろしい。甘んじてその声に耳を傾けよう」

玄太郎は言葉を切り、傲然と胸を張った。

しばらくして会場からは大きな拍手と野次が同時に起こった。やんやの喝采に雛壇の役員たちは頬を緩め、溝呂木の口車に乗ったと見える株主の何人かが憮然《ぶぜん》とした表情で会場を見回している。

その騒乱の中、みち子は溝呂木の様子を観察していた。

消沈した溝呂木の唇が音を発しないまま開く。

だが、その形で言葉が読めた。

はっとした。

（よかったな。社長）と言っていた。

みち子は我知らず頭を下げていた。

要介護探偵の快走《チェイス》

1

「ヨオオオイ……ドン！」

自らそう叫ぶや否や、玄太郎は上半身を大きく前傾させてハンドリムを漕ぎ出した。

香月家の庭はとにかく広い。玄太郎が車椅子の生活になってから完全バリアフリーの離れを増築したが、それでも余った敷地で五十メートルの直線コースが出来上がる。その即席コースを玄太郎が車椅子で疾走する。

「フ、フライング！」

同じく車椅子を駆る次男の研三が背後から抗議の声を上げるが、ゴール地点のみち子から見ても今のスタートに不正は認められない。

車椅子専用に造られた幅三メートルの舗装道路は車椅子二台で並走してもまだ余裕があるが、その上を玄太郎は綺麗に直進してくる。一方、研三はと見ると、ふらふらと蛇行を続けるばかりで玄太郎との距離を広げるばかりだ。ヘルパー勤めで車椅子を押し続けてきたみち子にはその理由が手に取るように分かる。径《けい》の大きな駆動輪を持つ自走式車椅子は両輪を均等な力で押さなければ直進しない。少し考えてみれば当然のことなのだが、慣れない者はすぐ力任せに押してしまうので左右が均等になり難《にく》く、結果として蛇行してしまうのだ。

玄太郎が白髪をなびかせながらこちらに向かってくる。無駄な力を使っていないのは走り方と快適そうな表情で分かる。

「あわわわあっ」

蛇行を繰り返していた研三がコースの中ほどで遂《つい》に横転した。派手な音はしたが芝生の上に倒れたので大した怪我はないだろう。玄太郎は後ろを振り返ることもスピードを緩めることもなく、そのままゴールインした。

「ふふふん」

肩で息をし、額を汗で光らせながら見上げた顔はどうだと言わんばかりの表情だ。称賛の言葉を期待しているように見えるが、ここでお追従《ついしょう》を口にすれば懲りもせずまた同じことをしそうなので、みち子はあえて無視することにする。できたことは誉める、できなかったことは励ますというのは介護の鉄則だが、こと玄太郎に関してはこれが当てはまらない。誉めれば調子に乗って無茶をするし、励ませば目の色を変えて更に無茶をする。どちらにしても介護者が卒倒しそうな行動に出るので放っておくに越したことはない。

「きったねえぞ、オヤジ。今のは無効だ」

研三が車椅子を引きながらやってきた。

「何が無効や。ちゃんとレースは成立しとる」

「いいや、反則てんこ盛りだ。ランナー自身がスタート言うな。それから俺の車椅子はオヤジのお下がりだが、そっちは見るからに最新機種だ。それに第一、俺の方は初めてなのに、そっちは既に身体の一部みたいなもんじゃないか」

「五体満足でなお且《か》つ三十半ばの男の台詞とは思えんな。駆け出すタイミングや使う道具よりも、まずは基礎体力の問題じゃろう」

玄太郎は悪びれる様子もなく、むしろ研三の抗議を心地良さそうに聞き流している。

「どんな状況であれ、七十過ぎの爺いに競走で負けるなんぞ恥さらしもええとこや。これも、ええ歳した若いもんが日がな一日部屋の中に籠《こ》もっとるからや。ちったあ外出て運動せえ」

「漫画家は頭脳労働なんだよ！　ランニングやスポーツしたところでページは埋まらないんだよ」

研三はそう反論するものの、その頭脳労働とやらの成果をみち子は勿論《もちろん》、香月家の誰も見たことがないので説得力に欠けること甚《はなは》だしい。

「健全なる精神は健全なる肉体に宿る、などとたわけたことを言うつもりはないがな。肉体も精神も鍛錬しなければやがて衰えていくのは道理や。お前は両方ともたるんどる」

「ちえっ。年寄りの気紛れに付き合わされた挙句に説教かよ。割に合わねえよなあ、全く。それよりオヤジ、約束は守れよな」

「約束？」

「とぼけるなよ。勝っても負けても賞品出すって約束だろ。そういう条件だから付き合ったんだ」

「賞品なら、もう手にしとるやないか」

「へ？」

「お前の引いてきた車椅子。それが賞品じゃ。有難く受け取れい」

「……俺がこいつを何に使うんだよ？」

「転ばぬ先の杖《つえ》と言うしな。お前もいつかはそいつの世話になるかも知れんから、今のうちに練習しとくといい。いや、今使っても立派な下駄代わりにはなるやろ。ほれ、何と言ったか月に一度、お前が唯一外出する老人会。あれもこれに乗っていくといい」

「老人会じゃない。同人会だ！」

「ふん。お前に訊いた話だと、大の大人が他人の描いたマンガの好き嫌いを勝手に喋くり合うだけじゃろ。そんなもの老人会の茶飲み話とどこがどう違う」

「批評だって創作活動の一部だ」

「ほう。では、その批評とやらで幾ら稼げる？　創作活動とかは時給換算で幾らや？　どんなお題目があろうが利潤を生まんものはみんな道楽や。そして道楽をしてもいい者は本業で自分と家族を養っておる奴に限られる」

「オヤジさあ……枯淡《こたん》って言葉知ってるか？」

「お前は知っとるのか」

「枯淡てのはよ。この、金銭欲とか激しい感情とかを削《そ》ぎ落としてだな。もっと世俗に対して超然な……って無理か。あんたじゃ」

　研三は溜息を一つ吐いて、それ以上の抗議を放棄した。当然の成り行きだろう、とみち子は思う。そもそも、この爺さまに向かって枯淡などという言葉を持ち出した時点で交渉に負けている。枯れた老人が自分から金品を賭けた車椅子競走なんてものを持ちかけ、しかも本気で勝ちにいくはずがないではないか。

「しかし、そいつが場所を取ることも確かや。高針《たかばり》に纐纈《こうけつ》製作所という車椅子のメーカーがあってな。そこに持っていけばリサイクル・ショップよりは高く買い取ってくれるぞ」

　じろりと研三が睨んだ。

「最初っからそれが目的だったたな」

「うん？」

「新しい車椅子を買ったのはいいが、古いのを処分するのが面倒で俺をパシリにしようって魂胆だったんだな」

「昔っから使い走りは子供の仕事と相場が決まっとる。それに引き取って貰えれば小遣い銭にもなる。結構な話やないか」

研三は不貞腐《ふてくさ》れた顔を見せた後、ぶつぶつ小言《こごと》を言いながら車椅子を引いていった。まるで親にいいようにあしらわれた中学生のような振る舞いにみち子は忍び笑いを洩らす。

ところが一方の玄太郎はと見ると、小さくなる研三の背中を見て唇を尖らせている。

「何じゃ、つまらん。もうちぃと突っ掛かってくると思うたが」

「おや。じゃあ、わざと憎まれ口を？」

「父親は息子からは憎まれんとなあ」

「別に憎まれなくたってええやないですか」

「ふん。友達関係のような親子か？　下らん。そんなことを言うとるから子供から馬鹿にされてもへらへらしよる父親が増えるんや……。しかし、それにしても」

玄太郎は自分の乗っている車椅子を撫で擦《さす》りながら感嘆の声を上げる。

「同じ車椅子でもこれはまるっきり別物やな。とにかく軽い。それに自由自在にようにが曲がる。そして確実に止まる」

確かにそれは外観から既にみち子の知り得る車椅子の範疇を越えていた。

後部に介助用ハンドルを持たない普通型と呼ばれるものだが、背もたれが異様に低く、逆に駆動輪が異様に大きい。普通よりも十センチ以上内径が大きいのではないか。その内側も自転車のスポーク状ではなく幅広の三本の車軸が支えており、さながらバイクのタイヤを思わせる。

「何だかごつく見えるんですけどねえ」

「うむ。フレームパイプも前のより太くなっておるしな。しかも、このパイプは全てカーボンでできておるから見かけよりはずいぶん軽いんじゃよ。そして軽量化するということはな」

「はあ」

「溶接部分を少なくできるのじゃから、フレームの形状を自由にできるということになる。従来の直角型ではなく、内角を鋭角にでき、同時に最短化できる。するとますます軽量化される。しかも、このエックス部はシングルブレースになっておってフレームのガタつきや強度を……」

途中からみち子は話を聞くのをやめた。この爺さまは機械のこととなると夢中になり、こちらが理解しようがしまいが気の済むまで語り続けるという悪い癖がある。もっとも、数ある悪い癖の中で一番無害な癖ではあるが。

「それで玄太郎さん！」

「うん？」

「いったい、その車椅子をあたしはどうやって扱えばいいんですか？　見たところ介助用ハンドルはないみたいですが」

「ああ。そんなことか。それなら大丈夫じゃよ。グリップはアタッチメントでハンドルと交換できるようになっとる」

「そんならええです。まあ、でも」

「でも、何や？」

「あんたの暴走を止めるブレーキもちゃんと装備して貰わんと」

玄太郎は尚も車軸やフットサポートを慈《いつく》しむように撫でている。まるで買ったばかりの新車を愛《め》でるような仕草なので、じっと観察していると不意に玄太郎と視線が合った。

「なんじゃね？　えらく興味深げに」

「……えろう楽しそうですなあ」

「ははあ。下半身不随の身で何を嬉々《きき》としとるのかと思ったか」

玄太郎は意地悪く笑ってみせた。

「あのなあ。みち子さんはむっとするかも知れんが、わしはこの足のことをそれほど気にはしとらんのや」

「年寄りの強がりですか？」

「そりゃあ不便だとは思う。風呂や便所、寝る時起きる際にこいつを邪魔に思わん時はない。しかしな、これなしでは生活できんと言うならメガネと一緒じゃないかね。あれだって必要な者からすれば、なしではとても日常生活が送れまい。それでもメガネを必要とする自分をそれほど悲観してはおらんだろう」

「それは……そうですねえ」

「障害障害と言うが、何をもって障害と言うのか。案外、それは本人次第ではないかな。わし自身は障害ではなく単に足腰が弱ったくらいにしか思っておらんが、世の中には多少指の自由が利かんぐらいで人生を拗ねる者もおる。そう考えるとなあ、障害というものは外観よりもその裡で本人がどう捉えているかによるのではないかな」

　ああ、これはやはり玄太郎ならではの物言いだとみち子は思う。下半身不随を足腰の衰えと言い張るのは些《いささ》か強弁だとしても、間違いなくこの老人には肉体のハンディを凌駕《りょうが》する強靭この上ない精神がある。確かにこんな人間を障害者扱いしても、本人は鼻白むばかりだろう。

　やんちゃで癇癪持ちの患者だが、時折こういう一面を見せてくれるのでなかなか介護契約を打ち切って欲しいとは思わない。以前に世話をした患者たちに比べて、この老人の放つ強靭な生命力はいったい何に起因するのだろうか。

「うーん」

玄太郎が難しそうな顔で呻いた。

「どうしました？」

「気に入ったは気に入ったが……どうにも色が気に食わん」

「色？」

「パイプはシルバー、背もたれや座面はグレイ。これでは従来品とちっとも変わらんやないか、辛気臭い。店に陳列していたのが、これしかなかったから仕方ないんやが……よし。いっそ自分で塗装してやろうか。幸い塗料の類いは揃っとるしな」

「あの、いったい何色にするつもりですか」

「そうやな。わしの好きなイタリアンレッドとかネオンイエローなんかどうやろ。きっと目立つぞお」

そんなもので目立ってどうする――そう言いかけた時、塀の向こう側から声がした。

「おはようございます。玄太郎さん」

「おお、美代《みよ》さんか」

玄太郎はそちらを振り向くなり相好を崩した。

塀越しにぺこりと頭を下げたのは近所に住む神楽坂《かぐらざか》家の美代さんだ。御歳八十歳の老婦人だが、顔を刻む皺も目立たず背筋もしゃんとして歳をまるで感じさせない。目から鼻にかけての稜線《りょうせん》は未《ま》だ滑らかで肌も白い。きっと若かりし頃は美人と持て囃されたのだろう。笑い方も上品で人当たりも良さそうだ。いつだったか玄太郎に訊いてみると、果たして彼女はこの界隈《かいわい》のマドンナであったらしく求婚した男性の数は両手でも足りないほどだったという。二十歳を過ぎて婿養子を迎えたものの、早くに連れ合いを亡くし、それからはやもめを続けているが、今なお白髪紳士たちの視線を浴び続けているのだから大したものだ。

「それに色を塗るんです？　本当に玄太郎さんは昔から変わりませんねえ。ずいぶん前は買ったばかりの自転車を真っ赤に塗り直して郵便屋さんに間違われたこともありましたねえ」

「美代さん。そりゃあもう、終戦間もない頃の話だよ」

「そう？　私にはまるで昨日のことのようですけどね」

艶然と笑いかけられ、玄太郎は渋い顔で頭を掻いた。

「目立つのは玄太郎さんらしくて良いのですけれど、くれぐれも気をつけて下さいね」

「いやあ、これは前のよりも軽くて頑丈なんや。自分で運転もしやすいし安全この上なしだ」

「違いますよ。私が気をつけなさいと言ってるのは運転のことじゃなくて、最近ご近所で起こっている物騒な事件のことですよ」

「物騒な事件？」

「ご存じないの？　近所の高齢者ばかりを狙った通り魔の事件」

みち子は心中でああ、あのことかと手を打った。

本山の高台に広がる通称「お屋敷町」にはここ最近、散歩中の老人が襲撃される事件が連続していた。襲撃といっても他愛ないもので、老人が路肩を歩いていると背後から自転車で忍び寄り、擦れ違いざまに突き飛ばす程度だ。しかし老人の身体であり、突き飛ばされた被害者は塀に激突したり側溝に落ちたりといずれも軽くはない怪我を負っていた。

「確か最初に襲われたのは一丁目の伊佐治《いさじ》さんやったな。その後、また誰かが襲われたということを聞いたには聞いたが」

「三丁目の渡辺《わたなべ》さんが襲われたのよ。それが突き飛ばされた時、ガードレールを乗り越えて石段まで墜落したものだから全治六カ月の大怪我。昨日、傘寿《さんじゅ》のお祝いで家に来てくれた福祉課の人から聞いたのだけれど」

「二人目か……」

玄太郎は眉を顰《ひそ》めたが、事件の詳細はみち子も会社から聞き知っていた。何と言っても介護サービスの会社だ。受け持ち地域で老人や介護に関するニュースがあれば細かなフィードバックを行ってリスクマネジメントをするのが常だ。

それによると被害者は二人とも結構な高齢者で七十七歳と八十五歳。所謂後期高齢者と呼ばれる老人たちであり、最初の事件では単なる物盗り未遂と思われていたが、二件目を受けてからは、老人襲撃事件ではないかと疑われていた。介護サービス会社からも患者と外出する際には絶えず周辺に気を配るようにとの通達が下りたばかりだった。

「だからですよ。そんな目立つ色に塗ったら、犯人にすぐ目をつけられるから気をつけて、と言ったの」

「いや、心配してくれてありがとう。ああ。そう言えばうっかりしておったな。美代さん、傘寿おめでとう」

「ありがとうございます。本当にねえ。最近じゃこういう節目《ふしめ》は本人より区役所の方が詳しいくらいで」

その時だった。

敷地の端から鈍い破砕音が聞こえた。

みち子がはっとその方向を見やると、塀の上から道路を覗いていた植木鉢の一つが粉々に砕けて散っていた。

「あらあら。佐分利《さぶり》さん、何てことを」

美代さんがそちらの方に向かって少し声を荒げた。塀越しに覗くと、車椅子の老人と介助者が近づいてくるところだった。

佐分利と呼ばれた老人はジャージの上下に鍔広《つばびろ》の帽子を被っていたが、下から覗く白髪と盛大な皺が相当の年齢を物語っていた。不機嫌そうに何事かを唸り、右手を忙しなく動かしていた。その後ろを五十代の女が済まなそうな顔をして押している。してみると、植木鉢を外から押し倒したのは佐分利老人らしい。

佐分利老人が真横を通り過ぎようとした時、高潔な老婦人がそれを看過することはなかった。

「お待ちなさいな、佐分利さん。貴方、他人様の植木鉢を壊しておいてそのまま放っておくおつもり？」

抗議の声に老人はちらとだけ振り向いた。色素の抜けたような生白い肌に無数の老人斑がちりばめられたように浮いている。その老人が帽子の鍔から睨《ね》めつけるように老婦人を見る。

「昔はあんなに毅然《きぜん》とした人だったのに。いくら年寄りでも許されることと許されないことがあると言ったのは貴方だったじゃないですか」

縦横無尽に走る皺のせいで佐分利老人の表情は判然としない。だが悔やんだり慌てているのではないことは目の色で見当がつく。

ふん、と聞こえたのは鼻息だったのか、それとも侮蔑の声だったのか。

しばらく美代さんが睨んでいると、佐分利老人は一言も返さないままぷいと顔を背けてまた前に進み始めた。介助の女は皆に何度も頭を下げながら老人に命じられるまま車椅子を押していく。

「佐分利さん。亮助《りょうすけ》さんったら!」

美代さんが呼び止めるが二人は振り向きもせずに立ち去ってしまった。その後ろ姿を見送って、美代さんは短い溜息を吐く。

「亮助さんもしばらく見んうちにわしと同じ身の上になっとったんやなあ。あの人は今年で幾つかね」

「九十歳ですよ。確か区内じゃ最高齢だという話です」

「おお、では卒寿《そつじゅ》か。それなら車椅子も仕方がないか」

「昔は道場の師範を務めたこともある、それはそれはきりっとした方だったのよ。それが最近ではあんな風になってしまって……。やっぱり少しボケちゃったんでしょうね。外に出ると何かの拍子で他人様の物に当たり散らすんですって。ああ、それよりあの植木鉢。大変! きっとお高い物だったのでしょう?」

「いや、心配には及ばんよ。ありゃあホームセンターで買ったひと鉢数千円の安物じやからね」

これは嘘だった。確かにずらり並んだ鉢植えの中では一番安い物ではあるが、それでも数万円はする品物であったはずだ。

「それにしても嫌な世の中になりましたねえ」と美代さんは独り言のように愚痴る。「この国には戦争も震災も不景気もあったけど、年寄りは大抵みんなが守ってくれました。周囲の人も制度も含めてね。でも最近はみんなが手の平を返したように年寄りを目の敵にしている。それも周囲の人も制度も含んでですよ」

「それはな、美代さん。あの頃は年寄りが少なかったからではないかね。今、年寄りは多過ぎて若いモンが気にかけたり面倒見るには負担があまりに大きい」

「それだけなのでしょうか。昔は年寄りを大切にするのは当たり前だったのに、今では親孝行が殊更美談みたいに言われるでしょ。つまり親孝行がそれだけ珍しくなったのね。日本という国は終戦の焼け野原からずいぶん多くのものを手にしてきたけれど、それと同じくらい大切なものを手放してきました。そして、わたしには何だか世の中と同じように人の心までが何かを捨ててきてしまったような気がするんですよ……。あら、嫌だ。わたしったら」

偉そうなこと言ってごめんなさいね、と残して美代さんはその場を立ち去って行った。

「相変わらずお綺麗な人ですねえ」

みち子は半ば揶揄《やゆ》するように感嘆してみせる。ところが玄太郎がいつもの毒舌はどこへやら素直にうん、と頷《うなず》いたものだから些か驚いた。まさか玄太郎が老いらくの恋ではあるまいが、その反応に微笑《ほほえ》ましいと思う一方で胸奥にちりっとする苛立ちを覚えるのは何故だろうか。

「まさか、老いらくの恋などと勘違いしてはいかんよ」

間髪《かんぱつ》容れない指摘にみち子は危うく声を上げそうになった。

「ここいら辺の元ワルガキどもにとっちゃあ、皆の姉貴みたいな人でなあ。ここから出て一端《いっぱし》のヤクザになった者もあの人には頭が上がらん。わしも散々叱られたクチで、未だによう逆らえんのや」


夕刻になって佐分利亮助の息子夫婦が香月家を訪れた。

「うちの年寄りがとんだご迷惑をおかけしまして」

玄太郎と顔を合わせるなり、征三《せいぞう》と達子《たつこ》の夫婦は平身低頭の態で詫《わ》び始めた。最初から詫びられたのでこちらから怒り出すタイミングを逸してしまい、勇んで出てきた玄太郎は水を差された格好で二人の弁解を一方的に聞かされる羽目になった。

「わたしが付き添って注意はしてるんですが、あんな歳になっても本当に動きが敏捷《びんしょう》介助をしていた達子は米搗《こめつ》きバッタのように頭を下げ続ける。

「破損した植木は勿論《もちろん》弁償させて頂きますから」

これも先に言われてしまえば、おいそれと請求しづらい。聞けばこの征三、二年前までは民間企業に勤めていたらしいが、その謝り方と物腰は堂に入っており、会社でも折衝部門に籍を置いていたのではないかと思わせた。親子と言われればなるほど顔の造作は翁そっくりだが、征三はまだ頭髪も黒々としており肌も若々しい。こういう人間から誠心誠意を込めて謝罪されると出鼻を挫《くじ》かれる。本人ではなく、その親による狼藉なら尚更だ。

「亮助さんはいつからあんな風になりんさった？」

「いやあ。兄貴が亡くなって、年寄りの面倒を見るためにこいつと越してきた時からもう十年以上同居しておりますが、何かにつけ短気になったり周りのことが分からんようになったのはここ最近のことです。やはりいくぶんはボケが始まったようで」

つまり美代さんの言っていた通りだったという訳だ。

「そんなら無理して外に出さんかったらええやないか。現にここ何年も亮助さんの散歩姿なぞ目にしとらなんだが」

「そうも思うのですが、寝たきりのままではやはり手足も衰えるので日に一度は陽の光を浴びた方が良いとお医者様が言うもので……。外に出さなければ他人様に迷惑をかけることがないのは分かっておるんですが、やはり年寄りのことを考えると……誠に申し訳ございません」

二人揃って丁重に頭を下げられれば、これも権柄《けんぺい》ずくに文句を言うことができない。いつもは自身が老人であることを武器に上段からものを言う玄太郎も、その後ろに更なる高齢者が控えていると舌も湿りがちになる。そしてこんな風に言い淀《よど》む玄太郎を目にすることは滅多にないので、みち子は密かにこの状況を愉しんでさえいた。

だが、そんな悠長なことを許されたのもその日までのことだった。

今度は神楽坂家の老婦人が襲われたのだ。

2

「美代さん！」

みち子が前に回り込むのも待ちきれず、玄太郎が病室のドアを押し開けると、ベッドの住人が首だけをゆるりとこちらに向けた。

「あら……玄太郎さん……いらっしゃい」

美代さんはいつも通り笑ってみせようとしたが、顔半分を包帯で覆われた笑顔はひどく弱々しいものにしか映らなかった。

「ああ、ああ、ええ。そんな無理して起きんで良いからじいっとしとりゃあ」

玄太郎は滑稽《こっけい》なほどうろたえながらベッドに近づいた。付き添っていた家族が気を利かせて場所を空ける。

「なんだか変な気分ねえ。車椅子のお爺さんに見舞いに来てもらうなんて」

「何を言う。わしの方が八つも若いぞ」

「あら……でもまあ、そうよねえ。塀に突き飛ばされただけでこんな有様なんですもの。歳とった証拠だわ」

「骨折と打撲で全治四カ月です」と、傍らの長男が小声で囁く。

玄太郎は露骨に眉を顰めた。

「でも、わたしも満更捨てたもんじゃないのね。こんな年寄りでもこれだけの男性がお見舞いに来て下さるんだから」

はっとして玄太郎が振り返ると、その後ろには既に先客がいた。

背後の壁に町内の老人男性が五人、皆にやにやしながら玄太郎のうろたえぶりを見物していたのだ。

玄太郎は眉間の皺を一層深くしてギャラリーを睨みつけた。

「一昨日、物騒な世の中になったなんて言っていたのに、その舌の根も乾かないうちに今度は自分が襲われてたら世話がないわね」

「襲われたのは朝方でした」と、長男が説明し始める。

「いつもの散歩途中、後ろから近づいてきた自転車の男にいきなり突き飛ばされて。男は自転車でそのまま逃走、例の通り魔と全く同じ手口ですよ」

「これまでもそうじゃったが、決して畑や草むらといった柔らかな場所やのうて、他人ちの塀やらアスファルトの上やら明らかに年寄りが怪我をしそうな場所で狙い撃ちしよる」と、これはギャラリーの一人が憎々しげに言い放つ。

「そうや。愉快犯などと可愛げのあるもんやない。確実にわしらの殺傷を目論《もくろ》んでおる」

「あれかな。少し前に不良中学生の間で流行ったオヤジ狩りみたいなものかな。あれよりは数段タチが悪いが」

「ともかく、これじゃあ、わしら安心して外出することさえままならん。と言うより美代さんまで襲いよったのがどうにも業腹《ごうはら》や。なあ、町内会長さんよ。なんとかならんか」

町内会長と呼ばれて玄太郎が途端に不機嫌になったので、みち子は些か驚いた。玄太郎がそんな役に就いているなど初耳だったのだ。

「そうやな……自警団でも結成するか」

「いや、一足飛びにそれは乱暴な」

「相変わらず玄さんは血の気が多いのう」

「黙れ。その血の気の多さを理由に、嫌がる本人を町内会長なんぞに推したのはいったいどこのどいつや」

　確かにこの爺さまが町内会長なら、若い連中も渋々従わざるを得ないだろう。勿論民主的な運営も諦めざるを得ないだろうが。

「まあ、玄さんは不本意かも知れんが一度警察のお歴々に会ってみてはどうかね。相手が玄さんならあちらもそうそう無下《むげ》な応対はすまい。それがあんたを町内会長に推したもう一つの理由じゃからして」

「玄太郎さん、わたしからもお願い」

　ベッドの上から美代さんが呟くように言った。自身がそんな目に遭ったというのに、不思議に穏やかな声だった。

「残念だけど、年寄りの知恵だけじゃ解決できないこともあるわ。だって、これはもう子供の悪戯じゃない。れっきとした犯罪よ。わたしたちはそういう暴力に立ち向かえる歳じゃないのよ」

　玄太郎は物憂げに首を振ってみせた。

玄太郎の警察嫌いはつとに有名だ。警官と見れば誰彼なく国家権力の犬と呼ばわり、忠告は無視し、命令には逆上する。これが単なる癇癪老人の振る舞いならば然るべき勧告や叱責もあるのだろうが、何せ警視庁ＯＢである国会議員の後援会長、また現公安委員長にも知遇を得ている人物なので犬呼ばわりされた方も愛想笑いを返すしかない。

いったい、警察にどんな恨みつらみがあるのか、本人に聞いたこともなければ香月家の誰も知らないようなので想像するより他ないが、理由は玄太郎の幼少時に起因するのではないかとみち子は見当をつけている。

そういう人間が警察に相談に行く、というのだから内心穏やかであろうはずがない。まるで地雷源を下駄履きで歩くようなものだ。だから玄太郎が中署《なか》の署長に会うと言い出した時、みち子は三つも四つも厳重注意を申し渡さなければならなかった。

「ええですか。相談しに行くのはこっちなんですからね。いつもみたいに雲の上から見下ろすような言い方はいかんですよ」

「ああ。分かっとる」

「いくら相手がいけすかないお巡りさんでも、決してあからさまに敵対心を見せてはいけませんよ。あの人たちは一般市民に威張り散らすのも仕事のうちと思うとるんですから」

「ああ。分かっとる」

「それから玄太郎さんがいつも決まり文句のように口にしている、脛齧《すねかじ》りの木《こ》っ端《ぱ》役人風情がっていうのは絶対に禁句ですからね」

「みち子さん。あんた、ひょっとしてわしがそう口走るのを期待しとりゃせんか？」

アポイントを取っていたので中署に到着しても、さほど待たされずに署長室に通された。

「お待ちしていました。中署署長の洪田《こうだ》でございます」

出迎えたのは背丈百八十センチを優に越えそうな恰幅《かっぷく》の良い人物で、こういう男が車椅子の小さな老人に恭しく頭を下げている図はどうにも違和感がある。

「津島署の佐野がよろしくと申しておりました」

「ああ、そんな話は後回しでよろしい。それより署長。電話でも伝えたが、わしの町内で起きておる連続襲撃事件、あれを早急に解決して欲しい。でなければ町内の年寄りたちが安気《あんき》に枕を高くして寝られん」

「その件でしたら、既に署の生活安全課が捜査中で」

「生活安全課？　刑事課ではないのか」

「ええ、まあ……強行犯《きょうこうはん》という訳ではありませんので」

みち子はその言葉だけで警察の本気度合いが分かるような気がした。つまり、三人も連続して襲われたというのに「強行犯」ではないと言うのだ。通行途中の老人を突き飛ばすだけでは精々生活の安全を脅かす程度と言うのだ。

　八十代の老人の不意を衝いてコンクリート塀に叩きつけるのが強行犯ではない？認識不足も甚だしい。打ちどころが悪ければ致命傷にもなりかねないのに。

　玄太郎も同じことを考えたのだろう。途端に不機嫌そうな顔になった。

「犯人の見通しなんかは付いておるのですかな」

「詳細は担当に聞いてみましょう」

　内線で呼ばれたのは生活安全課の石井《いしい》という、刑事にしてはひどくおっとりした感じの女性だった。その柔和さは補導される少年たちの警戒心を解くのには有効だろう。ただ問題なのは、部屋に入ってから玄太郎を一瞥《いちべつ》した視線に敬意が欠片も感じられなかったことだ。

「現在、事件発生場所の校区で過去補導歴のある少年たちを中心にリストアップしています」

「つまり、子供たちの仕業だと言うのかね」

「以前、不良生徒たちの間で老人虐待が流行ったことがありましたからね。あの年頃の子供にとって自分より体力の劣るものは皆獲物みたいなものです」

「あのな、女の刑事さん。わしもガキの頃はよく悪さをしたから覚えとるが、子供ちゆうのはあれはあれで警戒心があって、同じ場所で同じ悪さを繰り返さんもんや。捕まるのが恐いから必ず行動範囲を拡げる。しかし今回のは同じ町内に絞られとる。これは遊び感覚の悪さやない。何か目的を持った、もっと禍々《まがまが》しいものや」

「しかし被害に遭われた老人たちに共通点らしきものは認められませんよ」

石井は手帳を取り出して目を走らせる。

「最初の被害者、伊佐治能成《よしなり》七十七歳、事件発生九月一日午前七時。二番目の被害者、渡辺博幸《ひろゆき》八十五歳、事件発生九月七日午前八時。そして三番目の被害者が神楽坂美代八十歳、事件発生九月十二日午前七時……年齢、性別、事件現場と何一つ共通項はありません。強《し》いて挙げれば、襲撃の時間や手口と、目撃者によれば犯人はいずれも紺色のジャージを着用した人物でどうやら同一人物であること。そして今仰《おっしゃ》ったように被害者が同じ町内の老人というくらいで。ああ、犯行に使用された自転車は何度か乗り換えられているようです。駅前の放置自転車をその都度使っているようですね。自転車は犯行後に乗り捨ててありましたが、付着していた指紋が膨大な数に上って犯人の物を特定できません」

「もう一つ共通したことがあるぞ」

「え？　何ですって」

「襲われた年寄りはみんな地元組じゃ」

「地元組？」

「あの高台はな、大昔は山間の小さな集落だった。それが終戦後の土地開発ブームで新興住宅地になり、周辺地域からどっと人が押し寄せた。それで戦前から住んでいる家を地元組、新しく移ってきた家を転入組と呼んどる」

「成る程。でも、それは結果論じゃありません？　今の歴史からすればお年寄りを標的にすれば自然に元から住んでいた地元組に集中しやすい理屈でしょう」

「六十五歳以上の高齢者で地元組は全体の二割にも満たん。そんなことも調べとらんのか」

　石井はむっとした表情を見せたが、みち子にしてみれば玄太郎の語尾が跳ね上がった方がよほど気になった。これは癇癪が爆発する前兆だったからだ。

「でも、それだって結果論ですよ。高齢者の中でもより高齢な人を狙っていけば地元組に当たる訳だから」

「ほう、より高齢者を狙った？」

「ええ、その方が当然反撃される可能性も少ないでしょうから」

「さっき、三件とも同じ手口と言ったな。つまり年寄りが歩いているのを自転車で後ろから忍び寄って不意を衝いたと」

「はい、そう言いましたけど」

「後ろから見ただけで、どうやってより高齢者だと判別できる？」

「あ……」

「無作為に選んでいてこれほどより高齢者に集中するはずあるか。後ろから忍び寄る段階で既に標的がどこの誰であるかを知っておったに相違ない。そんなことも分からんのかあっ！」

怒声が部屋の中にわんわんと響いた。こうなればもう火山の噴火と同じだ。溶岩が出尽くすまで放っておくより他はない。

「しかもさっきから聞いておれば被害者は呼び捨て、その者が味わった痛みや恐怖などまるで無視した物言いしおって。年寄りをいったい何やと思うとるうっ。何が生活安全課じゃ。自分たちが地域の安全を守っとるような口ぶりやが、このたわけめ。地域の安全というのは住人のモラルで成立しとるんじゃあっ」

「わわわわ、わたしは何もそんな」

「黙らっしゃあいっ、あの年頃の子供がどうたらこうたらと知った風な口利きおって。子供たちが自分の爺婆と同じ齢の人間を遊び感覚で虐待することを流行りなどとはよく言うた。本来なればすわ一大事と署内総出で解決せねばならんものを軽々に扱う己自身が、既に年寄りを蔑《ないがし》ろにしておることに気づきもしよらん」

こんな風に頭ごなしに怒鳴られたことも滅多にないのだろう。石井は表情を強張《こわば》らせたまま、その場に立ち竦《すく》んだ。

「大方、己はこの庁舎にふんぞり返って巡回など碌にやってはおるまい。そんなだから地域というものが見えておらんのだ。これを機会に飛島《とびしま》村あたりの駐在に戻るかあっ」

とりなすように、慌てて洪田が割って入った。

「も、申し訳ありません。石井がどうも舌足らずのようで。では、私どもよりも地域住民の詳細にずっとお詳しい香月さんにお伺いしたいのですが、三人の被害者を結ぶ共通点は他にありませんか」

「それがどうにも思いつかん」

突き出した舌鋒《ぜっぽう》を一旦《いったん》引っ込めて、玄太郎は不機嫌そうに腕を組む。

「皆同じ尋常小学校出身やが、これは同じ町内だから当然のこと。しかしそれからの進路は公務員になったり自営になったり専業主婦になったりとばらばらじゃ。それぞれに姻戚関係がある訳でなし、何かの同好同士でもない。町内会で同時期に役員をやったこともなければ、それぞれの子供も歳が微妙にずれておって子供同士の接点もない。かかりつけの病院も違う。散歩のコースも違う」

居並ぶ二人は目を丸くして聞いていた。

「あの、町内会長さんというのは皆さんそんなにお詳しいものなんですか」

「ふん。年寄りは昔のことはよく覚えとるわ」

「と、とにかく貴重な情報とご意見をありがとうございます。早速生活安全課に再調査させた上で善処したいと」

「署長。既に三人も被害に遭《お》うとる。今更再調査なんぞと悠長なことを言うとる場合やない。漠然とながら犯人の標的は分かっておるんだ。何とかせえっ」

「何とか、と言われましても……その、ご高齢者全員に警備を付ける訳にもいきませんし……。ああ、いや。香月さんは別ですが」

「話にならん！」

署を出る時も玄太郎は癇癪玉を破裂させていた。受付の職員や連行されてきたばかりの容疑者たちが何事かとこちらを振り向くので、みち子は顔から火が出そうだったが、それでも先刻のように特定の誰かを叱り飛ばすよりはいくらかマシだと考えることにした。

「全く、四日に一人は全身打撲の大怪我をしておるというのに、何が再調査や。だったら最初の事件が起きてから二週間もの間、何をどう調べておった。高齢者全員に警備を付ける訳にはいかんじゃと。そんなことは分かっとるわ！ それなら巡回パトロールでもさせたらええやないか。警官十人もおれば事足りる。それをあの給料泥棒めらが」

「確かに何度も被害に遭ったのが年寄りだということを強調してましたねえ」

それは逆に年寄りとそれ以外を区別した言い方に他ならなかった。みち子は仕事柄よくそういう言質《げんち》を耳にする。その場合は年寄りが障害者という単語に置き換わるのだが、人間は隠しておきたい事項に限って強調してしまうところがままある。さすがに営業の訓練を受けた者はそういう言い回しを矯正されているが、きっと公務員、特に警察官という仕事にそんな気遣いは無用なのだろう。

どうやらみち子にも玄太郎の警察嫌いが伝染したらしい。

「警察は当てにならん」

ああ、やっぱりその台詞が出るのか。

みち子は期待と諦めと不安を同時に味わう。

「年寄りの仇《かたき》は年寄りが取っちゃる」

「美代さんの仇、じゃないんですか」

「ふん」

「……あんまり訊きとうないけど、仕事やから一応訊いときますね。玄太郎さん、いったい何をするつもりですか」

「犯人をエサで釣る」

「エサ？」

「付き添いなしで歩くのが困難な老人。見た目がひ弱そうで、とても反撃しそうにない、同じ町内に昔から住んでおる地元組の老人」

「そんな危険に付き合ってくれるような奇特な人がおりますかいな」

「目の前におるやないか」

ああ、やっぱりそうなるのか、とみち子は聞こえよがしに溜息を吐いた。

「善は急げ、と言うしな」と玄太郎は言った。何がどう善なのか、みち子はもはや訊く気も起こらなかったが、早速あくる日に玄太郎のおとり捜査が始まった。

最初に問題になったのはみち子が同行するか否かだったが、これは玄太郎が強硬に反対した。

「付き添いなどもってのほかや。そんなお目付けがおって誰が襲ってくれるものか」

だが、それでは万が一、本当に襲われた時に玄太郎の身を護《まも》る術《すべ》がない。

「では何気なく、離れた場所から後を尾《つ》いてくるということで妥協せんか」

しかし、それでも玄太郎の身を護る方法がないことに変わりはない。

「要は自衛手段があればいいんじゃろ」

玄太郎は何事か思いつくと、携帯電話を取り出して相手に何か注文した。小一時間ほどすると、玄太郎の部下が手の平に納まるくらいの丸い物体を持って参上した。

「何ですか、それ」

「防犯ブザーじゃよ。わしの会社の経理担当から貸して貰った」

「えらい、ちっさいもんですなあ。そんなんで暴漢が逃げますかねえ」

「いや、何でも機械いじりの得意な友達に改造して貰ったと吹聴《ふいちょう》しておったが」

「スイッチはこれですか」

みち子が不用意にボタンを押すと、とんでもない音が出た。

二人とも反射的に耳を押さえたが、あまり効果はなかった。近所の飼い犬たちは一斉に吠《ほ》え始め、寝ていた赤ん坊は例外なく飛び起きて泣き出した。後で聞くと向こう三軒両隣どころか、その大音声《だいおんじょう》は町内中に響き渡ったという。

七時を回ったところで玄太郎はお気に入りのイタリアンレッドに塗り直された車椅子で漕ぎ出した。被害に遭った三人のうち二人までもが犯人に襲われた時刻だ。

コースも昨夜のうちに玄太郎自身が計画していた。とにかく三人が襲われた現場は全て通過しようというコース取りであり、効率とか早道といった考えは毛頭ない。玄太郎の腕力だけで走破しようとすれば二時間強はかかろうかという距離だが、犯人が網にかかることを前提としているためにそれもまた頭にない。尾行を生業《なりわい》としている刑事や探偵が聞いたら呆れ果てるような無計画さだが、計画途中で本人が飽きてくれるかあまりの重労働に音《ね》を上げてくれた方がいいと思っているみち子には止め立てする理由もない。

　この住宅地は元々山間にあった高台を放射線状に開拓していった場所なのでブドウ畑のように段構造になっている。従って山に向かう南北方向はなだらかな坂だが、東西方向は端から端まで平坦な道が続いている。

　その平坦な道路を玄太郎は軽快に進んで行く。道路幅が四メートルしかなく、おまけに路上駐車が更に幅を狭くしているため、町内をクルマが突っ切ろうとしても徐行せざるを得ない。歩行者は背後に迫るクルマに怯えずに済むという利点がある一方、今回のように音もなく忍び寄る不審者に注意を巡らせる習慣を持てなかったのだ。

　それにしても、とみち子は改めて思う。

　いくら腕力に覚えがあろうと、いくら軽量化された車椅子だろうと、それを操っているのは七十二歳の老人だ。それなのに、あの軽快で力強い車輪さばきはどうだろう。些かのぶれも減速もなく、同じ速さを保ったままどこまでもまっすぐに進んで行く。

　障害というのは外観ではなくその者が心の裡でどう捉えるかによる──老人の強がりにも聞こえた玄太郎の言葉が不意に現実感を伴って脳裏に響いてきた。何が強弁なものか。何が強がりなものか。あの半身不随の老人ほど強靭な人間をみち子は見たことがない。言葉のままに生き、生きるままに語っている。本当の強さというのは、つまりそういうことではないのだろうか。

小走りで追わなければ玄太郎の姿はどんどん小さくなっていく。それを頼もしく思う一方でみち子は不安に駆られもする。

この人にはひょっとして介助なんて必要ないのではないか？

自分は却って老人の障壁になっているのではないか？

考え始めると急に恐くなり、みち子はそれを振り払うようにして走り続けた。

玄太郎を追い始めてしばらくすると、やがてみち子はこの計略に二つの誤算が生じていることに気がついた。

まず、あの爺さまは目立ち過ぎだ。

確かに目立つことは捕食者に我が身を晒すという点では理屈に適《かな》っている。しかし、それも程度問題で、眩《まばゆ》いばかりのイタリアンレッドに彩られた車椅子を白昼堂々と狙う犯罪者はあまりいない。

二つ目に、これでは尾行の意味がない。

何かあればすぐに駆けつけられるよう、玄太郎との距離を取ったとしても十メートルしか離れられない。しかし、そんな距離では遠目には随行しているようにしか見えない。第一、自分が玄太郎の車椅子を押している光景は近所ではすっかり見慣れたものになっているので、独りきりの玄太郎を見かけた者は慌ててみち子を捜し求め、やがて後方にその姿を見つけるという寸法だ。これでは尾行も何もあったものではない。

今もまた町内会の幹事を務める松平《まつだいら》の奥さんが玄太郎の単独行動を目撃して目を見張った後、みち子の姿を認めて家から飛び出してきた。顔中から好奇心が溢れ返っている。

「綴喜さん！　会長さん、スゴいじゃない！」

「え？」

「あれってリハビリの再開でしょ。もう諦めたとばあっかり思ってたのに、まだやる気なのね。綴喜さんの介助なしでどこまで行けるか挑戦してるのよね。ねっ」

「はあ……」

あれで、見た目がひ弱そうで反撃しそうにない老人を演じているなどとは口が裂けても言えない。

「前々からスゴいお爺さんなのは知ってたけど、もうあれは超人の域よね。感動するわー。そうだ、写メ撮って広報に載せよかしら」

「それはやめといた方が……そういうことはとことん好まん人ですから」

「うーん、そう言えばそうねえ。美談は隠せ、悪事は晒せってのが口癖の人だものねえ。それでも、やっぱりあの矍鑠《かくしゃく》ぶりは大したもんだわ。比べちゃいけないけど佐分利さんちのお爺さんとはえらい違い。見てよお、これ」

そう言って彼女が顎で指し示したのは塀に立て掛けられたプランターの一群だ。べゴニアやポーチュラカなど季節の花が咲き並んでいるが、ちょうど目の高さにある棚だけが隙間を残している。

「最近あそこのお爺さんも散歩始めたんだけど、ほら、もうボケ入っちゃってて。何が気に食わないんだかそこにあったプランター叩き落としたのよね。一鉢いくらの安物だったから良かったけど、後から謝りに来た息子さん夫婦がまあ気の毒で気の毒で」

あの二人が頭を下げ続けている光景が甦った。みち子にすれば他の場所でもう何度も目の当たりにしてきた光景だ。悲劇と言うには野暮ったく、喜劇と言うには笑えない話だが、そういう光景の一つ一つが消化されることなく蓄積し介護者の希望や陽気さを蝕《むしば》んでいく。

「あれ、綴喜さん？　会長さん、止まっちゃったみたいよ」

見ると、玄太郎が四軒先の家の前で停止している。

急いで駆けつけると、老人は荒い息を整えながらその家の花壇を見つめていた。

「どうしました」

「さすがに、疲れた」

「もう、やめますか？」

「そうだな。どうやら、わしは犯人に嫌われたらしい」

この男にしてはあっさりと諦めたので、みち子は少し意外ではあったが、ほっと胸を撫で下ろした。

「ここからは押してくれ」

否応はない。それが元々みち子の仕事だ。そして車椅子のハンドルを握って、介護者の心得を思い出した。介護者は患者の全てを支援する訳ではない。患者がして欲しいと願うことだけをすれば良い。患者の足になる必要はない。杖の代わりになりさえすれば良いのだ。

「やっぱり、誰も食いついてくれませんねえ。こんなに水気のないエサじゃ」

「うむ。多少の誤算はあった」

「多少の誤算？　こういうのは大間違いって言うんです」

「しかしな。収穫もあった」

「へえ。どんな収穫ですか」

この質問に我の強い老人は言葉を濁して答えようとしなかった。

しかし、玄太郎が襲撃に遭わなかった本当の理由はこの三時間後に判明した。

町内の違う場所で佐分利亮助が襲われたのだ。

手口はやはり前の三件と同じだった。違いと言えば、介助の達子が同行していながら犯行が行われた点だろう。

3

正午近く、達子はあえて住宅街の北側道路をコースに選んで佐分利亮助を連れ出した。日陰になりやすい北側道路なら当然花壇や鉢植えが見当たらず、亮助が狼藉に及んでも被害が最小限で済むという計算があったのだと言う。

この倹《つま》しい計算が逆に裏目に出た。日陰になる場所なので住人たちは器材やらゴミ箱などはどうしても北側に置くことが多い。自《おの》ずとその通りは殺風景なものとなり、そんな場所を好んで歩きたがる者も少ないので人通りも絶える。だから、佐分利翁が襲われた時には目撃者もおらず、達子が同行していても犯人は強気で行動できたのだ。

追い越しざま、いきなり達子の前に男の腕が伸びて翁の肩を強く押した。突き飛ばされてアスファルトで身体を強打した佐分利翁はそのまま失神した。達子の叫びに怯《ひる》むことなく犯人はそのまま逃走、助けを呼んでも誰も現れず、自宅が近いこともあったので達子はぐったりとした翁をすぐに自宅まで運んだ。不幸中の幸いか打ちどころが悪くなかったせいで大事には至らなかったが、現在佐分利翁は自宅で療養中。

——と、これだけの情報をみち子は松平の奥さんから仕入れることができた。

「これで結構大騒ぎになるんやないですか。何と言っても区内で最高齢の方ですからね。市の福祉課や新聞も無関心ではいられんでしょう」

だが、無関心でいられなくなったのは福祉課や新聞だけではなかった。事件の発生したその日のうちに中署の石井がやってきたのだ。

「いったいどういう風の吹き回しやあっ。今度は自分の方から来るとは。第一、頭を下げに来る場所が違うじゃろうっ」

既に玄関先で恐縮しきった石井だったが玄太郎は容赦なかった。

「またしても犠牲者を出してしもうたな。事件を軽々に扱ってきたものの、区内最高齢という人物が襲われて俄然《がぜん》注目を浴びたもんやから、慌てふためいて駆けつけて来たんやろう、この風見鶏《かざみどり》風情が。しかしこの失態、決して小さくはないぞ。情報提供はした。地域の代表として要望もした。にも拘わらずこの有様や。恐らくは県警本部や公安委員会から何らかの達しはあるやろうから覚悟をしておけこの給料泥棒」

指摘通りなのは当人も分かっているので反論のしようもない。ただ小刻みに震えながら玄太郎の叱責を甘受するだけだ。だが横でその応対を見ているみち子にも同情心は欠片も浮かばない。

「それで今日の訪問の目的は何や。詫びか、知らせか」

「あの……実はお願いに上がった次第で……」

今にも消え入りそうな声に耳を傾けると、町内会長として佐分利翁の見舞いがてら襲撃された際の詳細を聴取して欲しいのだと言う。

「このくそだわけえ！　何でわしがそんな警察の犬のような真似をせにゃならん」

「療養中を理由に被害者が会ってくれようとしないんです」石井は悔しさを滲ませながら言った。

「傷害罪は親告罪ではないから協力して欲しいと説得しましたけど、ご家族もひどくご立腹の様子で……」

「当たり前じゃあ。不安でいる時には碌《ろく》に相手もせず、事が終わってからのこのこ御用はありませんかなどと人をおちょくるにも程があると言うんや、このうつけ者め。よくも署長がお前らをその部署のままにしておくもんや」

「いえ、その洪田自身が香月さんにお願いしてこいと……」

「何じゃと」

「どうせ、今回のことで叱責されるのは決まっているから、叱られついでに無理なお願いを聞いて頂け。それなら香月さんがお怒りになるのも一度で済むからと」

「ほう。あの男がな」

それを聞くと、一転玄太郎は薄く笑ってみせた。

「警官というよりは役人のような面構えやったが、どうしてどうして。転んでもただでは起きん、案外に食えん男のようやな。そういう男は嫌いではない。ふむ、よろしい。どうせ佐分利翁の見舞いには行くつもりだったから訊くだけは訊いてやろう。その代わり多大な期待をするでないぞ」

翌日、玄太郎はみち子を伴って佐分利家を訪問した。佐分利宅はこの住宅地には珍しく寂れた佇まいだった。スレート葺《ぶ》きの木造平屋建てなど今でもよく見かけはするが、周囲の邸宅に比べると見劣りするのはどうにも仕方のないことだった。

応対に出た達子は最初こそ翁の容態を慮《おもんぱか》って謝絶しようとしたが、この住宅地内で玄太郎の訪問を無下に拒絶できる者はそうそういない。二、三の問答の上、短時間ならという条件付きで面談が叶うこととなった。但し、佐分利宅の廊下は狭く、とても玄太郎の車椅子が通るほどの余裕がないため、不本意ながら訪問客を庭に置き、縁側を隔てた面談となった。

「この度は酷《ひど》い目に遭いんさったなあ、佐分利さん」

「ああ……どうも……」

座敷の薄暗がりの中で翁が手を振って応えた。達子の話ではまだ起き上がることができないらしい。

「これは中署の刑事に頼まれたことやから無理に答えずとも良いが、佐分利さん、あんたを襲った賊はどういう人相だったかね」

「ああ……はっきりとは……」

「何といっても急なことでしたから」と、達子が話を継いだ。「男でした。ええ、それは間違いないんです。ただ、本当にあっという間の出来事で舅《しゅうと》もわたしも人相を確かめる余裕なんてとてもとても。車椅子を押しててふっと人の気配がしたと思ったら、すっと男の手が伸びて舅の肩を押したんです。ひとたまりもありませんでした」

「少なくとも知った者ではなかったのかね」

「それも分かりません。何しろ不意を衝かれたもので」

「返す返すも災難じゃったね。しかし、さすがは元師範の佐分利さんや。まあとにかく頑健だよ。他の三人は揃いも揃って病院行きだというのに。こうして思い起こすとなあ、あの名古屋大空襲を経験した年寄りはまっこと皆しぶといなあ」

名古屋大空襲。そんな昔話を玄太郎がするのは初めてだったので、みち子も思わず耳をそばだてた。

「忘れもせん昭和二十年三月十九日の真夜中のことやった。三百機のB29が市街地に大空襲かけよった。焼夷弾《しょういだん》の無差別攻撃で千種《ちくさ》にあった三菱発動機《みつびしはつどうき》の工場は全焼、名古屋駅も名古屋城も一夜にして焼け落ちた」

半世紀以上も前の話――しかし当時名古屋に住んでいた者には到底忘れ難《がた》い話なのだろう。

「一晩で四万棟の家屋が焼失し十五万人が被災した。中区、中村区《なかむら》、東区《ひがし》など市の中心部は完全な焼け野原となった。この辺りも例外やなかった。町内の七割近い家屋が焼かれた。佐分利さん、あんたも覚えておるだろ」

「ああ……あれは……ひどかった」

「焼夷弾ちゅうても、その頃米軍が使《つこ》うたのは木造の日本家屋を効率良く焼き払うために開発された集束焼夷弾E46というヤツでな。投下後七百メートル上空で焼夷子弾三十八発がばら撒かれて地上へ一斉に降り注ぐ。この子弾には家屋への貫通力を高めるため、落下姿勢を垂直に保つリボンが取り付けられておるんやが、そのリボンが空中の分離時に引火するものだから、遠目には火の帯が降り注ぐように見える。それも一直線に落ちてくるのではなく、こう、左右に揺れながら探照燈の中をきらきら光りながら落ちてきよるんだ。そしてその後には焦熱地獄が待っておる。あちらこちらから火柱が上がって辺り一面は一瞬のうちに火の海となった」

抑揚もなく淡々とした語りが逆に凄惨さを呼び起こす。

「この家もひどかったらしいなあ。あんたと奥さんは空襲警報を聞いてすぐに飛び出したから命拾いしたものの家はあっという間やったと」

佐分利翁は弱々しく頷いてみせた。

「あの夜だけで死者は八百人を超えた。そう考えるとなあ、佐分利さん。あの大空襲を生き延びた者が訳も分からん理由で命を落とすなど、ひどく道理が合わない気がするんじゃよ」


佐分利翁襲撃から一週間が経過した。その間は次の事件も起こらず、佐分利翁も順調に回復しているという噂《うわさ》だったので町内に張り詰めていた不穏な空気もやや薄れつつあった。

何の前触れもなく玄太郎が校区の小学校に出向くと言い出したのはちょうどそんな時だった。

ＰＴＡは言うに及ばず学校教育には何の関心も示さなかった玄太郎だったから、このいきなりの発言には家族も驚いたが、もっと驚いたのは当の小学校だ。教員の誰かが不祥事を起こしたのか、それとも学校運営に何らかの問題でもあるのか。憶測は憶測を呼び、町内会長という肩書きは勿論、多方面に亘《わた》る隠然たる力の持ち主という事実は校長以下ほとんどの職員が知っていたので、訪問当日には正面玄関に出迎えの教職員がずらりと列を成していた。

時あたかも運動会の予行練習中であり、グラウンドの児童たちはそんな教師たちの振る舞いを奇異な目で見ていたが、その中の女子児童の一人が口にした言葉をみち子は聞き逃さなかった。

「あたし、ああいうの映画で観たことある。ヤクザのオヤブンて人が刑務所から出てくる時、あんな風に家来たちがお出迎えするんだよ」

まあ当たらずとも遠からずよねえ、とみち子は妙に納得した。

「今日こうして参ったのは運動会についてなのじゃ」

「運動会……ですか？」

あまりに唐突な切り出しに応接室の校長は思わず訊き返した。

「左様。地域住民の代表者として校区の子供らがどのような体育教育を受けているのか非常に興味がある」

「我が校の体育教育に、ですか」

「うむ。健全なる精神は健全なる肉体に宿ると言うからのう。国の将来を背負って立つ子供たちが肉体をどう鍛錬しとるのか、先の短い老人としては大いに気になる」

こういう言葉をいけしゃあしゃあと口にできる図太さはいったいどの辺りにあるのか。みち子は一度玄太郎の頭を割って中を覗いてみたいものだと思う。

「そこで運動会や。年に一度、日頃の鍛錬の成果を披露する場じゃろう。もうプログラムはできておるのかね」

慌てて持ってこさせたプログラムを見るなり、玄太郎は不審げな顔をした。

「はて。徒競走という言葉がどこにも見当たらんが」

「ああ。それは〈みんなでヨーイドン〉という種目になっております」

「何でそんな回りくどい名前にしてある？」

「〈競走〉という言葉は児童たちの競争意識を刺激するので好ましくないという意見が出まして」

「競争することが好ましくないやと？　しかしどの道、ゴールした時点で順位が決まるやないか」

「順位は付けません。順位よりも自分がどれだけ頑張ったかが重要ですから。頑張った子供はみんな一等です」

ぴくり、と玄太郎の眉が跳ね上がった。

「では、この〈山あり谷ありレース〉というのは何や」

「ああ、それは障害物競走のことです」

校長は一旦視線を玄太郎の下半身に浴びせてから、矢のような速さで天井に逸《そ》らせた。

「〈障害〉という言葉が、やはり子供たちの差別感情を助長するという意見が……」

「こおのおお、くそだわけめがああっ！」

　ああ来るな、と思った瞬間にみち子は耳を塞《ふさ》いだが、カミナリの直撃を受けた校長は大きく後ろに仰《の》け反《ぞ》った。

「競争意識を刺激させるなとか差別感情を助長させるなとか、要は臭いものに蓋をしとるだけやないか！　世間なんぞどこにいようと毎日が競争の連続じゃ。身体のどこかに障害を持つ者は現実に存在するし、能力や容姿に差がある以上、優劣が生まれるのも当然や。それを子供のうちに教えんでどうする。お前らはみんな特別じゃ、一人残らず一等賞などと祭り上げた挙句に世間へ放り出して、自分たちはそれでお役御免を決め込むつもりかあっ」

「いやっ、あのっ」

「そんな教育をするもんやから、いざ世間の荒波に揉まれると容易《たやす》く心を折っちまう。己の力量が通用せんとなると夢想癖を付けて現実の自分を誤魔化すようになる。それでもいよいよ逃げ道がなくなると、自分の部屋に籠もって外には一歩も出ようとせん。本人の甘ったれは勿論やが、そうなるように仕向けたのは貴様らじゃ」

「いや、文科省の指導要領が、ゆとり教育が」

「何がゆとりじゃ嘘くさい。そんなもん教えるべきことを教えんから隙間ができ、それを余裕と勘違いしとる痴呆《ちほう》の戯言《たわごと》じゃ」

　毒気に当てられてすっかり萎縮した校長に、玄太郎がずいと顔を近づけた。

「ちょうど良い機会や。わしが子供らに本来の競走がどんなものか手本を示してやろう」

「て、手本？」

「うむ。この午後の部一番目に〈老人会による玉入れ〉というのがあろう。ひとつこの競技を変更しようやないか」

「どんな競技に……」

「〈後期高齢者と障害者による車椅子四百メートル競走〉、賞金百万円」

「なっ」

校長は呆然《ぼうぜん》と口を開いた。

「歳を経た者も身体に障害を持つ者も生きるためには競争しなければならん。そういう現実を競技を通して子供らに教えてやるんや。種目名もそのままにな。ああ、心配せんでも賞金の百万円はわしが用意する」

「そ、そんな無茶を教育委員会に知れたら」

「教育委員会？　わしの知り合いがたんとおるぞ」

「PTAの許すはずが」

「そっちにも知り合いがたあんとおる」

「しかし賞金目当ての競走なんて」

「賞金は単なる象徴に過ぎん。名誉や勲章よりはずっと分かり易いやろ。それに、頑張った者には褒賞が与えられるというのは至極真っ当な道理と思わんか？」

「わ、私がそんなことを許可する訳には」

「ほほう。年間かなりの寄付金がいったい誰の名前でされとるのか、それを知っての意見か？」

その一言で校長の口は閉じた。

それを見ていたみち子は最前微笑《ほほえ》ましい見識を披露した女子児童に耳打ちしたくなった。

（あのね。お嬢ちゃんの見た人はね、ヤクザのオヤブンよりもずっとずっとタチが悪いのよ）

来た時と同様、大勢の教職員に見送られながら校門を出た玄太郎はご満悦の様子だった。

「玄太郎さん」

「うん？」

「今度は何を企《たくら》んどるんですか」

「何や人聞きの悪い。企むも何も、さっき校長に言うた通り、これは教育の一環や」

「車椅子の老人を賞金賭けて追い立てる競技の、どの辺が教育なんですか」

「ふむ。頑張った者には褒賞が与えられる。是非とも子供らに教えたい真っ当な道理や。しかしそれと同時にな、わずかのカネを得るためになりふり構わなくなる人間の醜さも教えてやろうと思ってな」

賞金百万円の車椅子レース——その型破りのニュースは町内報と口コミによって瞬く間に広まった。案の定、良識派を標榜する者から批判の声が上がったがそのほとんどは無関係な外部からのものであり、物珍しさと好奇に沸く地元の声に呆気《あっけ》なく封殺された。

素直と言おうか現金と言おうか、早速レース参加に名乗りを挙げる老人があちらこちらに現れ、めいめいにトレーニングを開始したが、それを家族がこぞって応援するのでレース熱は日増しに高まっていく。また不届きな者たちが早くも出場者と結果を予想しトトカルチョを開帳したものだから、レースに無関係な者までがわらわらと首を突っ込んできた。

そうしてたかが小学校の運動会が異様な盛り上がりを見せる中、玄太郎は高針の纐纈製作所を訪れていた。

「あ、香月さん。いらっしゃい。どうです？　新しい車椅子の調子は」

応対に出た纐纈は見るからに技術屋といった風情の生真面目そうな男だった。玄太郎の話によると、元は大手自動車メーカーの技術部門に籍を置いていたのだが、同社がＦ１参戦を取り止めたのを切っ掛けに脱サラし、車椅子の製造販売会社を立ち上げたらしい。

「うむ。軽くて非常に助かる。駆動輪が大きい割に小回りも利くので操作性もよろしい」

「それは何より。おお、全体を塗り直されましたね。しかもイタリアンレッド。さてはフェラーリでも意識されましたか」

「ああ。性能と外観は一致した方が落ち着くからのう。もっとも俊足で走る亀のような意外性も捨て難いが」

「ううん、このカラーリングは考えなかったな。このアイデア、頂いてよろしいですか」

それからしばらくの間、二人はハイインテンションフレームがどうとかカーボンコンポジットがどうとかの話に花を咲かせ、置いてきぼりを食った格好のみち子は陳列してある車椅子の数々に視線を移していた。そしてその種々多様さにしばらく目を見張っていた。

介護の仕事を始めてから今まで色んな車椅子を扱ってきたが、これほどの種類が一堂に会するのを見たのは初めてだったのだ。

車椅子はまず電動型と手動型に大別され、それらもレディーメイド（既製品）とオーダーメイドがある。レディメイドならホームセンターでも購入可能だが、使用者の身体寸法や四肢の可動範囲をより考慮したものはこの纐纈製作所のような専門業者が受注生産することになる。

手動型は更に六種類に分かれる。

始めに後輪外側にあるハンドリムを搭乗者が操作して走行する普通型。現在玄太郎の使用しているのはこの型だ。

次に片手駆動型。脳卒中には片側麻痺の患者が多いので、片手でも自操できるようになっている。

三番目にチルト・リクライニング型。座面角度や背面角度を傾斜調整できる機能を持ち、姿勢崩れを起こしやすい患者に適応している。寝たきり防止や手足の拘縮予防に使用されることも多い。

四番目にスタンドアップ型。これは座位姿勢からそのまま立ち上がることのできるもので起立を始めとした可動域の確保が可能なため、多くはリハビリに使用されている。

五番目はスポーツ型。パラリンピックの中継で一躍認知されるようになった競技用の車椅子だ。フレームや車軸にチタンなど軽量かつ剛性の高い素材を採用し、各スポーツに特化された様々な形状を持つ。例えば陸上競技用のものは背もたれの部分がほとんどなく、トラックを回り易いように車輪も三つになっている。

そして最後に介助用がある。身体障害者福祉法では手押型と呼ばれているもので、常に介助者が後方からハンドルを押して操作する。ハンドリムがなく自操できないので、自転車と同様にブレーキも装備されている。

こうして見ていると福祉用具ではあっても特異な印象は全くなく、まるで用途別に開発された自転車の一群を眺めているような錯覚に陥る。

いや、錯覚などではない。開発の思想は自転車のそれと寸分変わりがないではないか。より遠く、より速く、そしてより簡単に走るために考案され製造された道具――。そこには同情や憐憫《れんびん》の情はなく、唯々《ただただ》人間と機械の可能性を追求してやまない探究心だけがある。身障者と健常者の区別なく、前進する目的と意志が込められている。

みち子は少なからず心を揺さぶられていた。扱われる場所によっては胡乱《うろん》な意味合いにもなりかねない技術開発というものが、これほど明確に、そしてこれほど清新な形となってそこにある。

今も背中に使用者と開発者という立場で可能性を追い続ける男たちの会話が聞こえる。

「そう言えば聞きましたよ、例の車椅子レース。何でも発案者は香月さんだという噂が」

「うん。実はそれに関して頼みごとがあって来た。さっきも言うた通りこいつの操作性は抜群やが、一点改良して欲しい箇所がある」

「さて、どこでしょう」

「前輪となるキャスタやが、これをヘアピンカーブにも対応できるようにならんか」

「どのレベルを希望されますか？」

「直角コーナーをコンマ五秒以下で」

「やってみましょう。香月さんはリムさばきが俊敏ですから、キャスタ角を狭くすることで対応できるはずです。ああ、キャスタもサスペンション内蔵のアブソレックスに交換しておきましょう」

大の男が真剣に、しかしどこか嬉々として話しているのを見るとやはり福祉用具の話題とは思えない。まるでレーサーとメカニックの会話だ。

「ところで他の出場者の動向はどうかな」

「いやあ、皆さんチューン・アップに余念がありませんね。今日だけで一件の新車購入と三件の改造依頼を承りました。やはり足回りと軽量化を気にされてる方が多いです。ああ、昨日などは区内最高齢の佐分利さんがスポーツタイプをお求めになっていきました」

「ほほう、佐分利翁が。では例の事件からずいぶん回復したということやな。いや、それは良かった」

「昔は剣道の道場主だったらしいですねえ。だから基礎体力は高齢者の中でも群を抜いている。きっと出場するに違いない、いや出場するべきだってあの人に賭けている連中が半ば無理に担ぎ出したみたいで」

纐纈製作所を出てから、みち子は改まった口調で問いかけた。

「さて。話がどんどん進んでいるようですけど、いつあたしがそんな危なっかしい競技に出ることに同意しました？」

「同意せねばなるまい。患者の社会復帰に向けての訓練に協力するのは介護ヘルパーの義務ではなかったかな」

「他の人と激突したり横転する危険を考えたことあります？」

「だからこそ、あんたの協力が必要なんじゃ。激突も横転もせんようスムーズに走る訓練をせにゃならん。それにわしが出場せんかったら賞金の百万円を回収できんやないか」

「回収？」

「おおさ。金持ちの道楽やあるまいし、何で百万もの大金をドブに捨てるような真似ができるもんか。百万円は行って来いじゃ。必ずわしが奪還してやる」

これが金持ちの道楽でなくて何だと言うのだろう——みち子の頭にはその他にも三つ四つ声を大にして言いたいことが浮かんだが、全て強引な理屈で言い返されるのが予想できるのでやめにした。大体この爺さまが人の忠告に従ったことなど一度もないのだ。

そして十月九日、運動会当日がやってきた。

4

昨日からぐずついていた空模様もどうにか落ち着き、雲はあるものの晴れ間の多い日となった。

父兄たちの中には玄太郎発案のレースについて全く知らされておらず、当日プログラムを初見して絶句した者が何人か存在した。だが学校側が危惧《きぐ》したような抗議行動は何も起こらず、むしろ期待と興奮が午後の部に向かって静かに加熱していった。子供たちにもそうした雰囲気は伝わるらしく、午前中に自分の出番が済んだ者は訳も分からないままにはしゃいでいた。

事前に後期高齢者または障害者という括《くく》りで出場者を募《つの》ったところ、参加希望者は二十人にも及んだ。その中から親族や医師より出場を見合わせたい旨の通知が届いた者、更には本来の出場資格に該当しない者——つまり健常者であった——を除外すると最終的に八人が残った。

一周二百メートルのトラックを介助者なしで二周走る。コースアウトと介助者が手を触れた時点で失格。ルールはたったのこれだけだ。細かな注意事項もない。車椅子の選択・改造にも特に言及はなかったため、車種は普通型やスポーツ型が入り乱れ、会場はさながら車椅子の見本市のようだった。

昼の休憩時にもなると出場者たちは準備運動を開始し、それぞれの家族の激励を受けていた。もちろん玄太郎も例外ではない。長男の徹也夫婦と孫娘遥を前に、玄太郎はラジオ体操でストレッチに勤《いそ》しむ。

「お義父《とう》さん、やっぱり棄権した方が良くはありませんか」

「悦子さんや。その台詞はちぃとタイミングが悪かったな。いくら何でもこの期《ご》に及んで棄権するなんぞ男子のするこっちゃない」

「親父が他人の忠告聞かないのは子供の頃から知ってるから今更何を言うつもりもないけど、まあ怪我だけはするなよ」

「たわけたことを。多少の危険があってこそ争う醍醐味があるんや。つべこべ言っとらんと救急箱抱いて見とれい」

「お爺ちゃん」と、遥が目の前に立つなり玄太郎の頬が緩んだ。

「研三叔父さんが来ないのはね、結果は見なくても分かるからだって」

「ほう。あいつがそんなことを」

「レースは勿論勝ちにいくだろうけど、勝敗は別にして絶対に自分が損をしないように画策してるに決まってる！　だそうよ」

「ふうむ。あいつはよく、かったるいとか今は本気を出す時じゃないとか言うからこういう年寄りの冷や水を見せておきたかったんやが。じゃあせめて遥はしっかり見とってくれ」

「うん」

「本気を出すとな、裸のそいつが見えてくるもんや。本気を出すのを嫌がる奴らは、きっと裸の自分をさらけ出すのが怖いんやろうな。しかしな、どんな馬鹿らしいことにも全力で向かっていけば裸の自分以外にもっと色んなものが見えてくる」

遥は黙って頷いた。

『それでは午後の部を開始します。プログラムナンバー十五番、〈後期高齢者と障害者による車椅子四百メートル競走〉。選手の方は入場門に集まって下さい』

舌足らずの小学生のアナウンスが晴れやかな校庭にこだまする。今、恐らく来賓席で首を竦《すく》めている校長たちの顔色は果たして赤か、それとも青か。

入場門に八人の走者が集合する。下半身の不自由な者は玄太郎を含めて三人。後は全て七十五歳以上の老人で占められている。いずれも病院やリハビリセンターなどで見かける顔馴染《なじ》みばかりだが、この時ばかりは互いが敵同士なので和気藹々というのは期待できない。

「玄太郎さん」

みち子はその背中に声を掛けた。

「うん？」

「あたし、もう知りませんからね！」

「おう」

『選手入場です』

その声と共に玄太郎たちが離れていく。介助役はこれ以上、トラック内に足を踏み入れることを許されない。

(出征兵士を見送る母親というのはこんな心境かしらね)と、些か時代錯誤めいたことをみち子は思う。とにかく怪我だけはしないでくれと、こんな時だけ神に祈る。

『では出場者を紹介します。

ゼッケン一番、香月玄太郎七十二歳。

ゼッケン二番、丹羽《たんば》万次《まんじ》六十五歳。

ゼッケン三番、多々良《たたら》冗吉《じょうきち》八十二歳。

ゼッケン四番、佐分利亮助九十歳。
ゼッケン五番、藤井《ふじい》幸夫《ゆきお》八十三歳。
ゼッケン六番、安江《やすえ》兵吾《ひょうご》七十七歳。
ゼッケン七番、帯津《おびつ》謙造《けんぞう》六十四歳。
ゼッケン八番、千田《せんだ》卯兵衛《うへえ》七十五歳。』

佐分利翁の年齢が読み上げられると、期せずしてギャラリーからは感嘆の声が上がった。

否が応でもゼッケン四番の老人に視線が集まる。紺のジャージに赤の鉢巻、日除《ひよ》けのサンバイザーと出《い》で立ちだけなら普通だが、乗っている車椅子が普通ではない。纐纈製作所でみち子も目撃したスポーツ型。背もたれはなく、車高が異常に低く、そして縦に長い。一つきりの前輪は駆動輪とほぼ同じ内径で、流線型の外観はまるでＦ１マシンのそれを連想させる。

コースは八本。わざわざこのレースのためにコース一本の間隔は車椅子の幅に合わせてある。

「位置について」

スターターが赤い手旗を構える。高齢者が間近にいるのだからせめて号砲は勘弁してくれと、教師たちが唯一意見を押し通したのがこの手旗スタートだ。

「ヨオーイ……ドンッ！」

八人は一斉に漕ぎ出した。皆さすがに手馴れたもので、ハンドリムの高い位置を握るという初歩を忠実に守っている。初心者は大きな反動を付けようとして後方の低い位置を握ろうとするのだが、座位姿勢では体重の移動が困難なためそれでは逆に力が殺されてしまうのだ。

ゆるゆるとした助走から各車が徐々にスピードを上げていく。

直線コースはそのまま操者の腕力勝負だ。一番若いゼッケン七番が頭一つリードする。その次をゼッケン二番、そして三番手に何と佐分利翁が出てきた。

おおお、と驚きの声が湧き起こる。

だが、まだ最初のコーナーにも達していない時点なので各車とも全力を出してはいない。互いの力量を推し量るように様子を探っている。ゼッケン一番の玄太郎は四番手をキープしたままだ。

トップの七番が第一コーナーに差し掛かる。

直線コースとは異なり、ここは操者のリムさばきが試される。車椅子での方向転換は例えば左に回る場合、左手を後ろに引き右手を前に押す。車体のスピードと左右の手の動きが同調していないとコースアウトするか下手をすればリムに手を巻き込んでしまう。

わずかに減速しながらコーナーを曲がる。しかし曲がりきる寸前、車体がゆらりと外側に膨らんだ。

遠心力のせいだ。自転車なら遠心力を減殺するためにトラック内側へ体重移動させれば良いが、やはり座位姿勢の車椅子ではそれも叶わない。

コーナーを抜けたゼッケン七番は驚きの表情を貼り付けたまま次のコーナーに向かう。先頭車の振る舞いを学習した後続車たちが慎重にコーナーを曲がる。

そして第二コーナーを抜け再び直線コースに戻ると、玄太郎とゼッケン八番が俄《にわか》にスピードを上げた。遅れを取るまいと後続の三台が慌ててリムに力を込めるが、一度失ったタイミングをなかなか取り戻すことはできない。半周を過ぎて、早くも先頭集団の五台とそれに続く三台という構図が現れた。

そして、ここに至って観客にも少なからぬ変化が訪れていた。直前まで囁かれていたようなキワモノ的競技――最初はほとんどの観客がそう決め付けていたフシがある。しかしいざ蓋を開けてみると試合展開は緩やかだが、コーナーでのリムさばきや直線でのスパートを見ていると腕力以外にも操作技術が重要であること、そして常に横転の危険と隣り合わせであることが傍目《はため》にもはっきり伝わってくる。

人馬一体ならぬ人車一体の駆け引き。

それを、あんな高齢者たちが至極当たり前のようにやってのけている。決してゲーム感覚ではない。わずかのミスが自滅に繋がる真剣勝負。それは走者たちの表情を見れば一目瞭然だ。

最前列でビール片手に座っていた観客が次々に立ち上がり始めた。

家族たちの声援が一際高くなる。

それぞれに贔屓《ひいき》の選手を見つけた者たちがゼッケン番号を叫び出す。

『先頭は五台。三番と五番と六番が遅れてます。……遅れてます……でも、差はまだ広がりません。三人とも全然諦めてません。お爺ちゃんたち、頑張れっ。頑張れえっ』

しかしアナウンスの声援も空しく、最後尾を走っていた六番が次第に蛇行し始めた。両手が自由にならなくなったのだ。

「ゼッケン六番、介助者！」

これ以上の蛇行運転は危険と判断した審判が介助者を呼ぶ。これで六番はコースアウトし競技から外れる。

続いて三番のスピードが目に見えて落ち始め、遂には徐行速度となった。操者は完全に疲労困憊《ひろうこんぱい》の態だった。

「ゼッケン三番、介助者！」

先頭集団にもバラつきが生じていた。玄太郎とゼッケン八番の間隔がどんどん開いていく。と、同時にトップを走っていた七番があっという間に順位を落としていく。歯を食い縛って必死の形相をしているが両腕の動きが重くなっている。

「じっちゃあああんっ」

七番の息子らしい男が叫ぶ。その声を耳にした七番がぐいと頭を上げ渾身の力でリムを握る——が、右手がずるりと上滑りした。行き場をなくした腕がぶらりと垂れ下がる。

一方、第三コーナーを曲がりきれなかった八番の車椅子が外側に膨らみながら横転した。右の駆動輪のお蔭《かげ》で地面との衝突は避けられたものの、操者はトラックの外に投げ出されてしまった。

「七番と八番、介助者！」

第四コーナーを抜け、二周目に入ったところで二番手に付けていた佐分利翁がスパートをかけてきた。急な加速でトップの二番をあっさりと抜き去る。

最高齢の思いがけない力走に観客はやんやの快哉《かいさい》を叫ぶ。

「すげえぞ、九十歳！」

「このまま突っ走れええっ」

「おい、五番。どうしたあっ」

先頭集団の入れ替わりを遠目に追いながら、最後尾の五番が力尽きたようにスピードを落としていく。

『五番のお爺ちゃん、頑張って、頑張って！』

「頑張れえっ」

「負けるなあっ」

声に押されるように五番操者が上半身を限界まで前傾させる。

だが、それが最後の足掻きだった。上半身を倒したまま五番は動くのをやめた。

「ゼッケン五番、介助者！」

介助者と共にコースアウトしていくゼッケン五番に観客から惜しみない拍手が贈られる。

その時、虎視眈々《こしたんたん》と隙を窺っていた玄太郎がするりと二番手に上がってきた。

「おおおっ、やっぱり玄さんが来よった」

「いっけええ、町内会長！」

今まで力を温存していたのだろう。玄太郎の凄《すさ》まじい加速は観客の目を釘付けにした。二メートル、一メートル、五十センチと佐分利翁との距離を縮め、第一コーナーで遂に追い付き、追い越した。

みち子は我知らず両拳《りょうこぶし》を握り締めていた。

「お爺ちゃあああん！」

真横で遥が喉も裂けよとばかりに絶叫する。つられるように徹也が片手を振り回す。

「親父いいっ」

「お義父さあん！」

一旦追い越された佐分利翁も猛チャージをかけてきた。一時は一メートル離れた間隔をすぐさま縮めてくる。

「おおっ、九十歳もまだ負けてねえぞ」

「まくれえっ、まくれえっ」

次第に二番が遅れ始め、レースは玄太郎と佐分利翁の一騎打ちの様相を呈してきた。だが一騎打ちとは言え、玄太郎の車椅子と佐分利翁のそれでは外観以上にスペック上の差がある。特に顕著なのはやはりコーナリングで、玄太郎の車椅子がキャスタ部の交換で対処しているのに対し、佐分利翁のスポーツタイプはその形状自体がコーナリングに特化している。

第二コーナーに近づいた時、佐分利翁がぐいぐいと肉薄してきた。スポーツ型の鋭角が突き刺さらんばかりに玄太郎を襲う。急襲に一瞬玄太郎の右手が怯み、コーナリングが鈍る。すると間髪容《い》れずに佐分利翁が先頭を刺し、再度玄太郎を追い抜いた。

湧き起こる大歓声。

二人の老人によるデッド・ヒートでグラウンドは熱狂の渦に包まれる。

もうみち子はまともに呼吸もできなかった。何という勝負だろう。賞金が懸かっているとか障害者であるとか、そんなことはひどく矮小《わいしょう》なことにしか思えない。

順位を付けることは良くない？

障害を表沙汰にするのは好ましくない？

いったいどこの国の教育者が口にした言葉か。順位を競うために、障害と闘うために必死になる人間を見るのが指導要領とやらに反するのなら、そんな教育など金輪際願い下げだ。

見るがいい、この光景を。

七十二歳と九十歳の死力を尽くした闘いに児童たちが声を嗄《か》らせて応援している。これ以上の教育があるというのなら今すぐここに持ってきてみろ。

直線コースで車種のハンディが軽減し、再び玄太郎の両腕が雄叫《おたけ》びを上げた。今度は玄太郎がじりじりと追撃する番だ。にじり寄り、ぴたりと佐分利翁の右側に付く。

そして第三コーナー手前で玄太郎は上半身を大きく前に振った。

一瞬の加速。同時に左手は後ろへ、右手は前へ。

佐分利翁の鼻先を刺す格好でまたもや玄太郎がトップに立つ。

「いっちゃえ、玄太郎さん！」

とうとうみち子も声を出した。

「お爺ちゃあああん、そのままあっ、そのままあっ」

だが抜かれたと知った佐分利翁の反撃もまた凄まじかった。玄太郎と同じく上半身を大きく前に振るとその勢いを加速に変え、何とスピードを上げながらカーブを曲がろうとしたのだ。

「おおおおおっ」

「すげえっ、すげえっ」

本来なら加速したことによって遠心力は倍加し車体は大きく膨らむはずだが、空気抵抗の少ない外形と極限にまで軽量化された車重が辛うじて接地をとどめていた。

その時、トラックの内側に体勢を戻した佐分利翁の車体が勢いあまって玄太郎の車椅子に接触した。

「おう！」

このままでは二台とも横転する――！　咄嗟《とっさ》に玄太郎は減速し、佐分利翁をやり過ごす。

三度、佐分利翁がトップに立った。ゴールまではあと直線コースを残すのみだ。

最終コーナーを抜けて玄太郎も最後の追撃体勢に入った。

二人の差は約二メートル。

逃げ切るか、追い抜くか。全ては二人の腕力に委《ゆだ》ねられる。

ゴールまで残りは四十メートル。

「いっけけけけえっ」

「突っ込めええええっ」

二人は鬼神の形相でひたすらに漕ぎ進む。もはやテクニックもスペックも関係ない。ここから先は体力よりも執念が身体を前に押す。

いよいよ玄太郎がラストスパートをかけた。

二人の間が瞬く間に縮まる。

ゴールまであと二十メートル。

遂に二人は横一列に並ぶ。

慌てた佐分利翁が自分もラストスパートをかけようとしたその時だった。

両手のバランスが狂い、佐分利翁の車椅子が右方向に揺れた。鋭角の先頭が玄太郎の車体に接触し、その弾みで玄太郎はコースを大きく外れた。

「おおおおおおっ」

「危ないっ」

玄太郎はコースアウトを免れようと体勢を立て直すが、一度蛇行し始めた車輪はすぐには元に戻らない。

片や佐分利翁は軽量な車体が災いした。速度のついていたところに接触の衝撃を受け、スポーツ型の車体は操者ともども呆気なく横転した。

一瞬のうちにグラウンドは水を打ったように静まり返った。誰もが佐分利翁の棄権を信じて疑わなかった。

だが予想外のことが起こった。

地面に倒れ臥《ふ》していた佐分利翁がむくりと身体を起こしたのだ。

そしてゆらゆらと立ち上がり、片足を引き摺りながら再びゴールを目指した。

観客席がざわめき始めた。

あと五メートル――。

あと三メートル――。

そして――。

「……やった！　……ゴールだ……」

佐分利翁は搾り出すようにそれだけ言うと、その場に崩れ落ちた。

観客たちはまだ騒いでいる。

四つん這《ば》いのまま肩を上下させている佐分利翁に玄太郎が近づいてきた。

「佐分利さん。顔を上げてみんさい」

翁の顔がゆっくり上げられる。

するとその場にいた者は一斉に息を呑んだ。

佐分利翁の白い頭髪が大きくずれ、その下から黒髪が覗いていた。大量に噴き出した汗でドーランと皺が剝げ落ち、そこから浅黒い顔が現れた。

「お前、征三やろ? 翁はどうした? どうせもう、この世にはおるまいが」

＊

中署が家宅捜索すると佐分利宅の床下からは白骨死体が発見された。死後少なくとも四年は経過しており、歯の治療痕《こん》などから死体は佐分利亮助と断定された。死体遺棄容疑で逮捕された征三夫婦の供述によると、亮助は四年前の春頃、老衰で自然死したらしい。自分たちが手に掛けたのではないことだけは信じて欲しいと、これは涙ながらの訴えだった。

「でも、どうしてすぐに届け出なかったのかしら」

病室のベッドから美代さんが尋ねた。

「老齢年金じゃよ」と、傍らの玄太郎が答える。

「翁のひと月の受給額は二十六万円に上った。二年後に定年を迎えるものの、その後については何の保証もなかった征三夫婦にとって月二十六万円の支給打ち切りは死活問題やった。現に定年後、征三はずっと無職やったしな。年金を受給し続けるためには遺体を床下に埋め、その死をひた隠しにするより他なかった」

「何だか惨めったらしくて哀しい話ねえ」

「ああ、親の脛齧《すねかじ》りどころか、親の骨しゃぶって生活しておった訳やからな」

「でも隠すだけならまだしも、どうして息子が亮助さんを装ったりしなきゃならなかったの？」

「それはなあ、福祉課の自宅訪問が間近に迫っておったせいさ」

「福祉課の訪問？」

「美代さんの家にも傘寿の祝いで来たやないか。そういう区切りの誕生日には福祉課が本人の居住確認を兼ねて自宅訪問することになっとる。佐分利翁の場合は卒寿やな。床下に父親を埋めた征三夫婦にしてみれば戦々恐々やったはずや。何とか訪問を逃れる手はないか。しかもそれで翁の不在を疑われては元も子もない。そして考え付いたのが征三の一人二役という訳や」

　玄太郎は不味いものを舌に乗せたような表情で語り続ける。

「まずな、征三が翁に変装して近所にわざと姿を晒す。住人の記憶に残るよう、わざわざ他人《よそ》んちの物を破壊までしてな。これで近所には翁が生存している印象を植え付ける。だが、どんなに上手く芝居をしても翁をよく知る者が見ればすぐ露見するやも知れん。そこで翁と同じ地元組の中で外出する者を襲撃した。変装した自分と鉢合わせせんよう、翁の顔馴染みを家や病院に閉じ込める意図やな。そうして高齢者の連続襲撃事件を演出した後に、今度は自分が被害者を装う。つまり狂言や。流行りの事件に巻き込まれて怪我をしたとなれば、福祉課職員といえども面会謝絶できる」

「まあ、呆れた！　そんなことのためにわたしたちはあんな目に？」

「あれは間が悪かった。わしとあんたがちょうど翁の話をしとるところに変装した征三がそれを聞きつけたから狙われたんや」

「それにしてもいつそれが分かったんですか？」と、これはみち子が尋ねた。

「ほれ、わしがおとりになるちゅうて独りで散歩したやろ。あの時さ。征三は近所の物を壊して回ったが、あえて安物ばかり選んだ。後で弁償することも考えたんやな。するとわしんちのように塀の上や頭の高さに置いてある鉢を選らばざるを得なくなった。しかし、その高さの物を破壊するにはわざわざ車椅子から立ち上がらんと手が届かん。それで外出しておる翁は偽者やないかと疑った。もう一つ、翁自身が襲われた際、同行していた達子は犯人が直接翁の肩を押したと証言した。しかしやってみれば分かるが、自転車に乗った者が車椅子の患者の肩を押すのは高低差があって困難なんや」

　ああ、そうかとみち子はやっと合点した。達子の話を聞いた時、何やら感じた違和感の正体はそれだったのだ。

「征三夫婦が怪しいのは分かった。しかし確たる証拠はない。そこでわしは本人にカマをかけてみた。ほれ、佐分利家を訪ねた際、名古屋大空襲の話を持ち出したやろ」

「ええ。あの時は玄太郎さんにしては珍しく昔話を話すと思って」

「あの話には所々嘘が混ざっとるのさ。例えば三月十九日の空襲で名古屋城も焼け落ちたと言ったが、名古屋城が焼失したのは五月十四日の空襲やった」

「まあ……」と、美代さんは玄太郎を軽く睨んだ。

「それだけなら記憶違いということも有り得る。しかし決定的だったのはな、この町内にも被害が及んだ云々《うんぬん》のくだりや。たわけこくな。戦時中ここらはまだ山間にある二十世帯そこそこの村で空襲に遭った市街地からは離れとった。その時分から住んでおる地元組なら間違えようのない事実や。しかし征三は戦後の生まれでここにも長く住んではおらんかったから、ころっと嘘に引っ掛かりよった」

「そしたら、あの車椅子競走というのはひょっとして……」

「そうさ。初めから変装した征三を大勢の前に引っ張り出すための方便さ。賞金百万円を前面に出したのもカネに汚いあの息子なら必ず食いつくと踏んだからや。ついでに白状するとな、あの競走に参加した他の六人や征三を無理に担ぎ出した連中はみんなわしとグルやった」

美代さんは呆れ果てたように玄太郎を睨んでいたが、口元は綻ばせていた。

「……つくづくあくどい人ですねえ、あなたは」

「何を言うかね。美代さんも暴力には年寄りは歯向かえんと言うたやないか。そやけど年寄りも悪巧みには対抗できる。相手に勝る悪巧みをすればええだけの話やからな」

玄太郎が少しばかり鼻を高くしているようなので、みち子は意地悪をしたくなった。

「そう言えば玄太郎さん。あの校長先生からお願いを託《ことづ》かったんですよ」

「お願い？　何かね、いったい」

「あの車椅子競走、感動した児童や父兄が沢山おりましてなあ。ついては来年の運動会にも組み入れたいので是非相談に乗って欲しいって」

すると案の定、玄太郎は眉間に深い縦皺を刻んでこう言い捨てた。

「あのくそだわけ！」

要介護探偵と四つの署名

1

「みち子さん。ちょっと銀行に寄ってくれんかね」

玄太郎にそう言われた時、みち子はああ、またあれだなと思い、ドライバーに立ち寄り先を告げた。会社から自宅への帰途、玄太郎が立ち寄る銀行といえばそこしかなかった。下ろした現金の使途も予想できる。きっと行きつけのホビー・ショップで軍艦か戦車のプラモデルでも購入するつもりなのだろう。

香月玄太郎は億単位の資産家であるにも拘わらず、財布の中にはいつも千円札が数枚しかなかった。いつだったか、ゴールド・カードでも持っているのかと訊いたところ、

「カード？　銀行のなら何枚か持っとるよ。引き出しにしか使わんが」と、答えられて怪訝に思ったことがある。

「いや、そういうんやなくてカードで買い物とかはせんのですか」

「ああ、そういうカードのことか。その類いのカードは一枚もないなあ。銀行や信販の連中がしきりに勧めたが全部断ってやった」

「カードって便利やと思いますけど。ポイントも付きますよ」

「便利なのはな、カネを遣い易くするためだよ。ポイントも然《しか》り。第一なあ、カードは現金の受け渡しがないから買い物をしたっちゅう実感が湧かんからつまらん。それに、手渡しするカネが見えないというのは結構怖いもんでな。自分が今どれだけの値打ちのモノを買ったのかが分からんようになる」

この言葉には納得できるところがあった。自分が古い人間だからかも知れないが、確かに現金で買い物をした時にはモノの価値を再確認するような気になり、結局無駄な買い物ではないかと思い留まることがある。

だが、それにしても人の財布にはそれぞれの深さがあり、玄太郎の財布にはビルが丸ごと入ってしまう。それなのに、いつも千円札が数枚というのには多分別の理由がある。

玄太郎は銀行でちびちび現金を引き出すのが大好きなのだ。ATMのテン・キーを押し、自分の稼いだカネに直《じか》に触れるのが嬉しくてしようがないのだ。

「まさか、カネに執着する拝金爺とでも思っとりゃせんかね」

いきなり指摘されて、みち子は思わず声が出そうになった。

「まあ、これでも社長やからカネへの執着を否定はせんけど、現金引き出しにいそいそ銀行へ行くのはそれだけの理由やないぞ」

「何ですか、それは」

「銀行に行くとな、待っておる人間の数、客層や顔色で今、カネがどんな風に回っているのかがぼんやりと見えてくる。ゆっくりなのか、忙しいのか。少ないのか、多いのか。経済新聞にもカネの動きは載るが、あれはマクロの見方でな。わしの商売に必要な個人単位の消費というのは銀行の店内が如実に教えてくれるんや」

広小路通りの伏見《ふしみ》から栄まではオフィスビルが延々と立ち並ぶ。玄太郎たちを乗せた介護車両は、やがてその建物の駐車場に入った。

あおい銀行栄支店。

袖看板や窓に張られたポスターも真新しいのに、建物自体は三階建てレンガ造りで古色蒼然《こしょくそうぜん》としているがそれもそのはず、この支店の築年数はとうに六十年を超えているのだ。

元々は地方銀行の本店だったのだが、吸収合併でいつの間にかメガバンクのいち支店に格下げされてしまった。そればかりか地名を冠した行名は、合併を繰り返す度に舌がもつれるほど果てしなく長くなり、七行目の吸収を期にやっと現在のあっさりした名前に落ち着いた次第だ。

利用者にはそれこそ茶番のような話だが、高度経済成長期にはこの本店に口座を持つことが経営者の一種ステータスになっていた事情もあり、玄太郎は今もこの銀行の得意客であり続けている。

正面入口をくぐって中に入ると、目当てのATMコーナーは八分がた埋まっていた。玄太郎は行内をじろりと一望し、客の数やその顔色を確認するように目を走らせる。そして何やら満足そうに頷《うなず》くと、空いているATMに連れて行けとみち子を促した――と、そこに邪魔者がやってきた。

「おおおお、これはこれは香月様！　ようこそお越し下さいました」

揉み手をしながらすっ飛んで来たのはみち子も見覚えのある支店長の小山内《おさない》だ。流行の軽量フレーム眼鏡をかけた瓜実顔《うりざねがお》は一目で神経質な性格を連想させ、無理やり浮かべた営業スマイルが却って痛々しい。

みち子にも痛々しいものは、玄太郎には鬱陶しいものでしかない。貼り付けたような笑顔を見るなり、不機嫌そうに「別に呼んどらんぞ。引き出しの邪魔すんな」と、無慈悲にも一刀両断だ。

こんな時には世辞でもいいからご苦労さんと労《ねぎら》ってやれば相手の面目《めんもく》も立つのだが、玄太郎は一顧《いっこ》だにしない。みち子は聞こえよがしに咳《せき》払いをしてみるが、どうせ玄太郎には馬耳東風だろう。どうもこの老人は、地位や気位《きぐらい》の高い人間に相対すると悪態をつくという癖がある。

「こ、これは申し訳ございません。しかし、本日は特別な日でございまして、もしATMの操作にお時間がかかるようでしたら店頭の方においでいただいた方がよろしいのではないかと……」

「何《な》ぁにが特別な日じゃ」

「本日の閉店は二時でございまして、ATMもその時刻にストップ致します。残りあと五分もありません」

「何じゃとお」

笑ったままの小山内が指し示す先には「お客様へのお願い」と書かれたポスターがあり、それを見たみち子はようやく合点がいった。

計画停電——当初は聞き慣れなかったこの言葉も、今ではすっかり流行語になってしまった。事の起こりは今年春頃に保全委員会の行った検査で、浜岡《はまおか》原子力発電所で稼動している三号機から五号機まで全ての建屋《たてや》に補強工事の必要が指摘されたことによる。最初、中部《ちゅうぶ》電力は三つの建屋を順次改修していく計画を立てていたのだが、ここに地震学者とマスコミから横槍《よこやり》が入った。もしも、その間に大地震が発生したらどうするつもりだ、という批判だ。ここ数カ月、東海地方に微震が続いた事実もあり、中部電力は世論に押される形で全機一斉の改修工事を決定した。

問題は改修工事中の電力供給だった。浜岡原発が全ての運転を停止すると、中部電力の電力供給は八割に下がる。しかも今夏は猛暑が予想されており、供給不足に陥ることは素人目にも明らかだった。そうした中、中部電力が政府と協議して打ち出した方策がこの計画停電なのだ。

そう言えば、今日がその実施初日だったことをみち子は今更ながら思い出した。

「この地区は二時半から五時までが停電時間に指定されています。我が行では停電に伴う無用なトラブルを避けるために二時に閉店し、ＡＴＭも停めることになっておりまして。はい」

「無用のトラブルぅ？」

語尾が跳ね上がったのは注意信号だ。みち子は条件反射のように身構える。

「たわけたことを吐《ぬ》かすなああっ。何が無用のトラブルじゃ。そんなもん、客のクレーム怖さに予防線張っとるだけやないか。客商売やったら停電直前まで店を開くのが筋やろう。客の利便を考えた上でのトラブルなら理解も得られようが、揉め事嫌さに閉店時間を早めて客の利便性を損なうなぞ貴様それでも商人か。恥を知れ恥を。客のクレームはお宝じゃということを、その歳その地位になってもまだ分からんのかあっ」

「いいっ、いやっ、しかしこれは、わ、私の一存ではなく本社営業統括本部の指示で」

「黙らんか、このうつけもの。その本社の指示とやらに地元顧客の要望を吸い上げて商売に反映させるのが支店長の役目やろうが。上からの命令に唯々《いい》諾々《だくだく》と従ってそれで良しとするとは、いったい貴様どこの役人じゃ」

それから延々と玄太郎の説教が続き、小山内はどんどん身を縮めさせていったが、頃合いを見計らってみち子が割って入った。

「玄太郎さん。そのくらいにせんと時間がきてしまいます」

「おお、そうやったそうやった。こんなことをしとる暇はなかった」

利用客の面前での罵倒を「こんなこと」で済まされたにも拘わらず、小山内の表情にはいささかの崩れもない。その意味ではまことに見上げた営業スマイルだった。

「香月さま。それにしてもいかほどのご入用で。畏《おそ》れながら現在のATMでの引き出しは一回五十万円までが限度で時間がかかります。ここはやはり店頭出金の方がよろしいのではないかと。百万ですか。それとも二百万？」

「七千八百円や」

小山内の顎が下がるのと同時に入口のシャッターも下がり始めた。

『いつもあおい銀行をご利用いただきまことにありがとうございます。本日は計画停電により二時での閉店とさせていただきます。またのご利用をお待ちしております』

合成音声の店内アナウンスが流れ、シャッターが残り五十センチになった時だった。

そのわずかな隙間からごろごろと四つの人影が店内に転がり込んできた。

「セエエーフッ」

中の一人が勝ち誇って叫んだ。

「いやあ、間に合った。一時はどーなることかと思った」

「ああ、全くだ」

声の感じでは皆十代の若者だが、周りにいたものの目は、まず彼らの頭に注がれた。

全員が眩しいほどの金髪だった。

シャッターが最後まで下りた。

「すわてと」

皆の目が金髪に集まって人相も確認しないうちに、四人はポケットから目出し帽を取り出して素早く被った。

最初に声を上げた男が右手に握ったものを高々と揚げた。

拳銃だった。

「月並みで悪いけど俺たちゃ強盗だ。全員動くな。行員はそのまま立ち上がれ」

瞬間、その場の空気が固まった。

行員も利用客もどんな表情をしていいのか分からない、という固まり方だった。

だが四人は固まっていなかった。

予《あらかじ》め役目は決められていたのだろう。まず、一番体格のいい男が拳銃片手に警備員二人を制し、床に這《は》いつくばらせた。

中背と小柄の二人がカウンターを乗り越え、一人はカウンターの裏に、もう一人は奥の支店長席に向かった。そして腰を屈め、何やらごそごそ細工をしていたかと思うと、やがて顔を出した。

「こっちもだ」

「アル。通報ベル、解除」

アルと呼ばれたリーダー格の男がカウンターの男子行員に歩み寄った。

「カラーボールをよこしな」

「へ？」

「へ、じゃない。強盗に投げつけるよう、いつも近くに置いてあるんだろ。よこせ」

「いや、あの」

「ボールより大事なもの、放り投げる気か？」

銃口を鼻面に当てられると、行員は一も二もなく、足元にあったカラーボールを差し出した。全部で六個あった。

「さあ、行員も客も一箇所に集まるんだ。ぐずぐずすんなよ」

カウンターの中にいた二人と外にいた二人に挟まれるようにして、行員と利用客がフロアの中央に集められる。

「よし、一階は確保。一人階上に行って行員連れて来い」

小柄の男が二階にすっ飛んで行った。やがて聞こえる甲高い怒号。そして、ぞろぞろと四人の行員が手を挙げたまま降りて来た。

みち子は我知らず車椅子のグリップを握る手に力を込めていた。

どうしよう——訓練じゃない。本物だ。

「全員、持っているケータイを出せ。ちょっとでも抵抗したら容赦しない」

アルは銃口を、集められた者たちの前を水平移動させた。皆の顔色が変わり、すぐに懐やバッグから携帯電話を取り出し、それを二人の仲間が回収し無雑作に袋へ詰め込んでいく。

「ほら、あんたも出すんだ。そこの爺さんもだ」

後ろにいた体格のいい強盗から声を掛けられた。みち子はびくりと肩を震わせた。

そしてこれも震えている指でポケットの携帯電話を探り当てると、男に渡した。だが、それで許された訳ではなかった。

「その爺さんはどうよ？　年寄りつってもケータイくらい持ってんだろ」

玄太郎もさすがに顔が強張っているだろう——そう案じて覗き込んでみると、いきなり振り向かれた。

「みち子さん。どいてくれんと奴の顔が撮れん」

突き出された手にはカメラ・モードになった携帯電話が握られていた。

「な、何してるんだ」

男は慌てて、その手から携帯電話をひったくる。

「こら。何をするか。折角ピントが合いかけとったのに」

「ばばばばば馬鹿かよ爺ィ。いったい何のためにケータイ回収してると思ってるんだ」

「ふん、何を言うか。馬鹿は貴様じゃ。こういう絶好の機会を逃さんために電話機なぞにカメラ機能が付属しておるのだ。今これを写さんで他に何を写す」

「ディック、何の騒ぎだ」

ディックと呼ばれた偉丈夫は「何でもない」と応じ、威嚇《いかく》するように玄太郎へ顔を近づけてきた。

「爺ィ、ナメんじゃねえぞ。お前なら銃なんか使わなくても素手で首の骨をへし折っちまえる」

「へし折るのも構わんが、その前にすることがあるじゃろう」

「何だ」

「お前は口が非常に臭《くさ》い。せめて歯ぐらい磨いてから強盗に入れ」

覆面をしていてもディックが機嫌を損ねたのは明らかだった。物も言わずディックは右手を後ろに振りかぶった。

「お、殴るか。図体のでかいお前が力任せに、このかよわい車椅子の年寄りを殴ろうというのか」

「げ、玄太郎さん。挑発なんてしたら」

「ディック！　さっきからそこで何やってるんだ」

アルの怒声に咎められるように、ディックは呻きながら腕を下ろす。

「おかしな真似するなよ」

「したくても、この身体じゃできんやろ。見て分からんのか」

ああ、だからこんな時にまで威張る相手に悪態吐かなくてもいいだろうに、とみち子は気が気ではない。

玄太郎とみち子を含め、ＡＴＭコーナーに並んでいた客もフロア中央に集められた。警備員たちは既に縛られて転がっている。

「おらよっ」

アルは他の三人にカラーボールを二個ずつ渡す。すると三人は散開し、天井近くに設置してある防犯カメラめがけて投げ始めた。元々高くない天井だったのでカメラの位置も低く、つごう三台のカメラはいずれもカラーボールに仕込まれていた塗料でレンズ部分がすっかり隠されてしまった。

フロア中央には既に集められていた人質たちが、ビニール紐で後ろ手に縛られている。ご丁寧なことに指先が動かせないように親指同士も括《くく》られている。見れば後ろ手になった輪の中に別の輪が入り、人間の腕で鎖が作られている状態だ。成る程、これなら単独行動は取れないと、みち子は妙なところで感心する。数えてみると行員は小山内を含めて十人。利用客は玄太郎と自分を加えて二十三人だった。

通報ベルの解除。

防犯カメラとカラーボールの使用不可。

携帯電話の回収。

人質の確保。

あっという間の制圧だった。もう行内から外部に連絡する術はなく、行員も人質も何の抵抗もできない。

「支店長は誰だ」

「わ、私だ」と、小山内が進み出る。

「支店長には俺たちの案内をしてもらう。チャーリー、その車椅子の爺さんも縛っとけ」

チャーリーと呼ばれた小柄がビニール紐を携えて迫る。

途端に大声が出た。

「あんた何するのお！　見て分からんの。下半身不随の老人なのよ。そんな人をそんなもので縛り上げるつもりかねっ」

　突然の反抗にチャーリーはびくりと後退した。

「そうだ。他の者はともかく、このお方には指一本も触れてはならん」

　こんな時にも点数稼ぎなのか、小山内がずいとみち子の前に立ちはだかった。他の者云々は余計だが、身を挺して玄太郎を護ろうとしたことは評価に値する。

　だが、逆効果だった。話を聞いていたアルがこちらにやってきた。

「ほう、支店長自らこのお方ときたか。さては上得意客かさもなきゃ有名人か。おい、爺さん。自分で名乗れるかい」

「わしは香月玄太郎じゃ」

「香月……ああ、そういや聞いたことがある。前に名古屋財界の重鎮とかで新聞に載ってなかったたか」

「ほう、感心やな」

「何がだ」

「一応、新聞はテレビ欄以外も読むらしい」

「ああ、読むよ。カネの匂いのする記事には残らず目を通すようにしている。よし、あんたも案内人に加わってもらおう。どうやら、この中で一番命の値段が高そうな人間だからな。いざって時の切り札になるだろ」

アルがそう言って車椅子のグリップを奪おうとした時、みち子は憤然としてその手を払った。

「慣れん手で触りゃあすな。口やかましくても病人やよ」

「みち子さん、やめんさい」

「あんたら、病人の車椅子を押したことあるんかね。段差も下り坂も静かに按配《あんばい》よう押せる自信があるんかね？」

自分では見られないが、きっと形相も凄《すさ》まじかったのだろう。毒気を当てられた形のアルはしばらく思案した後、「まあ、いいか」とこぼした。

「扱い方を間違って商品価値下げることたぁないし、その爺さんもオバサンも単独で動けないことは一緒だからな」

どうやら同行を許された様子にみち子は胸を撫で下ろしたが、玄太郎が何やら文句を言いたげに裾を引く。

「みち子さん、何でまた余計なことを。あんたを危険な目に遭わすのは嫌だったんやが」

「玄太郎さんを一人にしといたら、もっともっと危険な目に、しかも自分から飛び込んで行くでしょうがっ」

支店長がここぞとばかりに口を差し挟む。

「どのくらいの金額を期待して押し入ったか知らないが、さっき現金輸送車が出たばかりで行内にあまり大きな現金はないぞ。ＡＴＭ精査もしていないから中にどれだけ入っているか。とにかく今からレジ現金を出す」

「セイサって何だよ。ふん、そんなはした金に用はないさ」

「しかし、現金はそれだけしかない。それで当座の目的は達成するだろう。そうなれば人質など必要あるまい」

「誰が現金なんか欲しいと言った」

「何だと」

「店頭でやり取りした金額なんて高が知れてる。帯のついた札束は洩れなく番号が控えてある。首尾よく奪っても、使った途端にアシがつく。そんな物騒なモン、ご免だね」

「じゃあ、いったい何が目的なんだ」

アルは親指を真下に向けた。

「ここだよ。この銀行、地下に大金庫があるんだろ」

その言葉に何人かの行員が反応した。いや、反応したのが行員以外にもう一人いた。

「ほお」と、玄太郎が洩らした。

「そこに目をつけとったのか。ふむ、確かにはした金を狙って押し入った訳ではなさそうやな」

「玄太郎さん、何か知ってるんですか」

「何、ここが東山《ひがしやま》銀行だった頃からの客だったらみんな知っとることさ。しかし、どうしてお前さんが知っとるかな。声の感じでは、まだひどく若い強盗くんのようやが」

「仕事だからな。獲物についてはとことん調べるさ。それにトップ・シークレットって訳でもないから概要を知るのは簡単だった」

アルは少し気を良くした様子で喋り出す。

「今、爺さんが言ったように、このビルが建てられた時に造られた地下大金庫だ。周囲が鉛の壁に覆われていて、戦時中にはシェルター代わりにもなったらしい。堅牢《けんろう》な造りは現代でも通用して、まとまった現金はもちろん、顧客からの重要な預かり物もそこに保管してある……そうだよな？　支店長」

「概《おおむ》ねその通りだが、保全対策については何も知るまい。確かに顧客の貴金属やまとまった現金があるが、それゆえにセキュリティーも万全を期している」

「どんな風にだい」

「金庫のドアは四十センチ厚になっていて生半可《なまはんか》な工具ではびくともしない。施錠は電磁ロック式で、本店指示と支店長許可と警備室からの解除信号がない限り開かない」

「つまり、あんたの他に本店と警備室のチェックが必要だと？」

「その通りだ」

「だが停電したらどうなる？」

「それはビル全体が停電したら一時的に電磁ロックは切れてしまうが、そうそう都合よく停電など……あっ」

途中で小山内の顔色が変わった。

「そうさ。今は時間まで指定された都合のいい停電てのがあるんだよ。まさに原発さまさまってとこだな。ビリー、停電まであと何分だ？」

ビリーと呼ばれた最後の男が持っていたパソコンを開く。

「もう、何分もない。秒読み段階だね」

「中電は時間厳守するかな？」

「するよ。最初の計画停電だから向こうも過敏になってるはずだ。そら。二十、十九、十八、十七……」

誰も喋る気配はなく、ビリーの乾いた声だけが行内に響いた。今はまるで人質全員も共犯者になったような気分でその刻《とき》を待ち構えていた。

「八、七、六、五、四、三、二、一……ゼロ」

その瞬間、ぶんという低い音と共に行内全ての照明が落ちた。

＊

あおい銀行栄支店に不審な動きがある——。

その第一報が中警察署にもたらされたのは午後二時五十分のことだった。銀行の向かい側にあるビルにいた目撃者の通報によるものだった。

「どんな目撃情報だったんだね」

洪田署長が尋ねると、強行犯係の桐山課長は努めて平静を装った。もしも銀行強盗ならこれは大事件であり、そういう場合の言動は殊更上司の記憶に残るものだ。

「同支店ビルの一階部分は閉店と同時に全てのシャッターが下り、中の様子は窺えません。しかし、二階と三階部分は素通しのガラス窓になっており、道路側に背を向けていた行員が手を挙げて姿を消すのが目撃されました。確認のため同行に電話しましたが応答はありません」

「緊急通報システムは？」

「現在行われている計画停電の影響で機能停止になっています」

「だが通常の通報システムは生きているだろう。あれは停電とは関係なくＮＴＴのデジタル回線を通じて信号は中央監視センターに、音声は通信指令本部の一一〇番受理台に通報されるはずだ」

「午後二時五分に遮断されています。恐らく端末側で切断されたものと思われます」

「犯人の人数と人質の数は」

「現在、捜査員を現地に派遣していますが不明です。ただ、本日が五十日《ごとおび》ではないことから利用者もそれほど多くはないと思われます。更に閉店間際に現金輸送車が出ていることから、店内の残現金も多くないはずです」

「計画停電か。その銀行のある区域は何時から停電になる予定だった」

「午後二時半から五時までです」

「……妙だな」

洪田は少し考え込んだ。

「停電が二時半ならＡＴＭ利用者はその寸前に現金を引き出しているはずだ。当然、ＡＴＭの中身も少なくなっている。まとまった現金も閉店間際に輸送されている。銀行内の現金は必要最小限に留められている。計画されたにしては肝心なカネの情報が抜けている」

ああ、この署長は去年着任したばかりだったと桐山は改めて思い出した。それではあのことを知らないのも無理はない。

親の代から市内に住み着いている桐山は、銀行の地下に眠る大金庫について説明を加えた。

「と、いう訳で造りは頑丈この上ない上に防犯対策は三重になっていますが……」

「待て、電磁ロックだと。だったら停電になった今、金庫は」

「お察しの通りです」

「計画停電に備えた保全対策は提出されていたのか！」

「計画自体は以前から通達されていましたが、実際の実施時間と区域割については昨日発表されたばかりだったので……残念ですが後手に回りました」

「その大金庫にはいったいどれだけの資産が保管されているんだ」

「それはあおい銀行の機密事項ですから。しかし、同行が東山銀行だった当時から利用している客には資産家が多いと聞いています。もしも彼らがその地下金庫を活用しているとすれば、かなりの有形資産が眠っておるでしょうね」

「……直ちに県警本部に連絡。周辺調査と情報収集を継続しつつ本部からの指示を待つ。人質の詳細情報や凶器の有無が明確にならない限り、迂闊《うかつ》に手出しできん」

「了解」

まあ現状ではそれが妥当な線か――。桐山なりに洪田の判断に及第点を与えて回れ右をした直後、洪田が背中に声を掛けた。

「それからもう一つ。行内に立て籠もる犯人に警戒心を抱かせないよう、現場周辺の調査は決して目立たせてはいかん。使用する車両も当分は覆面パトカーに限定」

2

「警察の動きはどうだ」

アルが問いかけると、インカムを装着したビリーはパソコン画面から目を離さずに答えた。

「まだ目立った動きはないね。警察の特殊車両がこちらに向かってくる気配もないし」と、パソコン横の受信機らしきものに視線を移す。

「無線でも銀行強盗とかの単語はまだ飛び交ってないからバレてないと思うよ」

「こちらからの情報はブラック・アウトだが、まあ遅かれ早かれ知られること自体は想定内だし、どの道、警察もすぐには行動できやしない。いいさ、あいつらが気づいた頃にはここからおさらばしてりゃあいい」

「ちょっと待ちんさい」

アルとビリーの会話を聞いていた玄太郎が口を挟んだ。

「ひと昔前のアナログ方式ならいざ知らず、デジタル信号の今では警察無線の傍受と解読は困難なはずやが。その受信機、もしや4値PSKの復調回路が組み込まれたマルハマのPT—619ではないのか」

表情は見えないが、明らかにビリーは驚いた様子で玄太郎を見た。

「ふふん、どうやら図星と見える。しかし復調する受信回路の基板はパーツ・ショップで入手できるとして、遅延メモリICのHM63021だけはとうに絶版しとるやろ」

「……そいつは代替回路が発表されてる」

「ではプログラムと解読コードはどうした。あれこそは機密中の機密やないか」

「あ、プログラムは『ラジオライフ』のホームページからダウンロードして。コードは百パターンをもう読み込んでるから順次走査して同調させて……」

「ほう。コードの読み込みはどこからや」

「それは県警のホスト・コンピュータにハッキングして……」

いったい、この人は強盗相手に何を楽しそうに——みち子は止めようとしたが、喜々として喋り続ける玄太郎の口を塞ぐ方法はなく、顔から火の出るような思いで見守るしかない。

「おい、爺さん」

アルが呆れた口調で割って入る。

「ずいぶん無線に詳しいみたいだなあ。こいつとそういう話できるヤツ、少ないぞ」

「何、年寄りの手慰みじゃ」

「手慰みなもんか」と、ビリーは一人で愚痴る。

「遅延メモリＨＭ６３０２１なんて、どんだけマニアなんだよ……」

「じゃあ、ビリーは引き続き警察の動きをチェック。チャーリーとディックは一階フロアの監視。俺はこの人質たちと地下金庫に行って来る」

おう、と三人が応じた。

地階とを結ぶエレベーターは当然使用できず、四人は非常階段を下りることになった。幸いにも段差は幾分緩やかで、熟練したみち子の腕なら降りる分には玄太郎に負担をかける心配はなかった。

だが、そんなことはみち子にとって気休めにもならない。すんでのところで自分の介助は許されたものの、それで玄太郎の安全が保証された訳ではない。不安がってはいまいかと玄太郎を覗き込んだみち子は今度こそ絶句した。

この車椅子の老人は次第に乏しくなる光の中で、余裕の笑みを浮かべていた。まるで、これから物見遊山にでも出かけるという風に。

みち子はしばらく考えてからその耳元に囁いた。

「玄太郎さん。ひょっとして、この状況を愉しんどるんじゃないです？」

「今更、何を言っとるんかね、みち子さん」と、玄太郎は弾けるように答えた。

「愉しいに決まっとるやないか。長い人生で銀行強盗の人質になるなんぞ、そうそうあるこっちゃない。冥土《めいど》の土産《みやげ》話にはうってつけと思わんか」

アルが玄太郎を見下ろして言った。

「っとに、とことん変わった爺さんだな」

ええ、ええ。そりゃあ、あんたは変わった爺さんで済みますがね。介助しているこっちは気の休まる暇もないわよ——と、みち子は内心で毒づく。

階段下りという車椅子を扱う者には最難関の作業だったが、みち子は玄太郎にほとんど衝撃も感じさせないまま地階に到着した。コンクリートの床に車輪を音もなく着地させる。地下室の電灯も全て落ち、陽光の届かない奈落の底は漆黒の闇だ。

「緊急時には自家発電という方法はなかったのか」

「発電装置もありますが医療機関とは違い、自動的に切り替わるようにはできておりません。何分《なにぶん》、旧式の建造物をそのまま流用する方式を採ったので、設置計画の段階から齟齬《そご》が生じまして……」

アルが懐中電灯を灯《とも》したので、一瞬みち子の目が眩む。

部屋の両端にずらりと棚が並んでいる。Aと刻印された大型の棚とBと刻印された中型の棚で、これが顧客用の貸金庫だろう。

大金庫はちょうど目の前にあった。

扉全体の大きさは二畳ほどの広さもあろうか。左側にはドアの取っ手に似た大型ハンドルが付き、その真横にはテン・キーが並んでいる。恐らくは先刻説明のあった三点チェックの後にパスワードを入力するのだろう。

懐中電灯の光を浴びて立ちはだかる銀色の巨大な扉は威容そのものだ。

だが、みち子が溜息混じりに眺めたのとは対照的に、玄太郎は意味合いの異なる溜息を吐く。

「いつ見ても仰々しい代物やなあ」

「へえ。爺さん、前に来たことあるのか」

「おおさ。ここは貸金庫も兼ねておるからな。不動産取引なんぞしとると、現金の持ち合わせのない奴が担保として預かってくれと、証券やら債券を差し出しよる。さすがに事務所の手提げ金庫では心許ないから、ここに来るんやが、その度に不愉快になる」

「あの、香月さま。いったいこの金庫の何がお気に召しませんか」

「今、言ったやろう。この、如何にも開けられるものなら開けてみろといわんばかりの佇まいがどうにも鼻につく」

「いや、しかしそれは堅牢さの象徴と思えば」

「堅牢さ？　何をたわけたことを言うとる。そんなもんが砂上の楼閣であることを、この計画停電が現に証明しとるやないか」

「いや、あの、それはしかし……」

「堅牢さを誇るものほどちょっとした瑕疵《かし》から瓦解するものでな。そういうことを知らん機械やらシステムというのは傲慢に映る。もう少し奥ゆかしさが欲しいところやな」

この老人の口から奥ゆかしさなどという言葉が出るとは思わなかったので、みち子は呆気に取られた。

「爺さんのシステム談義はなかなか面白いけどまた今度にしてくれ。さ、早くその金庫を開けろ」

アルが銃口で指図すると小山内がハンドルに手を掛けた。

やはり停電で自動的にロックが解除されていたようだ。開き始めた隙間から、ぎっという鉄の歯軋《はぎし》りが聞こえた。これは何の抵抗もなく開帳させられる己の不甲斐《ふがい》なさに対する扉の無念か。

アルの持つ電灯はハロゲン式らしく、たった一つの光源にも拘わらず照らし出す範囲は広く、そして煌々《こうこう》としている。ゆっくりと空いた口の中を照らすと、光輪の中に多層構造の棚が映った。アルは迷う様子もなく、その中に足を踏み入れる。その後を小山内が慌てて続き、玄太郎とみち子は扉の正面でことの成り行きを見守っている。

「言っとくけど」

暗闇の中にアルの声が響く。

「闇に紛れて俺に悪さをしようとするなよ。こっちには不測の事態に備えて暗視スコープもある。懐中電灯を消したらあんたらは盲人同然だ。ケータイのひと押しで上の三人に緊急信号を送る手筈もできている」

「用意周到なことやな」

「プランBは常に考えとくもんさ」

電灯の輪が金庫内を隈《くま》なく照らす。その中に浮かび上がるのは、札束と書類の山だった。帯封された束が十束を一単位にビニールで梱包《こんぽう》され、それが山積みになっている。梱包一個で一千万円といったところか。ところが、アルは札束の山にまるで目もくれない。

「ほう」と、玄太郎が感心したように言った。

「現金など不要という最前の言説も、この札束の山を目にすれば動揺するかと思うたがどうしてどうして。なかなかに自制心もあるようやな」

「へっ、お褒めにあずかって光栄だけどね。正直こんな束を見せられてもカネには見えないんだよな。見たまんま紙の束だ。汚れも折れもなくて、造幣局から直送された刷り上がりみたいな綺麗さも何だかねえ……これ、何だ。ワリコー?」

アルが摘み上げたのは一片の紙片だった。「ああ。それはな、割引債や」

「割引債?」

「早く言やあ、利息ゼロの債券さ。発行時には額面より低い金額で発行され、償還時には額面の価格で償還される。つまり利息を付加した上で償還する利付債とは似て非なる仕組みやな」

「証券の類いか。興味ないね」

アルは紙片をぽいと投げ捨てて、また捜索を続行する。

「いったい何を捜しとる」

「本当の意味で金目のモノさ……。おっ、あったあった!」

いきなり声を弾ませたアルが金庫の隅に走り出す。

そして喜色満面の顔で取り上げたのはゴールド・バーだった。

「ふむ、金地金《きんじがね》。それが目的やったか」

「そうさ。金融商品に詳しそうな爺さんなら知ってるだろ。世の中に金ほど安定した物質はない。化学的にも、そして経済学的にもだ」

金ほど安定したモノはない——それは誰あろう玄太郎の口癖でもあったので、みち子のような素人もおおよそのことは覚えていた。

地金というのは金属を貯蔵しやすいような形に加工したもので、最も知られているのが金だ。そしてこの地金は国内外の市場で常に安定した投機対象として扱われる。現金や証券や債券は、その時々の経済状況や世情で大きく価値を変える。近年のようにテロが横行する世の中では尚更だ。だが、金地金はそういった外部要因に脅かされることなく一定の価値を保っていられる。何故なら、その金属の埋蔵量が最初から限定されているからだ。

「昨日の相場だと一キロバーで四百二十万円。見ての通り所有者の名前もない。番号もない。同じ四百万円でもこの百万円の札四つに比べりゃ、ずっと安心だ」

そしてアルは来た道を戻り、いったん金庫の外に出ると、どこからか台車を調達してその上にゴールド・バーを積み重ね始めた。

「なあ支店長よ」

玄太郎は声を潜ませて小山内に囁く。

「何でしょうか」

「あの金地金、見れば優に百本以上はあるな。誰ぞの個人資産か」

「いえ、当店の運用資産です。ご存じの通り、ここ数年円相場が不安定でしたので一部を金地金に換えておりました」

「百本で約四億二千万円か。損害は大きいな」

「ご心配痛み入ります。しかし、ご安心下さい。この金地金には保険を掛けておりますゆえ」

「ほう、盗難保険か。目端が利くな。しかし金塊の盗難保険は保険会社も二の足を踏むと聞いておったが」

「仰る通りで。しかし、この大金庫のセキュリティが完璧であったために成約できたのです。しかし、まさかこのような事態になるとは……」

小山内は語尾に悔しさを滲《にじ》ませる。成る程、保険が掛けてあれば実質銀行としての損害は相殺《そうさい》されるものの、金地金を強奪された支店長としての責任まで回避できるものではない。保険金が下りようと下りるまいと、小山内を待つ運命にさほどの違いはないのだ。

アルはすっかり金地金の移しかえに夢中になっている。先刻までの冷静さが嘘のようだ。そのうち、手元が狂ったのか一本の金地金が軽やかな音を立てて転がった。

「あああっ」と、小山内が小さく叫ぶ。

転がった先は玄太郎の足元だった。

玄太郎は身を屈めてそれを拾い上げる。電灯を反射して地金の端にわずかな擦り傷が見えた。

「おい。金はな、案外傷つきやすい金属や。あまりぞんざいに扱うでない。資産価値が下がるぞ」

だがアルは返事もせずに黙々と作業を続ける。玄太郎は不機嫌そうに、ふんと鼻を鳴らした。

やがて作業を終えたアルが金庫から台車を押して出て来た。

「爺さん、待たせて悪かったな。さ、手伝ってくれ」

「何やとぉ」

「最初っからそれに目をつけてたんだ。これだけのゴールド・バー、ただ台車に積んで階段を上ったら確実に荷崩れする。その車椅子に積ませろ」

「ふん。わしはここに置き去りにするつもりだったか」

「そこまで身障者に残酷にはなれないね。あんたは支店長に背負ってもらえばいい」

「そんな要望に応じると思うか？」

「応えないときっと後悔するよ」

アルは銃口をみち子のこめかみに当てた。

「あんたみたいに変わった人間は他人を脅かした方がずっと有効だ」

「そういう知恵をどこで覚えた」

「少なくともガッコじゃないよな」

玄太郎は仏頂面《ぶっちょうづら》のまま顎で小山内に合図した。玄太郎の身体は小山内の背に預けられ、主をなくした車椅子には代わってゴールド・バーが積まれていく。

「支店長さん、気をつけてやってくださいね。腰は急に伸ばさんように、ゆっくりゆっくりと……」

「かしこまりました」

みち子は恥辱と恐怖でぶるぶる震えが止まらなかった。

ついさっきまで自分は玄太郎の保護者だと思い込んでいたが、とんでもない間違いだった。

護られているのは自分の方だったのだ。

銃口はまだ額に当てられたままだ。悔しくて恐ろしくて涙が出そうになったが、それは玄太郎の言葉で一気に引っ込んだ。

「おい、そこの馬鹿者」

その場の空気が一瞬にして固まった。

「何だい。足を取られた割にはずいぶんと元気だな」

「元来わしは他人の行いの善悪については鷹揚《おうよう》な人間でな。誰が何をしようが構ったことやない。ついでに言うと法律とやらにも無頓着でな、裁判所の下す判決にもいくぶん懐疑的や。人間何をしようにも結果はそいつに跳ね返ってくるから周りがとやかく言うてもしようがないと思うとる。そいつの行いに口を挟むのはえらいお節介やとも思うとる」

「その意見には同意するね」

「だから、わしが家族以外の人間にこんなことを言うのは滅多にないことだからよく聞くがいい」

「何だよ」

「さっさと投降しろ」

＊

「行員は小山内支店長を含めた十名、客は二十三名の合計三十三名の人質がフロア中央に縛られています」

洪田がそう報告すると、桜庭《さくらば》県警本部長は品定めをするかのように顎を撫でた。

「犯人は四人だったな」

「現在、確認できている人数はそうです」

「武器は？」

「一人一丁ずつ拳銃を所持しているようですが、銃器の種類、また本物か偽物なのかは小型ＣＣＤカメラでは確認できませんでした」

「銀行に狙撃手専用道路と狙撃窓は確保してあるのか」

いきなり狙撃手の話が出たので、桐山は少なからず驚いた。

狙撃手専用道路とは、通常銀行の天井内に設置されている。床はゴムシートが敷かれており、移動しても下に音が洩れない造りだ。狙撃窓とは店内を隈なく見渡せる場所に仕込まれた三十センチ四方のマジック・ミラーのことを指し、そこから犯人を狙うようになっている。

だが、それにしても人質の安全確保より先に犯人狙撃を口にした桜庭に危うさを感じる。

「いえ。あの銀行は古くに建てられたもので、もちろん何度かの改修工事の際には防犯対策も織り込まれたようですが、専用道路と狙撃窓については設置されておりません」

「ふん」と不満そうに顰めた表情も気に障る。

「まだこちらが察知したことは気づかれていないのだな」

「犯人たちの動きを見る限りはそう判断して良いかと」

「本部から特別対策班を回す」

有無を言わせぬ口調だった。その特別対策班の中には当然狙撃手も入っている。

「人質の安全確保は……」

「何を言っておるのかね。無論、そちらが最優先事項だ。交渉もするさ。だが、最悪の事態は想定せんとな。それで四人組の風体は？」

「声の質からすると二十代、もしくはそれ以下のように聞こえます」

「ふん。ガキの仕業か。なら所持している銃器もオモチャの可能性が高いな」

「それは一概には……つい最近も一部マニアによる改造拳銃の密売事件が発生したばかりですし」

「銀行への侵入経路は」

「交差点の東南角地に位置しておりまして、西側正面入口と北側ＡＴＭコーナー、東側通用門となっています。道路に面した西側と北側は一面ガラス張りですが、現在は外部シャッターが下りた状態です」

「シャッターは防弾仕様にでもなっているのか」

「いえ、標準装備のありふれたものです」

「では、窓からの急襲も可能な訳だ」

桜庭は満足そうに頷いた。人質の安全最優先を口にしながら、頭の中では着々と強行突入のシナリオを描いているとしか思えない。

「現場はオフィス街のど真ん中。交通量も人の行き来も多い。もしもこの場所で銃撃戦にでもなれば二次被害も避けられない。よって事案は迅速かつ小範囲での解決が望ましい」

面前に立つ洪田は元より百八十を超える身長のため、首を桜庭に向けると尚更畏《かしこ》まっているように見える。黙して頭を垂れているが、その脳裏に去来するものはいったい何だろう。

まだ付き合いは一年にも満たないが、この署長の人となりはおおよそ把握している。ノンキャリア組の叩き上げで、穏健な風貌ながら刑事の臭いを残している。一端の上昇志向はあるだろうが下克上の気風とはほど遠い。むしろ熟した柿が自然に落ちてくるのを何気なく待っているような印象がある。だから功を焦らない。警察官として護るべきものの順番を心得ている。

しかし、桜庭の言動から漂ってくる臭いは鼻持ちならない官僚としてのそれだ。無論、捜査本部の最高責任者を任じてはいるが、現場での指示は洪田に委ね、まさかの不首尾に終わった際に切り捨てる尻尾と見做《みな》している。

桜庭が事件のスピード解決を目論んでいるのは人質の安全を慮《おもんぱか》ってのことではない。秋の人事異動を見据えた上での功績狙いだ。着任早々にこの男が垂れた訓示を県警職員の誰もが苦々しい思いと共に記憶している。関東一円の上級職を歴任してきた桜庭は愛知県警をまるで田舎の交番のように呼ばわり、その近代化が急務であると嘯いて憚《はばか》らなかった。何のことはない。要は一刻も早く中央に返り咲きたいだけなのだ。

そして、そんな思惑をたかが自分のような所轄のいち課長ごときに見透かされる時点で、この男の底も知れるというものだ。

「では特別対策班が到着する前に、中署はこれより現場周辺の閉鎖と整理を行います」

表情を変えることなく洪田が言い放ったのは、協議も経ずに早々と特殊対策班の派遣を決定した桜庭に対するせめてもの意趣返しか。

一礼して桜庭に背を向けた姿が、ふと自分の姿に重なる。桐山はやりきれない気持ちで洪田の後を追う。

洪田の胸元から着信音が聞こえてきたのはその時だった。

「はい、洪田。うん？　ドライバーからの通報。それがどうかしたのか、こっちは今それどころじゃ……な、何だって」

声が跳ね上がった。

「香月家のドライバー？　玄太郎氏があおい銀行に入ってからまだ戻って来ないだとおっ」

3

「百二十一、百二十二、百二十三、百二十四……しめて合計百二十五本」

「時価総額でどんなもんだ？」

「一本が約四百二十万円として……五億二千五百万円」

「五億！」

チャーリーの興奮した声に他の二人がほおっと感嘆する。

「一人一億五百万円かよ。へへっ、贅沢《ぜいたく》しなきゃ一生働かなくても食っていけるな」

ディックの言葉にビリーが冷たく応じる。

「馬鹿。たったの一億五百万だぞ。平均寿命八十歳まで生きてみろ。年間たったの百七十三万だ。贅沢云々言えるレベルじゃない」

「ちっ、相変わらず夢がねえよな、お前は―

「お前が夢想家過ぎるだけだと思う」

「ねぼけてんじゃない。これはあくまでも資金なんだからな」

アルはゴールド・バーを袋に詰め替えながら言った。

「これだけあったら小さくても何かしら創《はじ》められる」

「そういうのも夢想家って言わないか」

「こういうのは起業家って言うんだよ」

そして四人が金塊にどっと群がった時、玄太郎が口を開いた。

「盛り上がっとるところを邪魔するようやが」

ようやく車椅子に戻された玄太郎が口を挟んだ。

「お前たち歳はいくつや」

「ああ？」

アルが面倒臭そうに顔を上げた。

「歳はいくつかと訊いとる。十四歳か、それ未満か」

「ははは、いくら何でも中坊ってことはないぜ。成人でもないけどさ。でも、それ訊いてどうするんだい」

「だったら少年法の埒外《らちがい》やな。お前らは大人と同じ法律で裁かれる。強盗罪は懲役五年以上や」

「捕まりゃあそうなるだろうな。それは俺たちも嫌だ。だから捕まらない」

「えろう自信たっぷりやな」

アルは手袋を嵌めた手をひらひらと振って見せた。

「ここに入ってから俺たちは一つとして指紋を残していない。顔は覆面をしたまま、防犯カメラもあの有様だ。幸いにしてまだ一発も撃ってないから、銃からアシがつくこともない。完璧さ」

「ほほう。それほど指紋に注意したのは、前に補導か逮捕されたことがあるからかな」

ひらひらと舞っていた手がぴたりと止まった。

「その歳で補導歴なり逮捕歴があるんなら職にも恵まれまい。そうして進退窮まった挙句《あげく》の強盗か」

「るっせいな、爺さん。本人のしたことに周りがとやかく言ってもしようがないんじゃなかったのかよ」

「生憎《あいにく》とわしは周りの者やない。れっきとした赤の他人や」

「ちっ」

「金地金を換金して自分たちで会社でも興そうとか大層景気の良い話やが、では、お前たちに会社を興し運営していく知恵や能力はあるのか。わしはこう見えても経営者を半世紀以上続けとるが、まあ、しんどい仕事さ。傍《はた》からはどう見えとるか知らんが、人の二倍いい暮らしをするために三倍働き、四倍頭を働かせ、五倍胃を痛めておる。そういう仕事が、たかが強盗一回やって資本金を得ようなどと短絡的な子供に務まるとは到底思えんが」

「黙れよ、爺さん」

「第一やなあ。ある日突然、碌に学歴もない、就職歴もない小僧が四人集まって会社なんぞ創ってみい。周辺住民から胡散臭い目で見られるのは必至や。そんな情報耳にしてボケーッとしとるほど日本の警察は甘うないぞ」

アルが昏い目をして玄太郎に近づき、そして銃口を額に当てた。慌ててみち子が手を出すが、その手は難なく撥《は》ね退《の》けられる。

他の三人が剣呑《けんのん》な空気を察して詰め替え作業を中断した。

「下半身が動かない分、口が動くか。ただ、ちょおっと動き過ぎだ。どちらかというと俺は静かな老人が好きでね。ひと言も喋らない老人はもっと好きだ」

「撃つんなら、早よ撃て」

「玄太郎さん！」

「この歳になるとなあ、死ぬことなんぞ大して怖かあない。生きとる者より死んで向こうに逝った奴らの方に知り合いが多いしな。それにわしという人間を知る者なら、撃たれてくたばったと聞けば、ああ、あいつらしい死に方をしたと納得するやろう。ほれ、早く撃たんか」

「玄太郎さんったら！」

「どうせ死ぬのが多少早まるだけやからわしに大きな損はない。損をするのはお前らじゃ」

「何だとお？」

「強盗罪は五年以上の懲役だが、強盗致死ともなると死刑か無期懲役。こんな死にぞこないの寿命を多少縮めた対価で一生を棒に振るのが趣味というのならさあ撃て。うん、どうした？」

アルは銃口をそのままにみち子へ視線を移す。

「なあ、介護のオバサンさあ」

「何ですか」

「この爺さんの介護始めて何年だ」

「もう一年以上になりますけど」

「疲れるだろ？　この爺さんのお守り」

「ほっといてください！」

ふう、と疲れた声を洩らしてアルは銃を下ろした。

「確かにあんたの頭に風穴を開けても俺が損するだけだな。じゃあ爺さんの方はどうだってんだよ。俺たちに意見して何か得することでもあるのか」

「意見ではない」玄太郎は傲然と胸を張った。

「これは説得じゃ」

そんな威張りくさった説得なんて聞いたこともないわ——みち子は別の意味でこの場から逃げ出したくなった。

「わしの話が聞きとうないのなら相手を替えてやろう。おい、そこの盗聴マニア」

「誰が盗聴マニアだよ」

ビリーはインカムを放り投げた。

「あんなヤツラと一緒にするな」

「ほほう。そこまで言うとは余程機械いじりに自信があるとみえる。確かに警察のデジタル回線を解読する腕なぞもっと誇っても良い腕や。だったら、その特技を何で他に生かさん。一攫千金《いっかく》という夢も分からんではないが、それは将来の展望や他人に秀《ひい》でるものを持たない者の、それこそ見果てぬ夢よ。お前ならもっと別の道があろう」

「知らないよ、そんなの」

「知ろうと努力したか？　その他大勢の行く道からあぶれたばかりに自分の特性を見失ってはおらなんだか。自分を求める世界がどこにあるのか、時間をかけてでも捜そうとはせんかったのか。いいかよく聞け、機械小僧」

「き、機械小僧って」

「この国は、いっときバブルや何やらで無茶苦茶にはなったが、基本は技術立国よ。あのＮＡＳＡにしたってここら下町工場の技術がなかったらロケット飛ばせんのだぞ。

お前の腕を欲しがる会社は必ず存在する。ただ、それをお前が知らんだけや」

「高校の担任はそれを、世の中には不要な技術と切り捨てた」

「教師なんてのはな、自分でモノが造れんから人を創ろうなんて考えたたわけどもや。そんな奴らに自分の道を決めさすなあっ。次いっ、そこのチビ助」

「お、俺？」

チャーリーは慌ててこちらに向き直る。

「お前、母親は存命か」

「母親あ？　ははん、お前の母さんは泣いてるぞーってアレかよ」

「いや、母親は泣くのが商売やが多分お前の母親は泣いてはおるまい。強盗なぞしでかす奴らの母親じゃ。とっくに匙《さじ》を投げておるわ。少なくともわしなら家を追い出して数カ月後、役所に死亡届を出して戸籍から抹殺してやる」

「そ、そりゃ酷《ひど》い」

「どうせ可愛がられ、また期待された覚えもあるまい」

「う、うるせい。馬鹿野郎」

「そやけど、そういう子供にこそ大逆転の目がある。見捨てたはずの馬鹿息子が真面目に仕事なんぞしてみい。母親は己を恥じて恥じて、堪らんようになって泣き出す。同じ泣かれるんなら、そっちの方が気分よかろう」

「そりゃあ、そうだけど……」

「最前から観察しておれば、お前はお前でよくリーダーの指示に従い、てきぱき動きよる。残念ながら人の上に立つ器量ではないが、必要な時に必要な分働いてくれる貴重な人材や。決して悲観するものやない」

「そ、そうかな」

「それから、そこの力自慢」

「別に自慢したことはねーぞ」と、ディックが進み出る。

「何故、自慢せん。それだって立派な特技やないか」

「スポーツ特待生じゃあるまいし、ただ腕力があるだけじゃ特技にも何にもなりゃしねえ。荷物運びの時だけ重宝されるか、さもなきゃ恐れられるかのどっちかしかないぞ」

「腕力がなければ護れんものもある。例えば警察官になることを考えたことはないか」

「警察官？　お、俺がかよ」

「まあ上級公務員試験を受かってキャリア組というのは難しかろうが、派出所勤務や刑事ならなれんこともあるまい。追われるんやない。追う立場や。弱き者虐《しいた》げられた者のため猟犬となって犯人と闘う。男子一生を賭けるに値する仕事と思わんか」

「う、うーん」

全く何て爺さまだろう——みち子は今度こそ呆れ果てて物も言えなかった。いくら相手が年端もいかない子供だとしても、この局面で日頃の口八丁を発揮するとは。でもひょっとして、このまま四人を懐柔できたらこの強盗事件は未遂で終われるのではないか。

だが、みち子の甘い期待はその一声によって木《こ》っ端微塵《ぱみじん》に吹っ飛んだ。

『あおい銀行籠城犯に告ぐ。おとなしく出てきなさい』

玄太郎はがっくりと頭を落とした。

「あのくそだわけめが……」

『君たちは完全に包囲されている』

それはみち子にも聞き覚えのある声だった。

＊

いったんハンドスピーカーのスイッチを切った洪田は、忌々《いまいま》しそうに銀行を見やった。マニュアル通りの警告とはいえお決まりの台詞を口にした気恥ずかしさはともかく、普段あまり目にしない不快な表情に桐山は訝しさを覚えた。

訝しいといえば、この現場に洪田の姿があること自体が訝しい。本来、こういう重大事件になれば県警本部の指示の下、所轄の署員は後方支援に回るのが通例だ。ある時点までは洪田もそう予定していたに違いない。ところが、あの報せを受けてから洪田は態度を豹変《ひょうへん》させてしまった。犯人への直接交渉の役を買って出、それどころか特殊対策班が到着するまでは自分が陣頭指揮を執ると言い出したのだ。

籠城事件の最前線に警察署長が赴くなど異例中の異例ではあったが、それを具申しているのが当の本人となれば県警本部としても承諾せざるを得なかった。

「署長、何かあるんですか」

「うん？」

「さっき電話を受けてから、ずっとご様子が優れないようですが」

「銀行籠城の現場で明朗快活に振る舞う警官がいたら是非見たいものだが……いや、失敬。口が滑った」

「らしくない、と言えばお怒りになりますか」

「……桐山課長。香月玄太郎氏を知っているかね」

「名前だけは。名古屋財界の傑物らしいですな。毀誉褒貶《きよほうへん》の激しい人物で、発言にブレのない人格者という者もいれば鬼畜の如き拝金主義者という者もいる。まあ、その辺りが傑物たる所以《ゆえん》なのでしょうが」

「ただの傑物ではないのだよ」

困惑の表情も初めて見るものだった。

「あの言動が犯人を刺激しなければいいんだが……」

やはり資産家や著名人が人質の中にいるのでは勝手が違ってくるのだろうな――そう見当をつけていると、洪田がいきなりこちらに顔を向けた。

「念のため言っておくが、資産家だからといって人質としての価値に貴賤《きせん》が生じるものではない」

さては表情を読み取られたかと焦ったが、洪田の関心はこちらを素通りしたようだった。

「いったい、香月氏の何が気懸かりなのですか」

「これは氏と言葉を交わした者にしか分からんだろうが……まるで火薬庫の中にヘビー・スモーカーを置き去りにしてきたような気分だよ」

溜息をひとつ吐き、洪田は徐《おもむろ》に携帯電話を取り出した。今のハンドスピーカーの呼びかけで、犯人たちにはこちらの存在が知れた。従って次の一報がこちら側からの通信であることは容易に理解できるはずだった。

洪田はキーを押してから携帯電話を耳に当てたが、その表情に変化はない。いや、時間の経過と共に、その困惑の色は深まるばかりだ。

「早く出ろ。畜生」

桐山はぎょっとした。とうとう感情が言葉になって噴出している。

「いったい何をやってるんだ」

何回目かのコールの後、洪田は腹立たしげに携帯電話を閉じた。

「店内の様子を」

桐山はパソコンの画面を洪田の眼前に差し出す。そこには正面入口の隙間から侵入させた小型ＣＣＤカメラによる店内の様子が映し出されている。その画面を見る限り犯人と人質に目立つような動きはない。

小さくブレ続ける画面の中央に四人の後ろ姿がある。その中に車椅子に腰を沈めた人物がおり、恐らくこれが香月玄太郎氏だろう。

そして覆面を被った人影がついと画面の前方に移動した。

洪田は再び携帯電話を開く。今はとにかく犯人側とのホットラインを繋ぐのが優先だ。

「どうした。電話が鳴っているぞ」

洪田には似合わない焦燥感がこちらにまで伝わってくる。だが階級の違いを越えてその焦りの理由は理解できた。

桜庭への不信感だ。

無論、県警本部長の立場で人質の安全を蔑《ないがし》ろにするはずがないのは分かっている。しかし、あの爬虫類《はちゅうるい》を思わせる目がその思い込みを邪魔している。霞ケ関《かすみがせき》方向しか眼中にない男に果たして行内で怯える人質の姿は映っているのか。

腕時計を見ると時刻は四時を過ぎていた。陽は既に西に傾きかけているが、じっとりと粘りつくような暑さはいささかも和《やわ》らがない。

交差点を中心とした半径百メートルは閉鎖が完了しているが、ここ広小路通りは名古屋市街の大動脈だ。そろそろ始まるマスコミや野次馬の殺到を考えると鬱陶しさしか思い浮かばなかった。

その時、駆け寄って来た捜査員が洪田にそれを告げた。

「署長。ただ今、県警の特別対策班が到着しました」

たちまち洪田の眉間に皺が寄った。

＊

「県警本部が動いた！」

パソコン画面に齧《かじ》りついていたビリーが声を上げた。

「中区三《さん》の丸《まる》の庁舎から特殊車両が発車してる。多分、狙撃班を乗せている」

「何で警察の動きがああも簡単に分かるんですか」

みち子が問うと、玄太郎は至極当然のような口調で説明し始めた。

「カーロケーターシステムといってな。緊急車両の位置を衛星で割り出し、四〇七・七メガヘルツの周波数で通信指令本部に送信しておる。その周波数に合わせれば警察車両の動きは一目瞭然さ」

ビリーが目を丸くしていた。

「だからそんなことまで知ってるって、どういう爺いだよ」

「機械いじりが趣味の年寄りには常識さね。おい、電話が鳴っとるぞ。出たらどうや」

だがアルは値踏みをするかのように、着信ランプの点灯した電話を睨んだままだ。

「あの署長めが。折角上手いこと説得が進んでおったものを」

あれが説得というのかどうかはともかく、玄太郎の計画に支障が出たのは確かだった。

「それにしても玄太郎さん」

「うん？」

「どうして途中から態度を変えたんです」

玄太郎はばつの悪そうな顔を真横に逸らした。

「最初は人質になるのを愉しんでおったのに、地下から戻るなり、説得工作に回りんさったのは何でですの」

「気づいたからじゃよ」

「何にですか」

「そこ、うるさいんだけど」

アルが二人を見咎めて言った。

「しばらく静かにしててくれよ。今からあんたたちの生命に関する大事な話をするんだ」

そしてビジネスフォンに手を伸ばした。

受話器を上げる音が殊更大きく響いた。

「……はい」

『愛知県警中警察署の洪田といいます』

向こう側の声がみち子のいる場所まで聞こえてくる。やはり、あの声は洪田署長のものだったか。

『人質は全員、無事ですか』

「ああ。誰一人、かすり傷一つ負っちゃいないよ。ただし、この後の展開次第でどうなるかは保証できない」

『今すぐ投降しなさい。今ならまだ刑も軽くて済む』

「強盗未遂だからどんなに長くても懲役五年未満て言うんだろ。それはもう、ここにいる口うるさい爺さんから聞いたよ」

『……車椅子のご老人からか』

「へえ、もう個人まで特定されてんのか。そうだよ、香月って爺さんだ」

『代わってくれないか』

「駄目だ」

『無事を確認するだけだ』

「どうやらあの爺さんと知り合いらしいが、下手に打ち合わせなんかされたら目も当てられないからな」

『打ち合わせしなくとも結果は決まっている。この包囲網の中、四人ではどう抵抗しても無駄だ』

「四人じゃない」

『何だと？』

「人質は三十三人もいる。どうせ、そっちだって狙撃班を寄越したんだろ？　つまり俺たちの命を狙ってる訳だ。折角だからこちらも人命を交渉に使わせて貰う」

『待て』

「そっちのケータイの番号を言え。こちらからまた連絡する」

『分かった。だが、くれぐれも早まった真似だけはしてくれるな。時間が経てば経つほど穏便な解決は難しくなってくる』

アルは洪田から番号を聞き取ってから、不意に口調を変えた。

「あんた、香月の爺さんとは面識があるのか」

『ああ』

「そのことだけは同情してやるよ」

そして受話器を下ろすなり、ビリーの許に駆け寄った。

「畜生。どうしてこちらの様子が分かった？」

「多分、どこかの隙間から小型ＣＣＤカメラを差し込んでいる。光ファイバーで三六〇度どんな角度も思いのままだよ」

「探せるか」

「時間はかかるけど、やってみる」

「狙撃手のいそうな場所は特定できるか」

「ああ。この周辺地図を３Ｄ化すれば行内を狙撃できるポイントは絞り込める」

「急げ。そいつらの死角を知りたい。チャーリー」

「おう」

「この辺一帯はとっくに交通規制がかかってるはずだ。帰りの順路は変更しなきゃならない。交通情報検索して退路を確認しとけ」

「了解」

「ディック。お前はゴールド・バーを四つの袋に収納。多分、荷物と一緒に人質一人も運ぶことになるが、いけるか」

「楽勝だ」

一通り指示を済ませたアルは、玄太郎の近くに戻って来た。

「残念だったな、爺さん。さっきの熱弁は結局無駄になっちまった」

「無駄にはならんて」

アルの茶化すような言葉に、玄太郎は表情も変えない。

「世の中にはな、聞いて無駄な話なんぞひとっつもない。ただ受け取る側が無駄に聞き逃すか、さもなくば間違って理解しとるんだ」

「めげないねえ、爺さん」

「何をほざくか。お前らが簡単にめげ易いだけの話やあっ」

いきなりの怒声にあとの三人もこちらを見た。

「悪さをするような奴は大抵が弱い奴や。勉強か人間関係か生活環境か、自分の思い通りにならないから逃げる。正攻法で闘おうとしなくなる。楽な方、楽な道を選ぶ。

そして、もっと弱くなる」

「うっるせいなあ」

「御託《ごたく》は聞き飽きたんだよ！」

「黙れえっ。やかましいだけで有難いと思ええっ。今日ほどこの使えない足を憎いと思うたことはない。もしも自由に動かせたのなら、貴様ら全員壁際まで殴り飛ばしてくれるものを」

「へっ、冗談言うなよ。こっちは若いのが四人揃ってるんだぞ。あんたみたいな老いぼれ一人がどうしようってんだ」

「己の力量だけを考えて早々と結論を出す。それが貴様らの浅はかさやと言うんや。世に成功した奴を見るがいい。そういう奴らは一度ならず、どこかで冒険をする。失敗して痛手を負っても懲りずにまたやる。しかし貴様らにはその勇気がない」

「銀行強盗に勇気がないって？　大した言い草だな」

「わしに誤魔化しは効かんぞ。強盗にしても成功すると踏んだから実行したまでのこと。地下金庫に眠る金塊、計画停電に乗じた襲撃、計画的といえば聞こえはいいが、所詮《しょせん》は労力と危険性を最小限に抑えた臆病者の選択肢よ」

「口が過ぎるぞ、爺さん」

アルはつかつかと歩み寄り、右手を振り上げた——。

ばし、と鈍い音が響いた。

みち子の平手が覆面の上から頬を叩いていた。

「と、年寄りに何てことすんの！」

恐らく蚊に刺されたほどの痛みもなかったろう。だが、自分の母親くらいの女に叩かれたことがショックなのか、アルはしばらく叩かれた箇所に手を当てて立ち尽くしていた。

「この患者にして、この介護人あり、か」

「アル。たった今、無線を傍受した」

「内容は」

「特別対策班の到着だ。狙撃手が七人。周辺のビルに配置された」

「よし、プランBに変更だ」

そう言うなり、アルは再び銃口を玄太郎に向けた。

「この爺さんを盾にして、俺たちは敵陣を中央突破する」

＊

「犯人との交渉はまだ端緒に着いたばかりだ。強行突入はいくら何でも時期尚早じゃないのか」

洪田が詰め寄ると、特別対策班の高城《たかぎ》は戸惑いの色を隠さなかった。

「しかし、そう言われましても現在の指揮権は本部長がお持ちですし」

「君たちには現場判断という観念がないのか」

「申し訳ありませんが、現場判断と仰るのであればこの場合の突入は成功率が高いですよ。人質は中央一箇所に集められている。銀行は角地にあって死角は少ない。犯人は少人数で銃器も本物かどうかは不明。不意を衝けば秒殺で制圧できるパターンです」

「人質に銃が向けられている」

「そういう状況下で犯人を制圧できるよう、訓練を受けています」

会話がまるで噛み合わないが、それも当然だと桐山は思った。片や人質の安全確保を、そしてもう片方は犯人制圧を第一としているからだ。

高城の言い分はもっともであり、今突入すれば被害は最小限に済む確率が高い。犯人が銃器らしきものを所持していると判明した時点で、死傷者ゼロの事件解決など能天気な確率論に過ぎず、要はどれだけゼロに近づけられ、そのためにどこまで対策を講じたかがその後の免罪符になるのだ。

だがそう冷静に判断する一方で、能天気な確率論に執着するこの役人然とした上司に肩入れしたい気持ちが強かった。何故なら、この男が護ろうとしているのは警察の対面や世評ではなく、人質たちの生命だからだ。

打開策はないものかと考えを巡らせていると、洪田の携帯電話が着信を告げた。

「洪田です」

『どうやら、そっちは準備万端整ったようだな。狙撃手七人だって』

何故、狙撃手の数を正確に把握しているのか。桐山はぎょっとしたが、洪田は口調を変えなかった。

「ああ。だから、もう一刻の猶予もやれん。今すぐ投降するんだ」

『引き籠もった奴にトウコウを勧めても殼を厚くさせるだけだぞ』

「ふざけてる場合じゃないだろ」

『ジョークってのは、こういう場合にこそ使うものさ。洪田さん、今から俺たちは人質を一人だけ連れて外に出る。拳銃はその人質の頭に固定したままだ。少しでも不穏な動きを見せたら即刻引き金を引く。道路に割れた柘榴《ざくろ》を見たくなかったら一切手出しするな』

「人質一人？　おい、まさかその人質というのは」

『そうさ。俺たちは、車椅子なしでは動けない東海地区有数の資産家に護ってもらう』

「ま、待て」

『先に待たないと言ったのは、そっちだぜ』

そして、電話は一方的に切れた。

4

「確かに車椅子なんて押したこたぁないが、だったら背負っちまえばいいんだろ」

みち子を縛り終えたアルはそう言って笑った。

「は、放しんさいっ。背負うにしてもちゃんとした背負い方が」

「レクチャー受けたいのは山々だけど今日はあんまり時間ないんだ。それは後日ってことで」

ディックが腕組みをして考え込む。

「あの爺さん、やっぱり俺が背負うのか」

「人一人と三十キロの金塊だ。お前以外に誰が担ぐんだ」

「じゃあ、せめて猿ぐつわさせてくれよ。背負ってる後ろから怒鳴られたんじゃ敵わん」

みち子が目で追うと、当の玄太郎はまだ車椅子の上でアルたちを睨みつけている。玄太郎が縛られていないのは、介助がなければ身動きが取れないと思われているからだ。案内役にされるのか、小山内もディックの銃口に晒されて両手を挙げている。

「何がプランBじゃ。人質を盾に取るなど一番易きに流れおって」

「その中から、更に下半身不随の老人をチョイスしたところが斬新だろ」

「それよりは、人質にも金塊にも手をつけず、そのまま消え去るか、大手を振って投降する方がずっと斬新じゃ」

「まあだ、そんなこと言ってんのか」

アルは半ば呆れるように声を荒げた。

「爺さん。さっきの説教は確かに迫力だった。さすがに年の功だ。大人なんて自分の子供や、ましてや他人の子供には当たり障りのないことしか言わねえから、なかなかに新鮮だったよ。けどな、あんたは全然分かってない」

アルは腰を落として玄太郎を真正面から見据えた。

「あんたの理屈は少年院帰りのガキには通用しない。ただでさえこんだけ不景気なんだ。学校を中退して何度もパクられた俺たちに碌なクチはない。保護司のオッサンがどれだけ頼み込んでも一緒さ。自業自得と言われりゃそれまでだが、全部が全部俺たちの責任か？　中には心を入れ替えてやり直そうとする奴だっているのに、世間てのは色眼鏡でしか見ようとしない。いつかまた必ず悪さをするに決まってるってな。だから、こうでもしなきゃ俺たちにまともな将来はないんだ」

「銀行強盗した挙句のまともな将来か。ふん。それこそまやかしや。手前《てまえ》に都合の良い理屈をくっつけとるだけで、要は居直りや。そんなことをして得られたものに何の価値がある。悪銭身につかずという諺《ことわざ》を知らんのか」

「アル！　県警本部が突入を指示している」

アルは踵《きびす》を返して受話器に飛びついた。

『洪田です』

「聞いたぞ。突入するつもりらしいな」

『いや、それは』

アルはいきなり銃口を天に向けて引き金を引いた。

ぱんっ。

意外に軽い音だったが、その銃声は密閉された部屋の中でしばらく木霊《こだま》を残した。

みち子が恐る恐る天井を見ると、銃口の延長線に小さな穴が空いていた。

「オモチャだと思ったか？　生憎だったな」

『早まるな！』

「それはこっちの台詞だ。いいか、お前らの動きは手に取るように分かるんだ。今さっき警告したばかりなのにな。ちょっと気が変わったよ。すぐに配置された狙撃手と警官隊を遠ざけろ。さもなければ人質を五分間隔で一人ずつ殺す」

『説得してみよう。だから短気になるな』

「ビリー、動きは？」

「洪田とかいうのが本部に掛け合ってる最中だよ」

「時間稼ぎにはなったか。だがグズグズしてられない。即刻撤収するぞ。ディック、お前が先頭にこの爺さん背負って行け。俺は爺さんにこいつを付きつけて後ろを行く」

「気が進まんな」

玄太郎は嫌悪も露わに言い捨てる。

「そのでかぶつの肩は見るからにゴツゴツしておる。ひどく乗り心地が悪そうや」

「贅沢言うなよ。ロールスロイス用意してる暇はないんだ。チャーリー、退路は大丈夫か」

「五百メートル先で警察車両が道路封鎖してるみたいだ。それさえ突破できれば何とかなる」

「なあ、お前ら思い違いをしとりゃせんか」

「何をだよ」

「わしがおめおめと虜囚の辱めを受けると思うか」

「玄太郎さん！　やめんさい！」

「公衆の面前、いわんやテレビカメラの砲列待ち受ける前で賊の背に負ぶさる醜態なんぞ晒せるか」

「ふん。舌でも噛み切ろうってか。できるもんならやってみろ」

「あ、あんたも挑発するのはやめんさい！　その人は冗談でそんなこと言う人やないんやよ」

　さすがにアルは顔色を変えた。

「マジかよ、爺さん……」

「ああ、その言い草は最近よう聞くな。お前らはふた言目にはすぐそうやって真面目で真摯な話を茶化したがる。小童《こわっぱ》ども、世の中を冗談ごとや洒落《しゃれ》で済ませたいようやが、人の行住坐臥《ぎょうじゅうざが》は愚鈍さと真面目さでできておる」

「愚鈍さと真面目さか。俺たちには縁のない話だな。じゃあ、大人しくしているつもりはないってことでいいか」

「香月さま、ご安心下さい！」

　今度は小山内が口を挟んだ。

「どうせ、こやつらのクルマにゴールド・バー百二十五本に加えて人質なんて積めっこありません。同乗させられる前に解放されます」

「お前は黙ってろ！」

アルは玄太郎に詰め寄り、再び銃口をそのこめかみに当てた。

「冗談が嫌いらしいから俺もマジに付き合ってやる。今死ぬか？　それとも先延ばしするか？」

「玄太郎さん！」

みち子は思わず叫んだが、その小さな老人は眉一つ動かすことなくこう言った。

「もういい加減諦めやあ。ここで捕まろうが逃げようが、どの道、貴様らに目はない。最初っから騙されておるのがまだ分からんのか？」

＊

「今のは確かに銃声でした！」

洪田は電話の相手に半ば怒鳴っていた。

「相手は本物の銃器を使用しています。今、強行突入するには危険が大き過ぎます」

桐山のいる場所からは相手の声は聞こえない。だが洪田の焦燥ぶりから、その返事が思わしくないことだけは分かった。

「いえ、死者が出たことは確認が取れていません。もしも実行するのならその直前に知らせてくるでしょうから……いや！　本部長。それはまだ」

向こうで電話が切れたらしい。洪田は憤懣やる方ない様子で携帯電話を閉じた。

「駄目だ。銃が本物であれば、尚更解決を急がせろという理屈だ」

そして高城に向き直る。

「犯人は狙撃手の数まで承知している。何らかの方法でこちらの動きを察知しているんだ。こちらが先に動けば必ず引き金を引く」

「七人というのは当てずっぽうかも知れません。しかし、無視できない情報です」

高城は隊員に銀行周辺の目視調査と不法電波の探索を命じた。だが遅きに失した感は否《いな》めない。今この時にも犯人の指先は引き金に掛かっているかも知れないからだ。

まるでチキン・レースだと桐山は思った。お互いの出方を先読みし合い、それより前に出ようとしている。ゴールに待っているのは、どちらか一方のクラッシュだ。

突入隊は既に銀行正面を含めた三箇所の出入り口とビル屋上に待機していた。高城の命令一つで即刻突入すべく、隊員たちは息を殺してその刻《とき》を待っている。

こうなれば洪田にできることは一つしかない。可能な限り交渉を引き延ばし、少しでも犯人の気を逸らすことだ。

洪田は再び携帯電話を開く。

眼差しは追い詰められた者特有の熱を帯びている。

だが、相手はなかなか出ようとしなかった。

「どうした？」

桐山までが手の平に汗を握っていた。

「何をやってる。早く出ろ！」

＊

「騙されてる、だと？」

アルの銃口は玄太郎に当てられたままだった。

「ああ、どうせ黒幕は別におるんやろ。貴様たちはそいつに担がれたんさ」

「この期に及んで何をデタラメ言ってる」

「デタラメなもんか。貴様らは最初っから五人組や。自分でそう言っとったやないか」

「いつ、俺たちがそんなことを」

「金地金を前にして計算したやろう。一人前で一億五百万やってな。計算したら分かる。総額五億二千五百万を一億五百万で割ったら五人や」

「くっ」

「見慣れぬモノを目にして、うっかり口を滑らせたな。大方、その黒幕に話を持ちかけられたんやろ。お前らを手足のように動かしてそいつは高みの見物を決め込んどる」

銃を突きつけていた腕が次第に下がってきた。

「最初、ここに押し入った時の手際は実に見事やった。防犯カメラの位置、カラーボールの置き場所、更には通報ベルの設置場所まで熟知しておったから、てっきりお前らの中の何人かは銀行関係者かとも勘繰った。が、すぐにそうではないと知れた」

「どうしてだい」

「銀行に出入りする者なら警備員でも知っとるATM精査という言葉すらお前は知らなんだからな。だから実行犯のお前らは素人で、この銀行の関係者が知恵をつけたのは容易に見当がつく」

「騙されてるってのはどういう意味だ」

「首尾よく強奪した金地金を仲良く皆で五等分。そんな話を丸々信用したというなら、お前らもつくづくお人好《よ》しやな。隠れ家に金地金を持ち帰った途端にお前らは用済みじゃ。すぐに消されるぞ」

「そんなことが何故分かる」

「お前らに分配するモノがないからに決まっとるやないか。まだ気づかんのか。その金地金は真っ赤な偽物や」

「な、何だとおっ」

「嘘だと思うのなら証拠を見せてやろう。その金地金、何本かこっちに持って来やあ。ほれ、早ようせんか」

　狼狽を隠しきれないアルがチャーリーに合図する。

「そのブースの中に事務用の計量秤《けいりょうばかり》があるやろ。それも持っといで」

　四本のゴールド・バーを手にした玄太郎は何を思ったか、一本ずつ秤の上皿に載せた。

「最初のは九百グラム。次のは……九百五十五。次は……千とんで十二。そして最後は……九百七十四グラムと。どうや、見事にばらばらやろう。刻印されとる一キログラムにはどれもほど遠い。本物の金地金はな、どれもこれもきっかり同じ質量じゃ」

「だ、だったらこれは」

「大方、金と比重の似通ったタングステンか何かに金メッキを施したんやろうさ。薄く塗ったんじゃ検査ですぐ露見するから相当厚く塗っておるが、しかし厚くし過ぎては逆にコスト高になる。手作業で微調整を繰り返すから一本ずつに誤差が生じてくる。つい最近もエチオピア中央銀行で似たような事件があったが、こいつはその粗製版といったところやな」

「……いつ分かった」

「地下金庫でお前が取り損ねた金地金を拾った時さ。わしは長年不動産で飯を食っておるがな、毎度毎度大金を扱こうとると胡散臭い株券やらダイヤやらプラチナとかにお目にかかる。金地金も例外やない。一度ならず詐欺に遭ったこともあり、地金についてはよう勉強させてもらった。お蔭で裏側の表面加工の杜撰《ずさん》さと重さの違いにはすぐ気がついた。第一、ご丁寧にその地金は怪しいと警告してくれた者がおったしな」

「誰がそんな警告をしたんだよ」

「偽地金がコンクリートの床に落ちた際、そいつは女のように悲鳴を上げよった。傷によってメッキが剝げやせんかと咄嗟《とっさ》に反応したんやろ。そいつは」

「もう、そのへんでよろしいでしょう」

新たな銃口がまた玄太郎に向けられた。

「やはりシャッターの下りる前に、あなたを外に出しておけば良かった」

小山内はそう言って薄く笑った。

「ほ。やっと自分から名乗り出よったか」

「すっかり油断しておりました。まさか一度触れただけで偽物と看破されるとは」

「もちろん重さだけやない。その他にいくつか見るべき箇所はあるんやが。まあ人間一度騙されりゃあ慎重になるもんさ」

「私は初めて騙されました。資産運用にと財務担当が海外から安く購入したものがまさか鉄クズだったなんて。内容は今しがた仰った通りです。表面は十六分の一インチ厚の金メッキ加工が施されていますが、中身はタングステンです。そのくらいメッキが厚いとX線でも透過できないようですな」

「己の失敗の発覚を恐れたな」

「ええ。金額が金額ですから。購入したゴールド・バーのどれもが偽物だったなどということが本店の監査で知れたら、クビだけじゃ済まなくなります。恐らく生涯賃金以上の弁償を求められるでしょう。そうなれば身の破滅です」

「だが、もしも銀行強盗に奪われたのならそれほど責任は追及されん。偽物は闇に葬られ、奪われた金地金も保険金で補塡できる。一石三鳥という訳か」

「ええ。しかし問題は難攻不落の地下金庫でした。守る立場であれば心強い存在の地下金庫は、攻める側に転ずると厄介極まりない代物でした。だから計画停電の話を聞いた時には渡りに船だと思いましたよ。しかし解せませんね、香月さま。彼らの仲間の一人が銀行の関係者であることと、偽ゴールド・バーが落ちた際に私がうっかり叫んでしまったことだけで、どうして私がその人物であるとお分かりになったのですか」

「お前が一味でなければ知り得ぬことを口走ったからじゃ。わしが連れ去られようとした時、お前はこやつらのクルマではわしと金地金百二十五本を積みきれんと言うたな。ええか、ここの駐車場には小口集配金用に銀行支店営業車も駐まっとる。ライトバンの大きさやから使う気になりゃ人間五人と金地金は楽に収納できるのに、お前はその存在を失念しこやつらのクルマについて喋った。お前が無関係なら、そんなことを知る由《よし》もなかろう」

ふう、と小山内は情けないように息を吐いた。

「やはり、私にこういう芝居は不慣れですねえ」

「こいつらとはいつ知り合うたんや」

「以前、会社を設立したいので融資してくれと窓口に来たのですよ。その時は事業計画書の杜撰《ずさん》さを理由に謝絶したのですが、後日この話を持ちかけたら二つ返事で承諾しました」

「さっきから好き勝手なことほざいてんじゃねーよ」

アルの銃口が今度は小山内の頭に向けられていた。

「ずいぶんナメた真似してくれたな、支店長。この落とし前はどうつけるつもりだ」

「落とし前も何もない。黙っていたことは謝るが、もはや私とお前たちは運命共同体だ。警官隊が突入してくれば全員逮捕される。騙す騙されるはこちら側だけの問題で、警察にすれば全員が主犯だよ。だったら私たちが共に幸せになる方法は一つしかない」

「どうするんだ」

「さっきお前が言った通りを実行するのさ。五分ごとに人質を一人ずつ殺していく。そして、あいつらが怯んだ隙にもう一度地下金庫に行って今度こそ現金を回収し、中央突破を図るんだ。私は整形でもしてから高飛びするつもりだがね」

「もう呆れ果てて喋る気にもなれん」玄太郎は嘆息した。

「泡食った挙句に出たとこ勝負の思いつき。まだ、こやつの提案したプランBの方がなんぼかマシなくらいや」

「あなたには人質としての自覚が足りない」

小山内はもう一度、玄太郎の頭に照準を合わせる。

「お前には裏切り者としての自覚が足りない」

いつの間にか集まった三人とアルが一斉に銃口を小山内に向ける。

銃を構えた五人の間に緊張が走る。

フロアの中は静まり返り、締め切ったシャッターの外からは、微《かす》かにクラクションと天空を舞うヘリコプターの音が洩れ聞こえる。

人質になった者の何人かが、ごくりと唾を呑む。

その張り詰めた静寂を老いた声が破った。

「ところで小僧。わしの提案を聞かんか」

「爺さん、頼むからもう黙っててくれ」

「お前ら四人だけに有利な話やぞ」

「いいから黙れ」

「しゃがめ」

「え」

「四の五の言わんと、さっささとしゃがめえええっ！」

あまりの大声に気圧されて四人が屈んだ時だった。

それは同時にやってきた。

耳を劈《つんざ》くような音と共に西側の窓ガラスが割れ、破片が四散する。

何かが床に撃ち込まれ、次の瞬間、周囲は目も眩むような閃光《せんこう》に包まれた。

どやどやと何人もの人影がなだれ込んで来た。

しばらく人の揉みあう音と怒声が交錯した。

「被疑者確保おっ。確保しましたあっ」

じわじわと輪郭を取り戻していく視界の中で、みち子は懸命に玄太郎の姿を探した。

そしてようやく見つけた玄太郎は穏やかに目を閉じていた。

「やあれやれ。やっと終わったようやな」

見渡せば床に押さえつけられているのは小山内だけで、アルたち四人は警官隊から囲まれているだけだった。もちろん銃は取り上げられていたが。

「なあ。しゃがんでおって正解じゃったやろ?」

＊

「と、いう訳でな。この四人は身を挺してわしを賊から守ってくれた。その辺の事情は加味してやっとくれ」

今まで玄太郎の話を聞いていた洪田は、不承不承に頷いた。

「いささかこじつけの感はありますが、まあ、あなたには借りもありますし……それにしても香月さん。よく突入の瞬間が分かりましたね。四人を咄嗟に屈ませたのはあなたの機転でしょう? あれがなければあの少年たちも無傷では済まなかった」

「音が聞こえたのさ」

「音」

「外からゆっくりゆっくりシャッターを切断し、ガラスに切れ目を入れる音や。廃ビルの解体工事でよく耳にする音やから覚えておったよ。カッターの回転数を上げて高い音にしておったから、耳を澄まさんと聞こえるようなものではないがな」

「よく、あの状況下でそんな余裕がありましたな」

「悲しいかな、この歳になるとな。心臓が高鳴るようなことにはそうそう巡り合わん」

じゃあ、いっそあたしの心臓と交換してあげましょうか――。そんな言葉が喉まで出かかった時、玄太郎たちの横をアルたち四人が連行されて行った。

覆面を剝いだ素顔は四人ともまだ幼さの残る顔立ちだった。

アルがふいと視線を寄越す。

「爺さん。一つだけ教えてくれないか」

「何じゃ」

「小山内の計画にいつから気づいていた」

「お前と一緒に地下金庫に行った時さ。あの時、お前はワリコーの証券を無雑作に捨てた」

「ああ。どうせ証券なんて登録番号で所有者が特定されてるから、あんなの紙切れ同然だと思ってさ」

「やはり知らなんだか。よいか。債券には記名債券と無記名債券の二つがあってな。このうち無記名債券というのは裏書も何もなく、ただ所持しているだけで権利を主張できる。いわば現金と一緒さ。銀行窓口で購入すれば記録にも残らん。そのせいで資産隠しにもよう利用されたりする。お前が捨てた割引債はその最たるものでな。額面は五百万や」

「げ」

「たった一枚で五百万もする紙切れがあれほど束になっておるにも拘わらず、お前たちはわざわざ重くて嵩張る金地金に固執した。仲間に銀行関係者がいるのなら、こんな辻褄《つじつま》の合わんことをする訳がない。だから目的は換金ではなく、あの金地金自体だと踏んだところに、あの馬鹿支店長がメッキを気にして叫んだものやから大体の筋書きが読めた」

ああ、だから地下から上がって来た時に態度を急変させたのだ――。みち子の疑問は綺麗に氷解した。

「……まだまだ勉強することが沢山あるな」

アルは不貞腐《ふてくさ》れてそう言った。

「それはわしも同じことさ。この歳になっても知らぬことの方が多い……。しかしな、犯罪とはいえ、お前たちが見せたチームプレイはなかなかのものやった」

そして、いきなり紙片とペンを突き出した。

「これに四人とも名前を書けい。いいか名前ゆうてもちゃんとした本名の方やぞ」

「な、何でいきなり」

「やかましい。書けといったら書け。それがピストルまで向けた犯罪被害者に対する加害者の態度かあっ」

「分かったよ。書けばいいんだろ、書けば」

アルたち四人は訳も分からぬまま、順番に名前を書き、最後にディックが署名して玄太郎に戻した。

「ほほう。実際に本名もアルファベット順になっておったのか。うむ。これでよし」

玄太郎はその紙片に何行かを書き加えた。

「爺さん、いったいそれ何だよ」

「ほれ」

入社許可証

赤木良輔
坂東清隆
千葉康明
土肥哲夫

右の者を香月地所の正社員と認める。但し試用期間を三年と定め、その間に運転免許及び宅地建物取引主任者資格を取得することを条件とする。

香月地所代表取締役　香月玄太郎

「これって……」

「ムショ帰りには碌な職がないとか言うたな。じゃあ用意しといてやるから立派に務めを果たして来い。もっとも、ウチの会社は刑務所の実習作業より遥かに厳しい。刑務所に戻った方がマシだと泣き出すくらいこき使ってやるから覚悟しておけ」

護送車の扉が閉まる瞬間、アル——赤木良輔は不敵に笑いながら中指を立てて見せた。

きっと若者たち同士の挨拶だと思ったに違いない。

玄太郎も中指を立てて応えた。

要介護探偵最後の挨拶

1

「はじめまして。岬洋介《みさきようすけ》といいます」

入居希望者の青年はそう名乗った。

玄太郎はピアノ弾《ひ》きという肩書きからひょろりとした優男《やさおとこ》を想像していたが存外に締まった身体つきであり、服の上から見てもどこにも無駄な肉がついていないのが分かる。

初対面でいきなり腰を屈める訳にはいかないだろうから、自然に車椅子の玄太郎を見下ろす格好になるのだが、それでもいつもの反発心を覚えないのは何故だろうか。しばらく観察していて、その理由が分かった。

目だ。

この青年の目は恐ろしいほどに透き通っている。傲慢さや卑屈さもなければ憐憫《れんびん》や怯懦《きょうだ》もない。この下半身不随の老人を何の夾雑物《きょうざつぶつ》もなく見つめている。

物腰は柔らかいが、ただ柔らかいだけではなくしなやかさを兼ね備えている。それは歩く姿からも窺える。ずいぶんと姿勢がいい。最近の若い男は誰も彼も猫背だったり左右に傾いているものなのだが。

玄太郎は不意に思い出した。まだ自分が幼少だった頃に見上げた海軍の青年将校たち。彼らがちょうどこんな佇まいだった。

「ピアノを弾くと聞いたが、どこかの楽団にでも入っておるのかね」

「いえ。僕はまだアマチュアなんです。今回は音楽大学の臨時講師に雇われました」

「今回は、というと、特にこれといった定職はないんかね」

「ええ。現在は修行中というか、恥ずかしながら根なし草みたいな生活ですねえ」

「修行中の身でありながら講師とはな」

「だから臨時なのでしょうね」

岬は少しはにかむように、そう答えた。

「大家《おおや》に顔見せをしろなどと、さぞや面食らったことじゃろう。まあ、ここらだけの慣習やからな」

「いささか驚きはしましたが、納得できる慣習だと思います」

「ほう？　そういう感想を言うた者は初めてじゃな」

「誰だって、本心では氏素性の分からない人間を店子にしたいと思わないでしょうからね」

「ほっほっほ。岬さんとやら。自身のことをどこかの馬の骨とでも言うのか。あんたは面白い人やな。大抵の者は、自分のことを世界で一番信用の置ける人間と吹聴したがるのに」

「香月さんは、そういう人を信用されますか?」

「絶対にせんな。自分のことを信用の置ける人間などと胸を張るのは大抵詐欺師や」

「じゃあ、自分のことを詐欺師と自称する者は?」

「そりゃあもう、輪をかけたような詐欺師じゃな」

こうして面接はものの五分で終わったが、玄太郎は即決で岬の入居を承諾した。後になって、岬がまだ二十代半ばと聞いて驚いた。話した感触では壮年のそれだったからだ。

人を使う仕事とは、人を見る仕事に他ならない。半世紀以上もそういう仕事に携わってきた玄太郎の目に、岬洋介という男は実年齢以上の経験値を積んだ人間に映っていた。

そういう人間と言葉を交わすことは不快ではなく、珍しく心地よい余韻に浸っている最中にその訃報《ふほう》がもたらされた。

国民党《こくみんとう》愛知県連代表の金丸公望《かねまるきんもち》が自宅で急死したというのだ。

電話で知らせを寄越《よこ》したのは、玄太郎が後援会長を務める国民党副幹事長の宗野友《ゆう》一郎《いちろう》本人だった。

その第一声に耳を疑った。

「金丸が死んだあ？　どうした、肺の病《やまい》でも再発したのか」

『いえ……それが警察の話では、どうやら何者かに毒を盛られたようでして』

「……殺された、ということか」

『私もまだ詳しい話は』

詳細を確かめないまま、宗野本人がこちらに連絡してきたというのは恐らく二つの理由がある。まず、死んだ金丸公望が玄太郎と旧知の仲であったという事実。そしてもう一つは県議会選挙、ひいてはその後に控える衆議院選挙の趨勢《すうせい》を左右しかねないという危惧だ。何といっても金丸公望は県連代表であると同時に与党国民党の古参議員でもある。過去には幹事長も経験している。

宗野の顔が思い浮かぶ。警察官僚ＯＢなどという肩書きにも拘わらず、人懐っこい笑顔が印象的な男だった。国会議員などという胡散臭い商売にも拘わらず、裏表のない言動が却って周囲を不安にさせる男だった。

「とにかく、行って来る」

『よろしくお願いします。事件を担当している中署には私から伝えておきますので』

ちょうどみち子が夕食の仕込みを終えた後だったので、二人で金丸邸に向かった。

「金丸公望って、今新聞を賑《にぎ》わしている汚職疑惑の中心人物でしょう。そんな人とお知り合いだったんですか」

「ああ、みち子さんには言っとらんかったな。金丸はガキの頃からの喧嘩《けんか》相手やった。昔ぁよくお互いの顔に色を付け合ったもんさ」

「どっちが強かったんです？」

「五分五分やなあ。さすがに髭《ひげ》の生える時分には殴り合いもせんようになったが……これでとうとう勝敗はつかずじまいか」

みち子はもうそれ以上を聞こうとしなくなった。彼女が気の利く介護人で助かる。これでしばらくは金丸との思い出に浸ることができる。

思えば金丸公望ほど政治家向きの男はいなかった。声も図体《ずうたい》も大きく、押し出しが強く、清濁併せ呑み、そして何より親分肌だった。義理人情に絡む典型的な利益誘導型であり、今の若い議員たちが忌《い》み嫌う古いタイプの政治家だが、だからこそ信奉者も多かった。同じ派閥に属していた宗野もその一人だ。

敵対する者の肝を食らって長生きする妖怪と称されたあの男が遂に鬼籍入りかと思うと、感慨深いものがある。肩を抱き合うことはなかったが、女房にも見せない部分を互いにさらけ出すような間柄だった。

あの時代を共に過ごした者たちが、どんどん自分を置いて旅立っていく。

胸の底に重い澱《おり》が下りていく。

ちいと寂しいだろうが、まあ、待っとれ。

喧嘩の決着はあの世とやらでつけようやないか。

金丸邸に到着すると規制線は張られているものの、警察車両も警官の数もまばらだった。

「遺体は既に大学病院に搬送された後です。追いかけますか」

強行犯係の桐山は申し訳なさそうに訊いたが、玄太郎はじろりと睨み上げる。

「死に顔はどんなじゃった」

「まあ、服毒死ですから、あまり安らかとは」

「そんなけったくそ悪いもんが見られるか。構わんでええ。それにしても毒とはな。好物のひつまぶしにネコイラズでも盛られたか」

「げ、玄太郎さん。あんた、またそんな憎まれ口を！」

「それが不明でしてね」

桐山は二人を先導しながら思案げに切り返す。宗野からの依頼を無視する訳にもいかないが、民間人に洩らしてもいい捜査事項の線引きは微妙なところだろう。

「毒物の種類は検視官が青酸化合物と当たりをつけました」

「それは何じゃ」

「つまりは青酸カリですね。成人男性で経口致死量百五十ミリグラムの猛毒ですよ。ところが摂取の経路が皆目分からんのです」

廊下で細面《ほそおもて》の青年に出くわした。これが話に聞く公望の孫の裕佑《ゆうすけ》だろう。確か音大生の三年だった。青ざめてはいるが深く頭を下げたので、玄太郎もそれに応える。

やがて立ち止まった部屋のドアを開ける。

「ここが亡くなられていた現場です。鑑識の仕事は終わりましたが、まだ入室はご遠慮下さい」

中に入らずとも、そこがどんな用途の部屋かは一目瞭然だった。壁一面のラックに収められた夥《おびただ》しい数のレコードとCD。一人用のリクライニング・チェアの正面には子供の背丈ほどの大型フロア・スピーカー、その横には図体のやたら大きなオーディオ機器が所狭しと積まれている。

「故人はレコード鑑賞が趣味でしたか」

「ああ。妖怪金丸公望唯一の人間らしさだと政界では有名な話さ」

「故人はアナログ・レコードを再生中、そのチェアの上で悶死《もんし》されたようですな。不可解なのは、故人が帰宅してから一切ものを口にされなかったという事実です」

「何じゃとお？」

「故人が自身の選挙事務所を出たのが午後二時、自宅に到着したのが二時十五分。車中にいた時も含め、水はおろか飴玉一つも口に入れていない。にも拘わらず致死性の高い毒物による中毒死。いったい、これはどういうことなんですかね」

「ところで、あやつがいまわの際《きわ》に聴いておったのは何の曲だった？」

「現物は鑑識が持っていきましたが、確かメモが……ああ、これだ。〈ベートーヴェン交響曲第七番〉。それも正規盤ではなく海賊版だったようです」

「ベートーヴェンの海賊版？」

「おお、これは香月社長」

詳細を訊こうとしたら、背後から声を掛けられた。振り返ると、公望の長男龍雄《たつお》と嫁の和美《かずみ》がこちらに駆け寄るところだった。

「今回はとんだことやったな」

「いえ。社長に来ていただければ親父も本望でしょう」

龍雄は気丈に振る舞ってみせるものの、眉の辺りに不安を隠しきれていない。些細《ささい》なことだが、こういう細さが父親の豪胆さを超えられないところだ。

「宗野から聞いて来たんじゃがな。何ぞ党がらみであいつが殺されんといかん事情でもあるのか」

桐山の目の色が変わった。龍雄はそれに気づいているのかいないのか、口調を変えることなく言葉を続ける。

「政治がらみで他人から恨まれるのは今に始まったことではありませんが……例の汚職事件のせいで親父の口を塞ぎたかった人間はいるかも知れません」

桐山が遠慮がちに玄太郎と龍雄の間に割って入る。

「詳しい事情をお聞かせいただけますか」

「親父が官有地払い下げの入札で疑惑の渦中にあったことはご存じですよね」

「ええ。産廃業者の便宜《べんぎ》を図ったんじゃないかというアレですよね。別の課がその事件を追っていましたから概要くらいは」

「親父は愛知県連の代表を務めています。もし、親父の汚職が真実であったなら来《きた》る県議会選挙で我が党が苦境に晒されるのは火を見るより明らかです。そこで、警察に逮捕されてしまう前に入院なり何なりで口を閉じておいて欲しい……。そんなことを堂々と口走る連中もいるのです」

「選挙で勝つための口封じ、ですか。しかし、それだけのために殺人を考える人間はいますかね」

「刑事さん。あなたはそういう立場になったことがないからお分かりにならないだろう。しかし政治家なんて落選してしまえばただの人だ。その落差は想像以上なんです。しかも、自分の当落だけならまだしも、党の浮沈が懸かっているとなれば、その焦りにも拍車が掛かる」

「それが本当でしたら、まさしく生き馬の目を抜くような世界ですな。では、具体的に誰がそれを強く望んでおいでだったのか、名前を挙げることはできますか」

「それはちょっとわたしの口からは……」

途端に龍雄の口が重くなる。表情が困惑気味に歪んでいるのは、父親を殺された無念さと党仲間を庇《かば》いたい気持ちに引き裂かれてのことか。

「まあ、いいでしょう。その方面については他課の担当に聞けばいいことですしね。ところで公望氏は以前、肺を病《や》んでいらっしゃったと聞いたのですが」

これには和美が答えた。

「ええ。五年ほど前に肺気腫を患いました。幸いにも発見が早く治療も万全だったので永らえておりました」

「今でも薬とかを常用されていましたか」

「いいえ。最近では薬を服《の》んでいるところは見ておりません。でも、それが何か？」

「もし常備薬があれば、その中に毒物を混入させたのではないかと考えたのですが
……空振りだったようですな」

二人が話している内容は耳に入っていたが、玄太郎の目は別のものを見ていた。

「龍雄よ」

「は、はい」

「わしはクラシックやレコードにはズブの素人やが、部屋を見ただけであいつの傾倒ぶりが分かる。かなり銭カネも使っておったんやろ」

「ええ。議員の付き合いには不可欠のゴルフすらしませんでしたから。趣味と呼べるものはこれだけですが、その分、凝り方も半端《はんぱ》じゃなかったですね」

「この中にはマニア垂涎《すいぜん》の貴重盤なども紛れておるのだろうな」

「私もアナログ・レコードは多少集めていますが、ジャズがほとんどで……詳しいことは聞いておりません。ただ、あの親父のことですから貴重盤や珍品の類いはカネに飽かして入手したと思いますよ」

帰り際、玄関に裕佑が立っていた。どうやら玄太郎を待っていた様子だ。

「香月社長、ですよね？」

「ああ、そうや。君は裕佑くんやな。どうした。わしに用でもあるかね」

「一度、お顔を見たくて」

「何故じゃ」

「じっちゃんがいつもあなたのことを話してました」

「ふふん。どうせ悪口やろうさ」

「はい。あんなにひどい奴はいない。自分の意に副《そ》わない者は誰であろうと片っ端から潰《つぶ》しにかかるって」

「正解じゃ」

「でも、もし自分に何かあったら真っ先に駆けつけて来るのもあいつだろうって……。じっちゃんの言った通りなので、ちょっと嬉しかったんです。どうも有難うございました」

鼻の奥がつん、となったので、玄太郎は慌てて顔を逸らした。

詳しいことが判明したらお知らせしますとの桐山の言葉を背に、玄太郎とみち子は車中に戻った。

半眼で物思いに耽《ふけ》っていると、みち子がちらちらと視線を寄越してくるのに気づいた。

「みち子さんよ。何かわしに訊きたいことがある様子やな」

「長男さんでしたか、玄太郎さんはあの龍雄という人とえらく親しげでしたねえ。亡くなったお父さんとは仲悪かったのに」

「ああ、龍雄はわしの部下だった男でな」

「あら、そうでしたか」

「昔は塗料メーカーの社員やったが、その会社が倒産してのお。建築繋がりで顔と素性は知っておったからわしが拾ってやったんさ。何年かして親父に無理やり引っ張られて県会議員なんぞになりくさってわしの下を離れてしもうたが、今ではあれも県連を担う一人や」

「まあ、出世されたこと」

「出世ぇ？　政治家になったことがか？　みち子さんもたわけたことを言うな。政治家なんぞ賤業《せんぎょう》じゃぞ」

「せ、賤業ですか」

「今日びの子供らに聞いてみたら分かる。憧れの職業に政治家が入っておるかね。テレビ画面で毎日のごとく醜態晒しておれば、まあ憧れるようなことはあるまい。どんな美辞麗句を並べ立てたところで政治はカネを食うようにできておるから、その世界に身を置く者は当然カネに塗れる。欲望に対峙《たいじ》し、嘘を覚え、人として大事なものを少しずつ売り渡していく」

「相変わらずひどい言い方しますなあ」

「ひどいも何もそれが現実やからしようがない。ただ、その汚泥の中にあって、魂を売り渡していても、政治家の矜持を持ち続ける者。嫌われようが悪しざまに言われようが、民のため己の信じるままを実行する者もおる。そういうのが本物の政治家や。そして、金丸公望という男はそういう政治家の数少ない一人やった」

「喧嘩相手……やったんでしょう？」

「おおさ。くだらん奴と喧嘩したって面白くも何ともないからなあ」

気に食わないが一目《いちもく》置かざるを得ない男。そういう男だったからこそ、仲違《なかたが》いしていた龍雄を敢《あ》えて雇い入れたのだ。意趣返しでも嫌がらせでもなく、公望の手に余ることなら盛大な憎まれ口を叩きながら玄太郎が被ってやった。

そういう間柄だったのだ。


翌日、充血した目の龍雄が香月家を訪れた。

「社長。予想以上の悪影響です」

「どうかしたのか」

「昨日から野党議員たちが街頭演説やブログで親父の事件を汚職隠しだと攻撃し始めました。一人二人ならともかく、ああも大勢で一斉にやられると、さすがに選挙民からの反応も多くて……県連の電話は鳴りっぱなしです」

詳細を聞くと野党の若手議員が一致団結して、汚職隠しに党員の誰かが公望に毒を盛ったなどとネガティブ・キャンペーンを展開しているという。眉唾《まゆつば》もいいところだったが、現在国民党が立たされている窮地と、生前の党仲間すら畏怖《いふ》する公望の人柄を考えれば、もしやという疑念が起きても一笑に付すことができないのもまた確かだった。

「あいつの身近におったお前やから改めて訊くがな。公望の汚職というのは事実なのか」

「確証は何もありません。当の産廃業者も県連の有力者から便宜を図ってもらったと口走っただけで、親父は肯定も否定もしていませんでした」

「根も葉もないことなら放っておけばよろしい。流言飛語の類いに付き合《お》うても時間を浪費するばかりやぞ」

「一般の社会ならそうでしょう。しかし我々の住んでいる世界では、根も葉もないデマでも一党の存在を揺るがしかねない爆弾になり得るのですよ」

「その癖、真実は伝わりにくい、か。つくづく百鬼夜行の世界じゃな。龍雄よ、いい機会や。そんなヤクザな世界とは決別して、また元の真っ当な仕事に戻ってこんか」

「折角のお話ですが……私はもう戻れません。私は既に党という巨大なシステムの一部ですから。こんな私でも金丸という名前だけで一票を投じてくれる選挙民がいるのです。後援会も裏切れません。お気持ちは大変に有難いのですが……それより社長にお願いしたいことは他にあります」

「カネか」

国民党愛知県連には、香月地所の名義でいつも少なからぬ献金をしている。

「揉み消し工作にでも使うつもりか。デマと知って、それでも揉み消す必要があるちゅうんか。そんなもん、言わせたいだけ言わせておけばええ」

龍雄は苦しそうに頭を下げるばかりで明言を避けている。これも公望にはなかった卑屈さだと思うと、懐かしいやら情けないやらで少し混乱した。

「もう、ええ。お前の下げた頭なんぞとうに見飽きとる。だがな、わしは意味も価値もない使途にカネを注ぎこむような酔狂さは持ち合わせとらん。状況をこっちで吟味してから財布と相談する」

うなだれて龍雄が帰っていくと、玄太郎はすぐに桐山を呼びつけた。まるで飼い犬のような扱いに桐山は憮然としていたが、当の玄太郎は全く意に介さない。

「あいつを解剖して何か分かったのか」

「新しいことは特に。臨場した検視官の意見は的を射ていました。死因は青酸化合物の摂取による中毒死。肺に直接作用して機能を停止させたようです。一度に致死量を摂取して即死に近い状況でした。やはりオーディオ・ルームで服毒したとみていいでしょう」

「直前まで聴いておったというレコードに何か仕掛けがあったのか」

「いいえ。鑑識が化学分析しましたが、毒物らしきものは検出されませんでした。或る種の青酸化合物は皮膚からでも吸収されるため、指先が触れるレコードの縁まで検査しましたが、出てきたのはクリーナーのエチルアルコールの成分ばかりで」

「本当に、口にしたものは何もなかったのか」

「口にしたものどころか、切手の裏を舐《な》めなかったのかとか、指先を舐める癖はなかったのかと思いつく限りを調べてみましたが、その試みは全て徒労に終わりました」

「そういや、あのレコードは海賊盤ということだったな。クラシックにそんなものがあるのか?」

「楽曲自体はポピュラーであるにも拘わらず、権利関係の問題でプレスできないものもあるらしいです。これは豊橋《とよはし》在住の業者が作製したものでした。アナログ・レコード百枚、CD一千枚を通販で売り捌《さば》いています。ええと……指揮はカルロス・クライバー、演奏バイエルン国立管絃楽団。マニアには好評だったらしく、ものの一カ月間で完売したそうです」

そのマニアの一人が金丸公望だった訳だ。

「資料として同じ内容のCDを一枚提供してもらいましたが、よろしければお聴きになりますか」

「ああ、置いといてくれ。それで県連や野党議員の中に、公望を殊更に煙たがっておった奴はいたのか」

「煙たがっていたかということなら、さしずめ被害者は歩く毒ガスでしたな。与党国民党にしてみれば県連代表の豪腕古参議員、野党にしてみれば難攻不落の砦《とりで》、いずれにしろ双方から怖れられ、敵に回しても味方にしても脅威だったようです。ただ今回の汚職疑惑に関連すれば、当然与党側議員には選挙運動の大きな障害だったでしょう。事が明るみになる前に党を出るか辞職して欲しいという声がありました。もっとも、誰が、と個人を特定するにはまだ至りませんがね」

「そのくらいの風評は却って当然じゃろう。そうでなければ魑魅魍魎《ちみもうりょう》が巣食うあの県連で代表など務まるものか」

「金丸を殺してやる、と日頃から公言していた人物も捜査線上に浮かびました。野党議員の数人、右翼の誰それ、市民団体の何某《なにがし》と、まあこれは公言すること自体が存在証明みたいな方々なのですが、本部は一人一人に当たっています」

「あいつを殺したいと思っておった者全員にか？　ふん、そんなもん、愛知県警総出でも人が足らんわ」

桐山を帰した後で、玄太郎は問題のCDを居間にあったポータブル・プレーヤーで再生してみた。

開始から間もなく、会場のざわめきに続いて拍手の音まで収録されているのは海盤たる所以か。やがて華やかな演奏が始まったが、交響曲に縁のない玄太郎には何の興趣もなく、収録された三十五分間は瞬く間に過ぎていった。

2

それから一週間が経過したものの、捜査が新たな進展を見せる気配はなかった。業《ごう》を煮やして捜査本部の洪田署長を詰問したが、出てくるのは詫《わ》びの言葉と泣き言ばかりだった。

『とにかく毒物の摂取経路が不明では、容疑者を絞ることさえできません』と、洪田は訴えた。

『毒殺なら、犯人は公望氏がいつどこにいようと目的を遂行できます。つまりアリバイを拵《こさ》える必要がない。容疑者は無尽蔵にいますが動機を確定できていません』

電話の向こう側から洪田の焦燥が伝わってくる。無理もない。殺されたのは与党の大物議員だ。県警本部はもちろん、警察庁からも有形無形の圧力があるに違いない。最前線で陣頭指揮を執る洪田にしてみれば、毎日、胃に穴が開くような思いだろう。

「さてはバッジを付けた有象無象がしゃしゃり出て来たな。どっちの側や」

『両方ですよ。与党も野党も思惑は違えど、のたまう言葉は同じです。実際、こんな状況で選挙が始まれば事件は政争の具になりかねない。そうなれば争点も複雑になり、混乱するのは必至ですからね』

「正直、わしはどちらの議席数が上回ろうが、政局がどうなろうが関心はない。ただ、騒ぎが落ち着いてくれんと、選挙カーやら街頭演説の雑音が大き過ぎて昼寝もできやせん」

『ひ、昼寝……ですか』

「車椅子のひよわな老人が昼下がりにいささかの安眠を得られることなく、何が治安か、何が平穏か。お前も中署の署長なら、政治家の意向で右往左往する上司よりも騒乱に眉を顰める市民に目を向けんかあ。このたわけめ」

そう言い捨てて、玄太郎は電話を叩き切った。

それを横からみち子がじろりと見咎《みとが》める。

「毎度毎度、本当に警察を犬のように扱いんさるねえ」

「飼い主が右向け言うたら右を向く。棒きれ投げて、取ってこい言われたら一目散に走り出す。それが犬やのうていったい何や」

「でも、これで与野党逆転なんてことになったら」

「別に構わんさ。献金先を変えりゃええだけのこっちゃ。それにな、醜聞の一つや二つで己の支持政党や考えを一変させるほど、この国の人間は愚かやない」

「でもテレビのインタビューやら聞いとると、今度のことで怒っとる人も多いようですけど」

「そりゃあ怒りはするさ。自分が信じて一票を投じた人間が悪さをしよったならな。自分の納めた血税をしようもないことに使われた憤りもあろう。ただ、それでも次の一票を箱に投ずる時、再度考えるんさ。この一票は本当に自分の本心なのか。この一票で変わるかも知れん将来が本当に是とするものなのか、とな。一人一人の判断はまちまちやが、総意として見ると、不思議に大抵はバランス感覚の優れた結果に収まる」

「そんなもんですかなあ」

「おおさ。この国の政治家はやれ無能だやれ幼稚だと言われとるが、それでも代議士でござい議員でございとのうのうとしていられるのは、国民が有能だからじゃよ。普段は無責任な奴らのラッパに踊らされ、右なら右、左なら左と付和雷同しているようでも、いざ国難となればリーダーなんぞ不在でも一つになって立ち向かう気概がある。決して卑怯《ひきょう》な振る舞いはすまいという品性もある。それが戦争という局面で作用してしまう不幸もあるが、たかが政治の動きに一喜一憂する必要はない」

とはいえ——宗野が青い顔をして頭を下げに来たら、自分は無下に断ることはしないだろう。政治には関心がないが、人間には関心がある。殊に己の信念を曲げることなく現状と闘い続ける人間を冷笑することなど自分にはできない。

とりあえず、いつ陳情されてもいいようにまとまった資金を用意しておこうと思ったその矢先に、携帯電話が鳴った。

「香月社長、ですか？　裕佑です。金丸裕佑です」

金丸邸を辞去する際、困ったことがあったら連絡するようにと自分の番号を教えていたのだ。

「どうかしたのかね」

「本当にごめんなさい、この間初めて会ったばかりなのに……。実は、生前本人と約束したからって、変な男がじっちゃんのコレクションを譲れと押しかけて来たんです」

慌てた口調に詳細を訊《たず》ねる余裕はなかった。玄太郎はとにかくそいつをオーディオ・ルームに入れるなと告げてから、みち子を伴って金丸邸に急行した。

突然の訪問者に困惑していた和美は玄太郎が到着すると、ほっと安堵の顔を見せた。居間で待つ男は萱場《かやば》と名乗った。差し出された名刺には〈レコーディングスタジオカヤバ　代表取締役〉とある。がっしりとした体つきで、顎ヒゲを生やした風貌は屈強な山男を思わせる。だが、相対する者を睨《ね》めつけるような視線は油断のならない金貸しを思わせる。

「元々、私と金丸さんはコレクター仲間でしてね。だから念書とか覚書なんてのはないが、もし自分が死んだら大切なコレクションはあんたに守って欲しいと頼まれてるんでさ」

「覚書も遺書もないのに、そんな話を信じろというのが既に正気の沙汰ではないな。せめてあいつと肩組んで高笑いしとるような写真でも持ってこんか」

「ずいぶんと偉そうに言ってくれるな、爺さん。あんたこそ金丸さんとどういう関係なんだよ」

「単なる喧嘩相手さ」

「何だい、そりゃ。あのなあ、俺は同じコレクターのよしみで私家版のベートーヴェンを無償で譲ってる。コレクションを漁《あさ》れば出てくるさ。そういう仲なんだよ」

「私家版のベートーヴェン？　あのクライバーとかが指揮をしておる海賊盤のことか」

「おや、知ってるのか。だったら話が早い」

「あらあら、それは本当に話が早《はよ》うなりますわねえ」

と、これはみち子が笑いながら返した。

「何のことだよ、オバサン」

「このお年寄りはねえ、あちこちに犬を飼っとりんさるのよ。警察官という名前の犬でねえ、口笛吹くと、すわご主人の一大事と死に物狂いで駆けてきよるのよ」

一瞬で萱場の顔色が変わった。

「どうした。犬は嫌いか？　何匹も揃うときゃんきゃん賑《にぎ》やかで楽しいぞ。中には手錠をちゃらちゃら鳴らすヤツもおるしな」

「……どうせハッタリだろ」

「試してみるか。うん？」

「著作権法違反で逮捕されたヤツなんていない」

「だから、試してみるかと言うとる」

萱場は火が消えるように意気消沈した。

主導権はこちら側に移った。

「あいつが死んだらコレクションを引き取るというのは、どこまで本当や」

「あの人とコレクター仲間だったことと、死後、あの膨大なコレクションが単なるゴミになるのを怖れていたことは本当だよ。息子も孫も金丸さんのコレクションには何の興味も示さなかったというから」

「あのコレクションは価値のあるものなのか」

「香月さんといったね。あんた、何か趣味はあるか」

「人並みにはな」

「じゃあ分かると思うけど、興味のない者にしたらただのゴミだが、俺たちコレクターにとっちゃ宝の山だ。ネット・オークションに懸ければ一枚十万円の値が付くものもある。一般には政界の大立者だろうが、その道じゃあ超有名なコレクターだったんだよ。もう音源自体が遺失してしまったような貴重盤や演奏者がチェックのために録音したようなものまで揃えていた」

「だが、そんな男でも所有しとらんものがあった」

「ああ、昭和女子大でのクライバー指揮のベト七な。うん。あれは映像だけはあるけれど、きちんとした音源はなかった。その会場録音を俺が入手した。ひどくご執心だったし、金丸さん亡き後のコレクションの処分について相談したかったからタダで送ったんだよ」

「レコードの海賊盤なんちゅうのは、そんなに簡単に作れるのか」

「マスターテープさえあれば誰にでも作れる、っていうか専門のプレス業者がいるんだ。十二インチ盤だったら、最低ロット百枚、四色フルカラージャケット付きで三十万円程度かな。CDになるともっと安価に作れる」

「それを一枚いくらで捌く。六千円か、一万円か」

「手間賃込みで四千円てとこだね」

「うん？　しかし、それでは利益が出るまい」

「金儲《かねもう》けでやってるんじゃないよ」

萱場は心持ち胸を反らせた。

「金儲けだったら、もっとネット広告とかして大々的にやってるよ。海賊盤製作はあくまで趣味だ。やってみると分かるけど、費用と手間、時間と販路の確保を考えたら割に合う商売じゃないんだ。本業はインディーズの録音でちゃんと食えてるし」

「犯罪が趣味か」

「確かに海賊盤作るのは犯罪だろうね。だけど権利関係や演奏者の単なるエゴで商品化されない名演奏は結構埋もれていて、そういう音源を探し出して同好の士にお裾分けするのが、そんなに犯罪かな」

「何や、今度は開き直りか」

「そう思ってもらってもいいけどさ。音源の所有者から正規の手続きを経ずに製作したものを海賊盤というんだけれど、その類いを大型ＣＤショップが平気な顔して売っている現実もあるんだぜ。著作権保護のレーベルを貼りながら、肝心の中身は著作権を無視してるなんてお笑い草の代物さえある」

「ほう、それは初耳やな」

「大手のレコード会社自体が非正規の原盤を基に堂々と製作販売しているからね。小売店の著作権意識なんて推して知るべしさ。納得してくれとは言わんけどさ。贔屓《ひいき》にしている演奏者の名演奏を、何とか世に出したいってのは海賊屋のささやかな矜持なんだよ」

「話を元に戻す。そんなら、海賊盤の製作と言いながら、お前はマスターテープをプレス業者に委託するだけなんやな?」

「ああ、追加料金払えば完パケまでやってくれるからね。後は品物を受け取って注文主に送付するだけ」

「金丸の場合もそうか」

「カネ貰わないのを除けば同じだよ。金丸さんにも完パケの商品を送ったからね」

「そうか」

「質問はもう終わりだな? じゃあ今度はこっちの話だ。タダとは言わない。金丸さんのコレクションを適価で譲って欲しい。どうですか、奥さん? 承諾いただけたら出張買取、即金で支払いますよ」

和美が言いよどんでいるのを見て、玄太郎が割って入る。

「まあ、事件が解決せん限り、あの部屋にあるものを処分することは到底叶わんと思うがな」

仕方ない、という風に萱場は肩をすくめた。そして居間を出て行くその姿に、玄太郎が声を掛けた。

「あのコレクションはマニアに相当な価値があると言ったな」

「ああ。海賊盤製作なんて犯罪行為をしている男が、豊橋くんだりから飛んで来るくらいにはね」

萱場の姿が消えても尚、玄太郎は考え込んでいた。

「いったい何をお考えですか？」

「いや、何かモノを集めるというのはつくづく男の習性やと思ってさ」

「そうですねえ。女があれだけ何かを集めるなんて、あまり聞きませんしねえ」

「マニアという言葉には狂的という意味があってな」

「はあ」

「これは日本の話やないが、以前に稀少な切手の奪い合いで人殺しが起きた。世界中に何枚もない珍品でオークションに出したら何万ドルにもなったらしい。たった一枚の切手欲しさに人一人殺す。そのテの話がそろそろこの国で起きても不思議やない」

するとみち子は表情を歪ませながら頷《うなず》いた。

金丸邸を出てしばらく走っていると、街角に〈金丸〉と大書された横断幕が目に入った。一瞬驚いたが、よく見れば選挙カーの上でマイクを握っているのは龍雄だった。

『皆様も新聞、テレビの報道でご承知でしょうが、私の父、愛知県連代表であった金丸公望は一週間前に亡くなりました。何者かの手によって毒殺されたのです』

いる。

「みち子さん。ちょっと停めておくれ」

「街頭演説聞くんですか。まあ珍しい」

玄太郎を乗せた介護車両は選挙カーから離れた場所に停車した。そこからなら龍雄の姿も観察できた。龍雄の前には少なくない数の聴衆が集まり、その声に耳を傾けている。

『心ない一部マスコミは、それを我が党による疑惑潰しだと囃しております。とんでもない話です。金丸公望という政治家は昭和四十年の初当選以来、この愛知のために日夜頑張っておりました。粉骨砕身という言葉はまさしく父のためにあるような言葉です。朝は明るくなる前に家を出、帰りはいつも午前様で、幼い頃のわたしは碌に顔を見たこともありませんでした。そのくらい働いていた。休日にゴルフなんて滅相もありません。身体を休める時間があれば、皆様からの声を聞く。それが信条でした。考えてもみて下さい。政治家金丸公望が愛知県で成し得たことを。もたらしたものを。そんな人物を何故、党友が亡き者にしようなどと思うものですか』

「まだお父さんの初七日も済んでないのにご苦労様ですねえ」

「選挙戦の真っ最中やからな。七日も休んだら党に顔向けができんやろう」

「それにしても、ようあんだけ舌が回りますねえ。最初にお会いした時には、もっと朴訥《ぼくとつ》な感じがしたんですけど」

みち子が意外そうに言った。

「ああ、わしの下で働いとる時も〈むっつり龍雄〉で通っておったからな。まあ、いくぶんかは血筋というのもあろうが、喋れるように訓練したんやろう。朴訥な政治家なんざ正直な詐欺師と一緒やからな」

『私は息子として、そして同じ県連の議員として断言できます。父は疑惑に関しては完全に潔白でした。在りし日の父をご記憶いただいている皆様。父の政治理念は未だ道半ばでありました。私はそれを引き継ぐ所存であります。今も尚、父の理念と、それを完遂できなかった無念が胸を去来いたします。今まで金丸公望を愛し、叱咤《しった》激励をくださった皆様、私に力をお貸し下さい。何卒《なにとぞ》、何卒、父の無念を』

「みち子さん、もうクルマを出してくれ」

「最後まで聞かんでいいんですか」

「何や胸糞《むなくそ》悪うなった。帰る」

再び宗野からの電話があったのは夕食後のことだった。

『香月社長、お忙しいところを……』

切り出した口調に焦燥が聞き取れる。

「全くお前という奴は。もう議員を何年やっとる。少しは本心を隠す術を持たんか」

『あなたに隠したってしようがないでしょう。どうせ、すぐ見破られるんですから』

「ふん。で、どうした」

『懸念していた通りになりました。愛知県連のスキャンダルが中央にまで飛び火しつつあります。明日の代表質問で野党が金丸氏の事件を取り上げると』

「何を今更。そんなもの想定内のことじゃろうに」

『それが……質問に立つのは鳴海《なるみ》先生でして』

その名前を聞いて、やっと宗野の焦燥の理由が分かった。鳴海真一《しんいち》、過去には野党幹事長まで務めた男で別名は〈国会の爆弾男〉。過去、この男のスッパ抜きと舌鋒《ぜっぽう》鋭い追及にいったい何人の議員が職を追われたことか。

「彼奴《きやつ》が何か新しいネタでも握っとるとでもいうのか」

『いえ、そこまでのことはないと思います。捜査本部からの情報でも進展はないようですから。しかし社長、鳴海先生の弁舌はご存じでしょう。あの人にかかれば、河原のバーベキューがタンカー火災ぐらいの話になります』

「敵ながら天晴《あっぱ》れやないか。議員の弁舌とは、すべからくそうありたいもんや」

『こんな時に冗談を言わんでくださいっ』

宗野の声は悲鳴に近かった。

『申し上げるまでもなく、今回の事件が起こる前から党は政策の失敗が祟《たた》って非難が集中しておりました。衆院選も近いというのに、党内では分裂の危機さえあり、そこに持ってきてこの事件です。今日行われた世論調査では、我が党の支持率は遂に二十パーセントを割り込みました』

「ふん。危険水域にまで落ち込んだか」

『捜査の進展如何によっては、今度の事件が内閣崩壊の引き金になりかねません』

「それはちと大袈裟《おおげさ》ではないか」

『平常時ならそうやって笑いもできるのですが、今は非常時で何がどう作用してもおかしくないのですよ。ただ、結末がどうなろうと事件が解決さえすれば、まだこちらにも抗弁できる余地があります。今のままではそれもままなりません』

「わしにどうしろっちゅうんや」

『ですから事件の早期解決を』

「そんなもん、わしに関係あるかい。そういうことは警察庁か県警本部に言え。お前の古巣やろうが」

『その県警本部から聞いております。社長には神通力がおありだとか』

「神通力ぃ？」

『何度か所轄の事件を解決されたそうですね』

「あれらはただの偶然や」

『偶然にしても大したものです。今回も是非ともその手腕を』

「宗野よ。お前、頼む相手を間違っとりゃせんか?」

『何であれ、困った時には社長を頼れというのが、私の経験則です』

「こんな死にぞこないを頼ってどうする。それでも現役の国会議員か。この、くそだわけえっ!」

電話を叩き切ってから、玄太郎は居間に戻った。

サイドボードの上に置いたポータブル・プレーヤーには、まだ例のCDが挿入されたままになっている。

リモコンで再生する。第一楽章の冒頭部分は、もう耳が憶えていた。だが曲が進んでも頭に引っ掛かるところはない。音飛びらしきものも、不審な音も感知できない。

公望は青酸化合物を摂取して死亡した。毒性を考えれば、それはオーディオ・ルームに入ってからとしか思えない。ところが公望は何も口にしておらず、手に触れたものから毒物は検出されなかった。あるいはレコードそのものに仕掛けがしてあるのかと考えたが、その可能性も鑑識と萱場の回答で否定された。プレス会社が製盤したものを完全にパッケージするのだ。その過程で第三者が介入できる余地はない。

ならば、残る可能性はレコードに録音された演奏そのものにしかない。

音を聞かせて毒殺する——何とも馬鹿げた推論だったが、玄太郎の勘がレコード盤に執着していた。如何に空想じみた話でも、笑い飛ばす気にはなれなかった。

自分ほど金丸公望という男を知っている者はいない、と玄太郎は自負していた。飯を食う時寝る時、果ては糞をひり出す時でさえ、気を張り詰めているような男だった。そんな男が容易《たやす》く毒物を経口するとは思い難い。そこで考えつくのは、あの強靭な精神の弦が弛緩《しかん》した時、つまりレコードを聴いている時に毒を盛られたという可能性だ。

だが、何度聴いてみても演奏自体に仕掛けは見出せなかった。

もう少しクラシックやら音楽やらに馴染《なじ》みがあれば、と悔やんでみたが今更どうなるものではない。元より、音楽を聴いて気を休めるような生活とは無縁の人生だったのだ。

玄太郎が香月家の働き頭になったのは終戦から四年後、十一歳の時だった。各務原《かがみはら》基地空襲の際に重傷を負った父親がその年に他界し、病床の母親を養うには玄太郎が働くより他なかった。

雇われたのは町の修理工場だった。その頃には機械に大型小型の棲《す》み分けもなく、大は自動車部品、小は時計部品とありとあらゆる修理を請け負っていた。自身に興味があったことも手伝い、玄太郎は機械修理の腕を日増しに上げていった。そしてその時、同じ工場に金丸公望も働いていたのだ。

転機となったのはその翌年、朝鮮戦争が勃発した時だった。武器弾薬の類いは言うに及ばず、アメリカ軍、イギリス連邦占領軍からは兵器から日用品に至るまで製造と修理の依頼が相次いだ。所謂、朝鮮特需だ。勤めていた修理工場は二十四時間フル稼働し、その年に工場の敷地は一挙に四倍となった。若くして工場主任になっていた玄太郎にも過分な報酬が手渡された。

三年後、玄太郎は独立した。資本は父親が唯一残してくれた田畑。まだまだ土地利用の法規制が緩やかな時勢にあって玄太郎はこの田畑を整地して売り出すことを思いつき、香月地所なる会社を興した。そこで活躍したのが、外国から安く買い叩いた建設機械だった。安いのも道理、大半は故障して使い物にならなくなった鉄クズ同然の代物だったが、玄太郎はこれに手を加えて見事に蘇生《そせい》させた。

二束三文の土地を、これまた二束三文の建設機械で整地し、一等地として販売する——今でいうところのデベロッパーのはしりだったが、これが見事に当たった。先の朝鮮特需で財布を膨らませた俄か資産家がこぞって土地を買い求め、建設ラッシュの号令と共に香月地所は業績を飛躍的に伸ばしていく。収益で安く土地を買い叩き、その土地を高く売る。利ざやでまた土地を安く買い、高く売る。その繰り返しだ。他国の需要を背景に持ち前の技術と勤労精神で巨《おお》きくなった経緯は、そのまま高度成長期の日本の姿にぴたりと重なる。

こうして玄太郎は立志伝中の人物となったが、仕事で始めた機械工作は習い性となり、いつしか両手に沁《し》みこんでいた。今更、他の趣味に走ることなど想像もできない。暇さえあれば現場に出掛けては建設機械の立ち働く姿を観察し、家に帰れば壊れた家電を修理した。精密な模型に走り始めたのもこの頃からだ。

仕事と家庭と趣味の機械いじり。それが生活の全てだった。音楽の立ち入る隙など、どこにもなかった。

今の今まで、そのことを後悔したことは一度もない。だが、音楽の知識があれば公望を殺した方法を摑めるのではないかという、焦りに似た気持ちは徐々に広がっていく。

家族で音楽に縁のある者といえば二人の孫娘くらいだが、やっとピアノ演奏の腕が中級に達した程度では、いくら何でも心許ない。

もっと音楽に習熟した人間が身近にいないものか――。

そして、不意に彼の顔を思い出した。

3

「クラシック・レコードを聴かせて毒殺する方法……ですか？」

香月邸に呼び出された岬洋介は、困惑気味にそう訊ね返した。

「そうじゃ。曲目は〈ベートーヴェン交響曲第七番〉。音楽の専門家として何か思いつくことはないかな」

束の間、岬は玄太郎の顔を窺った。本気なのか、それとも冗談なのかを確かめようとしている目だった。

「すみません。すぐには思いつきません」

「つまり、時間をかければ思いつくということかね」

「できれば、設問の背景を教えていただけませんか」

そこで玄太郎は事件の概要を説明した。

「つまり、毒物注入の方法が問題なのですね」

「左様。それさえ分かれば事件は早々に解決するじゃろう。で、どうかな」

「どうかな、と言われましても返答に困ります。仮にも殺人ということでしたら方法以外にも動機が大きく関係するでしょうし、問題を解くにしても実際の現場を見ていませんから材料が不足しています」

「ふむ。それは確かに道理じゃな。では善は急げ。早速、案内してやろう」

「どこにですか」

「決まっておろう。金丸邸の事件現場じゃ」

「あの、すみません。いささか強引のような気がするのですが」

「ああ。気のせいやないよ。実際に強引なんやからな」

「せめて、僕がその犯罪捜査に手をお貸ししなければならない理由を知りたいのですが」

「簡単な理由さ。大家といえば親も同然、店子といえば子も同然。子供が親の言うことを聞くのは当たり前やないか」

我ながら乱暴な理屈だと思ったが、岬は二、三度頷いて納得したようだった。

「では、僕にできる範囲でしたら」

みち子が夕食の支度で手が放せないため、同行は岬一人になる。訊ねてみると、車椅子を押すのは初めてだと言う。

「車椅子は横に付いたハンドリムで自走もできるが、基本は介助者に押してもらう。これは低床タイプになっておるから、段差に注意しておくれ」

「はい」

「段差の乗り越えは二人の呼吸が大事や。前輪を浮かせる際、わしが重心を後ろに移動させるから先生は同時に前に押す」

「はい」

「左右の大輪が段差に接触したらわしは身体を前に倒す。段差を下りる時はその逆になる」

「はい」

驚いたことに、ひと言添えるだけで岬は車椅子を支障なく扱うようになった。もちろん、みち子に比べればまだまだ未熟だったが、飲み込みの早さは相当なものだ。介護車両のドライバーが休暇を取っているので、岬に運転させた。これだけ次々に用事を押し付けても、不思議に岬は嫌な顔一つしない。玄太郎の観察眼にかかれば、どんな作り笑いを浮かべようが肚に一物を持っていたらたちどころに分かってしまうのだが、岬の顔にはそれすらもない。

金丸邸で出迎えてくれたのは裕佑だったが、岬を紹介するなり態度が一変した。

「み、岬洋介さん？　あの、今度愛知音大の講師になった、いや、なられた？」

「ええ」

「はじめまして！　ぼ、僕は三年でチェロを弾いている金丸裕佑といいます！　握手してください」

「よ、よろしく」

「わあああ、凄《すげ》ェ！　まさか直接話ができるなんて予想もしてなかった」

裕佑はすっかり興奮した様子で岬の手を握り締めると、そのままその手を引いて中に招き入れようとする。

「何とまあ、岬先生。あんた、結構有名人なんじゃな」

「そんなことは決してありません」

何故か岬は恥ずかしそうに応えた。

位置を覚えたオーディオ・ルームに岬を誘導する。警察による捜索は全て終了しているので、もう自由に出入りができる状態だった。

「ここですね。拝見してもよろしいですか」

「どうぞ、先生。何時間でもいてくださいっ」

「では失礼します。へえ、驚いたな。室温も湿度も自動制御されていますね。設定温度は……二十度か」

「ほう。室温はともかくとして湿度まで調整しているのには理由があるんかな」

「プレーヤーの針圧が温度や湿度で変化しないための対策なんです。夏場と冬場では針圧が一グラム以上も増減しますから。ああ、これは硬くて良い床ですね。アサダ桜材かな」

岬は足の裏で床の感触を確かめながら、滑るように部屋へ入る。まず向かったのは、ラックに積まれたオーディオ機器の方だった。

「スピーカーはタンノイのヨークミンスター、アンプは……へえ、トライオードの845SEか。何だか嬉しくなってくるなあ。それからプレーヤーはミッチェル・エンジニアリングのジャイロデックTA。うーん、これは凄いシステムですねえ」

機器を見つめる目がきらきら輝いている。

「先生、とても詳しいんですねえ。僕なんか何度もこのシステム見てますけど、メーカー名なんて今初めて知りましたよ」

「いやあ。先達《せんだつ》の演奏を聴いて勉強しているからね。打鍵一つに拘り始めると、どうしても再生機器に気を使うようになるよ」

「岬先生。何が凄いのか、わしにはよう分からんのだが」

「この部屋の持ち主は大変なクラシック愛好家だというのが、このオーディオの組み合わせだけで納得できます。タンノイのスピーカーにトライオードアンプなんてクラシック再生の定番中の定番なんです。管球アンプの使用はＣＤよりも、むしろアナログ・レコードを愛聴していたことを窺わせますね」

「先生、その通りです！」

裕佑がすぐに反応した。

「ふうん。アクセサリー類も充実していますねえ。針圧計にブラシ。クリーナーもスプレー缶、消磁式、粘着テープ式と三種揃い踏みだ。長年、静電気と闘い続けてきた苦難の跡です」

「しかし、岬先生よ。真空管のアンプとはまたえろう古いな。とっくに絶滅したものとばかり思うておったが」

「とんでもない。昨今はアナログ・レコードの音が見直されてきましてね。それに伴って管球アンプも復活しているんです。この８４５ＳＥなんて最新鋭の機種なのですよ」

「どうしてアナログの音が見直される。所謂、懐古趣味というヤツかね」

「いいえ、純粋に音質の問題なのです。ＣＤのサンプリング周波数は四十四・一キロヘルツ、限界高域は二十キロヘルツに規格されています。もちろん実際の可聴域限界は十二キロヘルツ付近ですから聴くのに別段支障はないのですが、録音帯域を限定しているので生の音がそのまま入っている訳ではない、という批判があります」

「ふむ」

「そしてまあ、これは感覚の領域なのですが、ＣＤの音は輪郭が立ち過ぎてカクカクしている。その点、アナログ・レコードは丸みが残っている、と評する人もいます。温かい音、と表現する人もいますね。音源が一緒でも製造過程や再生方式が違うから、それも当然と言えば当然なのですけれど。さて、問題のレコードはどれですか」

裕佑が甲斐甲斐《かいがい》しくそのレコードを差し出すと、今度は岬の目の色が一変した。

「何と、カルロス・クライバー日本公演のライブ盤ですか。こんなものがあったんですねえ」

ひどく感慨深げに言うので興味が湧いた。

「そんなに珍しいものなのかい」

「元来、クライバーという人があまり録音を残したがらない指揮者だったのですよ。このライブ盤は彼が一九八六年に来日した際、昭和女子大人見《ひとみ》記念講堂で行われたコンサートを会場録音しているようですが、このコンサートはビデオ収録しかされず、それすらも商品化はされませんでした。もっぱら大学の教材として視聴されるだけだったようですね」

「どうして録音を嫌がったんかね。音楽家たるもの、自分の演奏なり指揮は記録に留めておきたいと思うのが普通やないのか」

「本人に直接その理由を確認した記録はありません。ただ、一説には父親エーリッヒとの確執があったと言われています。エーリッヒ・クライバーも一世を風靡《ふうび》した偉大な指揮者だったのですが、その音楽と自分の音楽を比較されることに耐えられなかったのではないか、と」

「成る程な。親子であって両方が記録されれば、確かに好奇心から比較したくなるものな」

「とにかく音楽人生の最初から父親が絡んでいました。彼はポツダムの劇場で指揮者デビューするのですが、この時も父親の手助けを受けながら、一方ではその事実を隠したかったのかカール・ケラーという芸名を使っています」

「何かなあ。どこぞの国の二世俳優の振る舞いに似ておるな」

「父親エーリッヒは息子を公《おおやけ》の場で平然と詰《なじ》り、その音楽活動を手厳しく批判しました。もし、それが本当に彼の舞台や録音の少なさに由来するものであったのなら、彼の一生は父親との相克《そうこく》の日々だったのでしょうね」

「その限りでは割にせせこましい生涯のように聞こえるな」

「いいえ、とんでもない。彼は数少ないカリスマに上りつめたのですよ。帝王カラヤンでさえが、彼のことを真の天才と評したほどです。楽曲のスピード感、リズム、詩情性、全てが清新で群を抜いていました。指揮をする姿の美しさは言葉には尽くせません。当時のドイツ・クラシック界を牽引《けんいん》する希望の星でした。しかし、そんな先進性の一方、オーケストラの配置や楽譜の改変などは旧時代の指揮者の流れをくんでいて正当な継承者でもあった訳です。一度の演奏に緻密《ちみつ》で長時間の練習を強《し》いるために舞台の回数も少なかったのですが、その演奏を観るために地球の裏側からでもやってくるファンは引きも切らなかった」

静かな口調の中に滾《たぎ》るような熱さがあった。

玄太郎はわずかにたじろぐ。

岬はずらりと並んだレコードのコレクションへと手を伸ばした。

「ふむ。ちゃんと指揮者別に整理されている。クライバーは……これだ。ベートーヴエンの四番、五番、六番、七番。ブラームス四番。シューベルトの三番と八番。ドヴォルザークのピアノ・コンチェルト。ニューイヤー・コンサートの八九年と九二年。〈魔弾の射手〉、〈椿姫〉、〈トリスタンとイゾルデ〉、〈こうもり〉……やっぱり正規盤は全部揃っている。海賊盤も僕が知っている限りはほとんど。やはり公望さんは筋金入りのクライバーファンだったようですね」

「それは重要なことかね」

「非常に。これだけのファンであれば、もしクライバーの海賊盤、しかも名演奏と謳《うた》われた人見講堂のライブ盤なら、砂漠の旅人が水を欲するように買い求めるでしょう。公望氏に殺意を抱く者がいたとしたら、そこに着目する可能性は大です」

「しかし、警察が調べてもレコードから不審なものは何も発見されんかった。わしも試しに同じ内容のCDを自宅で聴いてみたが、別段異常は感じなかった」

「録音された内容を確認されるのでしたら視聴条件を同一にする必要がありますね。この部屋、この再生装置で、同じ時間に、同じ位置で、同じレコードを」

「なあ、岬先生」

　玄太郎は昨日から思いついたことを口にしてみようと思った。あまりに突拍子もないことなので、聞いた人間は間違いなく鼻で笑うだろう。だが、この男ならくすりともせず真剣に耳を傾けてくれそうな気がした。

「実は奇天烈《きてれつ》なことを考えてみた。さっき、ＣＤは録音帯域を限定しておると説明してくれたの。高域の上限は二十キロヘルツだとも」

「はい」

「言い換えればレコードには二十キロヘルツ以上の音も収録が可能ということじゃろ。では、その可聴域を超えた音が人体に致命的な衝撃を与えるというのは考えられんか。それに、金丸は以前に肺を患っておった。その患部に固有の振動数が作用して機能が停止したとか……どうかな？」

　すると、岬は驚愕《きょうがく》の表情で玄太郎を見た。

「香月さん、あなたは素晴らしいです」

「お、おお？」

「そんな柔軟な発想、普通の人はまずしません。あなたが成功された秘密の一端を垣間見たような気がします」

「そ、そうかな」

「しかし、残念ながら可聴域外の音が人体に及ぼす影響というのは、まだ科学的に解明されていないのです。超低音とされる五十ヘルツ付近の音は震動みたいなものですから多少不快に感じる人もいますが、結局はその程度に治まっています。二十キロヘルツ以上の高音となると、逆に癒やし効果があるとも報告されています」

「すみません。何だか気を持たせちゃって。でも、その発想は大きなヒントになるでしょう。アナログ・レコードにあってCDにないもの。それこそが毒殺方法の鍵になると僕も思います」

「何じゃ、そうか」

そして、岬は我に返ったように周囲を見回し始めた。

「あれ。そういえば例のレコードが見当たりませんね。ついさっきまでその辺りにあったと思ったんですが」

言われて玄太郎も探してみるが見当たらない。

ついでに、いつの間にか裕佑の姿も消えていた。

二人は顔を見合わせた。

「まさか」

呟《つぶや》くなり、岬は廊下に駆け出した。玄太郎も車椅子を走らせて、その後を追う。

「裕佑くん！」

大声で呼びながら、岬は片っ端から部屋のドアを開けていく。

「そのレコードを聴いちゃいけない。まだ、どんな仕掛けがしてあるか分からないんだ」

しかし、一階のどの部屋にも裕佑の姿はなかった。

再び二人が顔を見合わせた時、階上から微《かす》かに聞き慣れた旋律が聞こえてきた。

「裕佑くん！」

岬が二階に向かって大きく叫ぶと、旋律がふっと鳴り止んだ。

ややあって階段の上に裕佑が現れた。

「呼びましたか、岬先生？」

岬はあっという間に階段を上りきり、裕佑の肩を掴む。いきなりのことに裕佑は目を白黒させている。

「今、あのレコードを聴いていたね？」

「あ、あの。僕、何か悪いことでも……」

「身体に変調は？　喉に痛みは？　胸は苦しくない？」

「どうしたんです、急に？　いいえ、別に何ともないですよ」

「失礼。部屋に入らせてもらうよ」

有無を言わさず部屋に入った岬は、やがてレコードを携えて出て来た。

「どうやら大丈夫のようだけど、念のためにすぐに病院に行っておいで。それにしても軽率だったね。万が一のことがあったら、どうするつもりだい」

「え。でも、そのレコードなら昨日も聴きましたよ」

「何だって」

「何も異常はなかったからって警察から返却されて、それでも興味があったから自分の部屋で聴いたんです。ええ。別に何ともなかったですよ」

金丸邸を出て、しばらく二人は無言だった。

アナログ・レコードにあってCDにないもの、それこそが事件解決の鍵だと岬は言った。しかし、そのレコードを聴いた裕佑には何の異変も認められなかった。

岬も自分も読み違えたのだろうか。

「岬先生。一つ訊いていいかな」

「何でしょう」

「最前のカルロス・クライバーについての説明は良かった。しかし、あの熱の入れようから推察すると、先生もあの指揮者のファンなのかね」

「ファンといいますか、クライバーの音楽は一種麻薬めいたものがありましてね。あの音楽を聴くと誰しも平然としてはいられなくなる。同じ曲目でも、全く違ったものに聴こえてしまう。一度聴いたらもう一度聴きたくなる。本当に麻薬のような音楽なのですよ。ただ……」

「ただ、何かね」

「それだけではなく、僕は彼の人となりにも惹《ひ》かれるんです。音楽はまるで悪魔的なのですが、彼の生涯を知ると、そのあまりの人間らしさに興味を覚えます。音楽人生の最初から父親の介入があり、長じてもその確執と向かい続けた人生。僕にはそんな風に思えるんですよ」

「何やら、自身のことを投影したような物言いやな」

「僕自身に限らず、それは全ての男性に当てはまることではありませんか？　誰にとっても父親というのはいつか対峙しなければならない障壁です。仮にもう死んでいたとしても。そして、その対し方によってその人間の生き方が決まってしまうような気がしませんか」

そう言われて、玄太郎は自分の子供らにふと想いを馳《は》せた。

長男の徹也ができた頃から仕事一辺倒で碌に遊んでもやれなかった。それは末《すえ》っ子《こ》の研三に至っても変わらなかった。その時代の父親は、それが当たり前だったのだ。休日であっても子供の手を引いて公園に行くような男は軟弱者と呼ばれた。今では考えられないことだが。

決して甘やかしもしなかった。人並みにできることは当然として誉めもしなかった。悪さをした時には容赦なく鉄拳を振るった。念じ続けたことは一つだけ。憎まれてもいいが、馬鹿にされることだけは到底許せなかった。

三人の子供のうち残ったのは二人だけだが、あいつらの中で自分はいったいどんな位置を占めているのだろうか。

「岬先生のお父上はご存命か」

「ええ」

「どんな、お人かね」

「至って普通の父親ですよ。子供の夢を寝て見る夢だと決めつけ、自分の勧める道が一番確実だからと息子に強制し、反発されると心外そうに怒る。そういう父親です」

それは見方が少々手厳しくないか――玄太郎はそう言いかけてやめた。よくよく考えてみれば、岬の言ったことはそのまま自分の言動に当てはまる。進路を強制したことはなかったが、自分同様、息子たちにも安定を嫌い凡庸さを蔑《さげす》んだ。それが障壁にならなかったといえば多分嘘になる。

ということは、やはり自分も世間一般の父親と同類だったのだろうか。

「ところで裕佑の部屋にあったプレーヤーは、どんな仕様じゃった？　やはり公望のシステムに匹敵するような超弩《どきゅう》級のものだったか」

「まさか。レコードの音を携帯オーディオに取り込むための簡易システムでした。聴く、というよりは拾う、という態様でしょう。第一、彼らの世代はもうＣＤすら聴きません。もっぱらブロード配信ですからね」

「配信というと、よく道で見かけるイヤフォンで聴くようなアレか。あれでは音質もへったくれもあるまい。何ともみみっちい趣味やな」

「趣味というよりは、音楽を空気のように捉えている人たちがいるのですよ。気軽に、まるで呼吸をするように、歩きながらでも自然に音楽が耳から入ってくる。ただし、それなしの生活など想像もできない」

「もう、公望のようにレコードやCDをわざわざ買って所有する時代ではないのかな」

「いえ、二極分化なのだと思います。空気のように捉える人たちがいる一方、ホールで浴びた生の音と感動を忠実に再現したくて針圧〇・一グラムに執着する人もいます。それは言い換えれば、音楽を聴くのに儀式を必要とするかどうかの違いでしょうね」

「儀式？」

「ええ、片やヘッドフォンを装着して再生ボタンを押すだけ。そして片や恭《うやうや》しくジャケットから盤を取り出して……」

　岬の言葉がそこで途切れた。

　しばらく待っていたが続く言葉が出てこない。

　不審に思っていると、何の断りもなくクルマが路肩に停止した。

「おい、岬先生。どうした」

　バックミラーを一瞥《いちべつ》して驚いた。

岬が悔しそうに唇を嚙《か》んでいた。

「どうして、こんなことに気づかなかったんだろう」

「おい。先生！」

「すみません、香月さん。今からあの家に戻ります」

「ああ？」

「遅まきながら、分かったような気がします」

二人を乗せた介護車両はタイヤを軋《きし》ませながら、今来た道をUターンした。

4

金丸邸に戻ってみると、玄関先で龍雄と和美が言い争っていた。

「おお、香月社長。どうかしましたか。今はこの通り取り込み中で……」

「龍雄よ。もう一度公望のオーディオ・ルームに入りたいんやが」

「何かを調べるおつもりだったのなら、タイミングが悪かった」龍雄はひどく憤慨していた。

「家内が親父のコレクションを処分してしまいました」

「だっていいじゃないですか、あのレコードを売るのはあなたも構わないって言ったでしょ。それに捨てたのはガラクタなんだし」

「それにしたって、私に連絡くらいするものだろうっ。よくも勝手なことを」

「今までだって捨てるものをいちいち相談しましたか。あなたは家のことには一度だって」

岬が顔色を変えて家の中に飛び込む。戻った時に浮かべていた表情は焦燥で焼き付きそうになっていた。

「レコードとアクセサリー類の一切合財が消えている」

「レコードは例の萱場という男に引き取らせ、あのクライバーの海賊盤とアクセサリー類はさっき市のゴミ回収車に可燃ゴミの袋で全部持ってかせたんですよ、この馬鹿が。私が家に戻って来た時には回収車が出た後だった」

「馬鹿とは何よ。あんなガラクタ、どうせあなたも一式持ってるじゃない。それに他のレコードには値打ち物もあるらしいけど、死ぬ間際に聴いていたレコードなんて気味が悪いって萱場さんも受け取らなかったのよ。第一、あなたもお義父《とう》さんの遺品に愛着なんてないでしょっ」

岬はつかつかと龍雄に歩み寄った。端整な顔立ちに静かな怒りが見てとれる。

「いったい何てことをしてくれたんですか。選《よ》りに選って可燃ゴミとは」

「あ、あんたいったい誰なんだ」

「誰だっていい。回収車が出たのは何分前ですか」

「よ、四十分くらい前だが」

「ここで集められたゴミはどこの処理施設に運ばれますか」

「猪子石《いのこし》工場、だと思うが……」

「場所は？」

「千種の香流《かなれ》橋の辺りだよ」

「あなた、その回収車に振られた番号を憶えていますか。型式は。ボディーの色は」

和美に質問を向けると、しどろもどろだった
「ば、番号は見ていません。型式なんて、そんな……」

そこに龍雄が割って入った。

「ここらを巡回する回収車はいつも一緒だ。番号までは私も知らんが、型式や色なら見れば思い出す」

「一緒に来てください」

岬は龍雄の手首を摑むと、介護車両に駆け出した。

「香月さん、緊急事態です。今からゴミ回収車を追います。危険ですから降車してください」

「急ぐんやろ、先生。だったらわしが降りる時間ももったいないはずや。ええから、

このまま出しゃあ」

「荒い運転になりますよ」

「平坦なのは性に合わん」

「じゃあ、何かにしっかり摑まっていて下さいね」

「お、おい君。何で私まで同乗せにゃならん」

「処理施設に到着する前に回収車を捕まえる。あなたには回収車の判別をしてもらう」

啞然《あぜん》と立ち尽くす和美を尻目に、玄太郎と龍雄を乗せて岬はクルマを出した。問答無用の勢いに他の二人は口を挟めない。

「香月さん、警察にお知り合いは」

「嫌になるくらい、おるぞ」

「どなたか命令権のある方を呼び出して下さい」

少し考えてから、玄太郎は洪田の番号を呼び出した。

『洪田です。どうかされましたか、香月社長』

「今から或る男に代わる。わしの代理や。話を聞いてやってくれい。ほれ、先生。中署の洪田署長だ」

「署長さん。僕は岬という者です。申し訳ありませんが、県警の爆発物処理班を今すぐ猪子石のゴミ処理工場に派遣させて下さい」

『い、いきなり何を言い出すのかね、君は』

「爆発物を積んだゴミ回収車が処理工場に向かっています。処理班の方にはシアン化水素と言っていただければ分かります」

『爆発物だと。し、しかし』

「シアン化水素は可燃性で摂氏二十六度を超えると爆発します。もし処理場に他の可燃性物質が紛れ込んでいたら、どうなると思いますか?」

向こう側で洪田が沈黙したらしい。

「残念なことに爆発物の量が不明なので、その威力は全く予想がつきません。ですから処理班と共に消防車の出動も重ねてお願いします」

岬はそれだけ言うと、携帯電話を玄太郎に返した。

「洪田署長。質問したいことは山ほどあるやろうが、どうやら一刻を争うらしい。行って何もなければ骨折り損で済むが、もしこの男の言う通りやったら取り返しのつかんことになる。わしの信じる人間を信じろ」

俄に訥弁《とつべん》となった洪田のうろたえぶりが目に見えるようで、玄太郎はくっくと笑った。

「すみませんが香月さん。署長さんにもう一つ伝言を。金丸さん宅を巡回した回収車を特定して、そっちからも追跡させて下さい。絶対に焼却する前に捕捉しろと」

「よっしゃ」

岬は車載ナビゲーターの画面を開いた。

『目的地を、入力、して下さい』

「龍雄さん。市内の地理はお詳しいですか」

「ま、まあ、選挙カーであちらこちら走り回っているから」

「ナビでは処理工場まで四十分です。もしも、それより早く到着しそうな裏道があったら教えてください。回収車が四十分前に出たとしても各家庭を巡回することを考慮すれば、こっちが追いつける目も残っています」

「何度も言うようだが、どうして私が君に引っ張り回されなきゃならんのだ」

「下手をしたら大惨事になる可能性があります。ゴミ処理工場ですから住宅密集地ではないのでしょうが、人家が皆無とも思えません。もし人命に関わるような事故になった時、県議であるあなたの評判はどうなると思いますか」

「……わ、分かった」

ウィークエンドの昼下がり、街は人とクルマで溢れ返っている。岬は見るからに慣れないハンドル捌きで、それでも幹線道路を東に走り続ける。だが市内は交差点と交差点の間隔が極端に短く、少し進んでは信号で停止、また少し進んでは停止という有様だった。

「ラッシュに捕まってしまいましたね」

バックミラーに映った岬が親指の爪を噛んでいる。この男には似合わない仕草だった。

玄太郎の携帯電話が着信を告げた。相手は洪田だ。

『社長。お探しの回収車ですが』

「おお、どうやった」

『区役所に確認しました。お探しの回収車は五号車。ボディーの横にその番号が振ってあるそうです。ただ……』

「ただ、何じゃ」

『運転中は携帯電話を切っておくのがマニュアルになっているため、処理場に到着しない限り、こちらからは連絡が取れないそうです』、

「そうか。では何とかしろ」

『しかし、そうは仰いましても』

「黙らっしゃい。何のために普段から目立つクルマに乗って威張りくさっておる。全てはこういう危急の刻《とき》に一般市民を蹴散らす布石ではないか。情報は提供した。現在も善良なる市民として協力しておる。これで、もし万が一にでも事故が発生したら警

察の怠慢でしかないぞ。己のクビ一つ飛ぶだけで済むと思っておるなら大間違いや。宗野友一郎という男は温和《おとな》しそうな顔をしておるが、不祥事の後始末をさせる時には、それはもう悪ガキが捕まえたカエルをいたぶるように」

『わ、分かりました。何とかします』

そのやり取りを聞いていた岬が、いきなりハンドルを大きく左に切った。

「おう、岬先生。どうした」

「歩道に乗り入れます」

岬は平然と言った。

「このままじゃ埒《らち》があきません」

「人がたんと歩いておるが」

「申し訳ありませんが退《ど》いていただきます」

「あ、あんた！　涼しい顔してとんでもないことを言うな」

龍雄が悲鳴のような声を上げた。

「涼しいどころか苦渋の選択です」

「他の選択肢だってあるだろうが！　よ、よし。次の信号を左折しろ。ナゴヤドームに向かって北上するんだ」

「それから？」

「出来《でき》町通りに入れ。迂回《うかい》するように見えるが、今の時間帯は空いてるし信号も少ない。広小路通りを走るよりはずっと早いはずだ」

「有難うございます」

岬はそのまま歩道に乗り上げると、仰天した歩行者もそのままに交差点を減速せずに左折した。その遠心力で玄太郎の身体も車椅子ごと大きく右に膨らむ。玄太郎は車内に設えられたバーを握って我が身を支える。

「おおっと。先生。言うた通りの荒い運転やなあ」

「本当にすみません。ペーパー・ドライバーなもので」

「ええさ。これも有言実行のうちや」

「おい、今あんた何と言った。ペ、ペーパー・ドライバーだと!」

「僕は音楽を生業にしているのですが、持ち運びする楽器ではないので移動手段はもっぱら徒歩と電車です。ああ、あまり話しかけないで下さい。気が散りますから」

メリー・ゴーラウンドと思って乗ったらジェット・コースターだった——そんな表情をして、龍雄もバーを握り締めた。

先刻とはうって変わった細い道路を介護車両がひた走る。前方を行くクルマは例外なくゴボウ抜きだ。あわや接触という場面も多々あり、その度に龍雄はひっと身を縮ませる。

介護車両は後部に車椅子を収納する構造上、車体が高く、従って重心も高い。急な方向転換をすれば、その分不安定になる。このクルマで先行する回収車を追尾するなど、よくよく考えれば正気の沙汰ではない。

だが、その運転を観察する玄太郎は、危険さよりも岬の横顔に興味を覚えていた。元より、岬本人には何の関係もない事件だ。犯人が誰であろうが、その結末で愛知県議会がどうなろうが何の支障もない。

だが、この男は理不尽ともいえる老人の依頼を受諾し、爆発の可能性があると知るや、慣れないハンドルを握って惨事を回避しようと必死になっている。柔和な顔の下に激烈な気性を隠し、安全圏などとうに離脱してぎりぎりの淵を暴走している。

きっと怠惰《たいだ》が嫌いなのだろう、と思う。そして、その怠惰の結果で自分以外の人間が不幸になることも嫌なのだろう。

三人を乗せたクルマは蛇行と接触未遂を繰り返しながら東に突き進む。先行車の悲鳴と罵倒を燃料に代え、薄闇の迫りくる中で回収車を追う。

出来町通りをしばらく走ってから、龍雄の指示で右折する。指示が確かであればゴミ処理工場までは、ほぼ一本道だ。車列も途切れた。信号も遠くにしか見えない。玄太郎は前方に回収車の姿を探す。

不意に後方からサイレンの音が近づいてきた。振り返れば一台のパトカーが玄太郎たちの後を追っている。さて、この追跡者の標的は回収車か、それとも危険運転の主か。

その時、玄太郎の胸元で再び携帯電話が鳴った。

『洪田です。回収車の現在位置が判明しました』

「どこや」

『処理工場の手前半キロ。巡回中のパトカーが発見しました』

『目的地まで、あと、一キロ、です』

抑揚のない合成音に玄太郎は舌打ちする。何とタイミングの悪い合いの手か。

『ただ、そのパトカーは反対車線を走っていたため、停止には至らず』

「だろうな。現にわしらの真後ろを走っておるんやから。では、せめて工場に直接指示して焼却の手前で止めさせい」

一方的にそう言うなり玄太郎は電話を切った。この期に及んで、行動する前の言い訳など聞いている余裕はなかった。

会話の内容は筒抜けだ。岬はアクセルを踏み続けている。

「おい、君。見えてきたぞ。あれが処理工場だ」

龍雄の指差す彼方に波型の屋根があった。

二つの川と緑地に囲まれて、処理工場の白い壁がぼんやりとした照明に浮き上がっている。三人を乗せた介護車両は一車線の細い道を突きぬけ橋を越える。振り向けば後続のパトカーは二台に増えていた。

介護車両がパトカーを引き連れて工場の門をくぐる。

誰の指示もなかったが、岬は煙突のある方向を目指しているようだった。賢明な判断だと玄太郎は思った。効率を考えれば焼却炉と煙突は最短距離で結ばれているのが普通だ。

果たしてクルマを走らせていると、目の前に回収車の姿があった。

「あれだ！」と、龍雄が叫ぶ。見れば後部の扉にＮＯ５の番号も確認できる。

岬はギアを二段落としてアクセルを底一杯に踏み込んだ。クルマは金切り声を上げながら急加速して回収車の真横をすり抜ける。

クラクションを三度鳴らす。

すれ違う瞬間、回収車の運転席に男の顔が見えた。玄太郎は窓を開け、喉も裂けよとばかりに声を張り上げた。

「早よう止めんかああっ、このくそだわけええっ」

その声が届いたのか、回収車は見る間に速度を落とし、やがて止まった。

回収車の前にクルマを停めた岬は、ふうと軽い溜息を吐いた。

集まったパトカー二台から制服警官が四名、遅れてやってきた爆発物処理班が五名。更には消防隊員六名に岬を加えた計十六名が、回収車五号から吐き出されたゴミ袋の山を漁っていた。誰もが悪臭と情報の不確かさに憮然としているが、それでも作業を中断しないのはまこと公僕の鑑《かがみ》といったところか。

捜索の前に、岬はとにかく辺り一面をすぐに冷却して欲しいと願い出た。従ってゴミ袋の一群は冷却剤の霧にすっぽりと包まれた状態にある。

「それで岬先生よ。あんたはいったい何を見つけたんかな」

「突破口となったのは、やはり香月さんからいただいたヒントでした。アナログ・レコードにあってCDにないもの。そして裕佑くんにではなく公望さんに作用したもの。そう考えたら解答は自ずと明らかになりました」

岬はゴミ袋を一つ一つ開封しながら答える。

「生憎《あいにく》、わしにレコードを聴く趣味はのうてな」

「それはお話しした通り、儀式の問題なのです。CDはジャケットから盤を取り出してプレーヤーに挿入して再生ボタンを押すだけ。一方アナログ・レコードは聴くまでの儀式が圧倒的に長いんです。まずアンプのボリュームを最小にする。針が落ちた瞬間の音を拾わないためですね。次に盤をジャケットから取り出してターン・テーブルの上に置き、針先のゴミを刷毛《はけ》で払い、針圧を確認し、そして」

そこまで話した時、警官たちの中から声が上がった。

「おい。あんたの捜してるのは、これじゃないのか」

「そうです。それです！　そのますぐに冷却して下さい」

爆弾処理班の一人に手渡されたモノが冷却剤で一気に冷やされる。容器が真っ白になったのを確認して、岬はようやく安堵したようだった。

「今がまだ冬で助かりました。これが真夏だったら、回収車ごと市内で爆発していたかも知れません」

「岬先生。それは……」

「はい。レコード盤は塩化ビニールでできていますから帯電しやすく、わけても乾燥している冬場には大量のホコリを吸着させてしまいます。そこで、この静電気防止用のスプレーでクリーナーを撒布《さんぷ》してホコリを拭き取る。非接触型のCDには存在しない儀式で、またマニアでもない裕佑くんは面倒臭がって手にも取らなかったでしょう。公望さんを殺害せしめた青酸化合物、別名シアン化合物はこのスプレー缶の中に忍ばせてありました。そして、それを仕込んだ犯人はあなたです。金丸龍雄さん」

龍雄はその場に立ち尽くしていた。

「シアン化水素は常温では気体なのですが非常に揮発性が高く、また通常の有機溶媒と混和しやすいのが特徴です。元来、クリーナーの成分はエチルアルコール水溶液ですから、この点でもシアン化水素の採用はうってつけです。公望さんは説明書通り、レコード盤からやや離してスプレーを吹きかけた。揮発性が強いためにシアン化水素は盤に付着する前に空気中へ飛散する。公望さんはそれを吸飲してしまったのです。以前、肺気腫を患った公望さんにはそのひと息さえが致死量でした。ジャンルは違えどもあなたもレコード・コレクターでしたね、龍雄さん。あなたは公望さんの許にクライバーの海賊盤が届くことを知ると、まず公望さんが日常使用しているのと同じスプレー缶を用意し、その中に毒物を注入した。後は公望さんのスプレー缶と取り替え、犯行後またそっと元に戻しておくだけで良かった。もっとも、県警の鑑識課はスプレー缶には関心を示さなかったようですが。きっと、あなたが一番危惧していたことは室温だったのでしょうね。シアン化水素は二十六度を超えれば爆発しますから。だが、公望さんのオーディオ・ルームは常時二十度で設定されている上に、今は冬です。だから、あなたは安心して犯行に臨むことができた。そして警察の捜査が終わると、また毒入りのスプレー缶をオーディオ・ルームに置いた。暖房で室温が高くなる他の場所よりも、断然そこが安全だったからです」

「いい加減なことを言うな。な、何を証拠に」

「ひとつは、この細工が関係者の中ではあなたにしかできないからです。スプレー缶に毒物を仕込むと一口に言っても、缶自体は密閉されていて毒物も気体です。素人の手に負えるものじゃない。しかし、以前あなたは塗料メーカーにお勤めでしたよね。だったら、その構造や分解手順についても詳しいはずだ」

玄太郎は陰鬱な気分で、共に働いていた時分に見聞きした龍雄の器用さを思い出す。

「もう一つはシアン化水素が一般には入手しづらい毒物であることです。身近な例では殺虫目的で輸入食品の燻蒸《くんじょう》に使われる程度ですが、それでも一般的じゃない。ただし、工業目的で使用された薬剤は産廃業者に引き取られ、そこで分解されることになっています。確か、公望さんやあなたに縁の深い産廃業者がいましたよね」

「それがどうした。その産廃業者から毒物を入手したって言うのか。さっきから聞いていれば、全部そっちに都合のいい状況証拠ばかりじゃないか」

「もう、やめい！　龍雄」

玄太郎の一喝で龍雄は押し黙った。

「すまんが岬先生も、もうその辺で勘弁してやっとくれ。これ以上の詮議《せんぎ》は聞いとってこっちが辛《つら》くなる」

「し、しかし社長。私は決してそんな」

「スプレー缶に毒が仕込んであるのならな、それを公望の部屋に持ち込めた人間は家族の中に限定される。龍雄よ。お前は、お前の女房や裕佑にその嫌疑がかかってもいいというのか。まさか、当の公望自身がそんな手の込んだ方法で自殺したなどと主張する気もあるまい？　それにわしは、以前お前がわしの下で働いとった頃のことを思い出した。お前、スプレー缶の塗料が指定の色よりも濃かった時、その場で缶の中にシンナーを注入して見事に希釈《きしゃく》したことがあったな。あんなことを女房や裕佑にできると言うのか」

龍雄の頭は徐々に下がっていく。

「公望を殺さにゃならんかった理由も大方察しがつく。それこそ口封じさ。例の官有地払い下げの件で問い質《ただ》された際、公望は肯定も否定もせんかったと言ったな。あの男は、悪いことは悪いことと認識して実行する確信犯や。汚職の張本人は龍雄よ。お前やったんやな。世間が公望に疑いの目を向けとることを幸いに、あいつに罪をなすりつけようとしたな」

龍雄はわずかに頷いてみせた。玄太郎は車椅子でゆるゆると近づく。

「聞かせろ。金丸公望という男は、お前にとってその程度の人間やったんか。自分の悪行の肩代わりをさせて殺し、それで良心の呵責《かしゃく》も感じんような父親やったんか」

「逆ですよ。その程度の人間、じゃあなかったからです」

消え入るような声だった。

「香月社長。あなたは親父と同じく、傑出したお方だ。世の常識を覆し、他人の評判など歯牙《しが》にもかけない。何人もの凡庸な人間を組み伏せ、その世界の帝王になった人だ。そういう人に私のような人間の気持ちが分かりますか」

「そんなもん、知りたくもないな」

「ああ、あなたはやはりそう仰るでしょうね。親父もそうでした。自分の血を引いた人間だから、自分と同等の力を持っていると信じて疑わなかった。だが、それは親の欲目でしかなかった。社長、あなたならご存じのはずだ。私に親父ほどの人間力はない。一端の議員くらいなら務められるだろうが、とても将来に党を背負うなんて大それた仕事はできっこない。元々、政治家が向いてないと思ったから他の職業を選んだんだ。それを県議会での議席が不足するからと、有無を言わさず親父に引っ張られた。い、今まで私がどれだけ無理をしてきたことか」

「ああ」

「しかし私の後援会も、そして支持者たちも私が親父の仕事を後継するように望んだ。早く金丸公望に追いつき、追い越せと。そんなこと、どだい無理なのに……」

「父親を乗り越えるなんぞ、どこの男でも経験するこっちゃないか」

「あなたや親父みたいな人間は特別なんだ」

「そんな理由で、あいつを殺《あや》めたというんか」

「汚職疑惑で県議会の追及が身辺に迫っていました。もし私が矢面《やおもて》に立たされたら、すぐに露見しそうでした。そうなれば私は間違いなく失脚し、党も議席を失うことになる。幸いにして業者から具体的な名前は挙がっていないし、世間では親父の仕業と決め込んでいた。だから、親父に死んでもらえれば都合が良かった。その死を利用して弔《とむら》い合戦として選挙を有利に運べるという算段もあった」

「……つくづく見下げ果てた奴やな」

「でも、それだけじゃない。やっぱり親父が憎かったんですよ」

その泣き笑うような顔を見て、玄太郎はぎょっとした。

昔、徹也や研三が同じような表情で自分に食ってかかったことがあった。やはり、今と同じように自身の不甲斐なさを父親の存在に転嫁する物言いだった。その時は一喝して言葉を遮った。だが、今はその怒声も喉の奥に引っ込んでいた。

「越えようとしても越えられなかった。幾つになってもガキ扱いされるのに逆らう術さえ知らなかった。それがね、家の中だけじゃなく議員の仕事や県連にまで及んだ。誰も私を金丸龍雄だと思わない。金丸公望の長男だとしか思っていない」

龍雄の声が次第に熱を帯びる。しかし、それは昏い情熱に彩られて聞く者の気持ちを暗澹《あんたん》とさせた。

「子供の頃から父親らしいことは何もしてくれなかった。一緒に遊んでくれることもなかった。与えてくれたのは叱責と過度の期待だけだった。そんな父親に愛情なんてあるか。議員になってからは尚更だ。あの男は私を議席の一つとしか見ていなかった。それにしたところで、あれだけ強大な権力を手にした政治家に隠れた二世議員の惨めさ辛さは本人でなきゃ絶対に分からない」

「くだらんことをほざくな。父親なんてのは甘えるようなもんやない。公望がそうではなかったというだけで、お前は排除したのか」

「社長。私が産廃業者と結託したのも選挙資金を捻出するためでした。カネ、カネ、カネ。親父のように信望のない私が選挙を闘うためにはカネしかなかった。政治の世界に入らなければ、私はこんな人間にならずに済んだのに。こんな風になったのは全部親父のせいなんですよ。乗り超えもせずに、排除したと？　私は乗り超えようとしました。しかし、失敗してその壁に潰されたんです。そして大抵の人間はね、社長。壁にぶち当たれば曲がるか潰れちまうかなんですよ」

「お前は逃げただけや」

「逃げた。そうかも知れません。だが、そうしないことには、もう私が政治の世界で生きていく方法はなかったんです」

龍雄はそれだけ言うと大きく息を吐いた。

「龍雄よ。己に降りかかった疑惑について、公望が肯定も否定もしなかった理由を一度でも考えたことがあるか」

「……え？」

「自分の仕業でなきゃ大声で違うと明言する男が何故沈黙を守ったと思う。誰かを庇いたかったからに決まっとるやないか。そして、政治の世界であいつが庇いたいと思う人間は一人だけや」

「まさか」

「お前には言うなと頼まれておったから、今までわしも黙っておったがな。戦後の修理工場で会《お》うてから顔を見れば喧嘩ばかりしとったあいつが、たった一度だけわしに頭を下げに来たことがある。会社が潰れて職を失くしたお前をわしが引き取った時や。頼りないが正直なだけが取り得の男や、どうか鍛えてやって欲しいとな。恐らくは世界中で一番頭を下げたくないわしに深々と下げた。お前はどう思うとったが知らんが、あいつはあいつなりに父親やったんや」

「お、親父……」

龍雄はそう言うと、力尽きたように膝をついた。

＊

爆発物と龍雄の処遇を警察に任せ、香月邸に戻った頃にはすっかり陽が沈んでいた。

東の空は既に漆黒に包まれ始めている。

岬は慎重に車椅子を車両から搬出した。不測の事態だったとはいえ、ずいぶんとこの老人に負担をかけてしまった。せめて家の中に入るまで不用意な怪我はさせまいと念じ続けていた。

「ご苦労やったな、先生」

それが事件解決に対してのものなのか、玄太郎の世話に対してのものなのかは敢えて訊ねなかった。

「先ほどは助かりました」

「何がかね」

「龍雄さんが物的証拠を要求しかけた時です。正直言って、あの段階で提示できるモノはありませんでしたから」

「そんなことか。気にせんでええ。どうせスプレー缶を徹底的に調べ上げれば、何らかの証拠が残っていよう。いや、それがなくとも、容疑者が一人に絞られたら警察は躍起になって証拠を捜すやろうから時間の問題さ。それに先生。あそこでわしの助け舟が出てくるのは織り込み済みだったんやろう」

「ええ。でも、僕がそれを求めていることもご承知だったのでしょう」

「……あんたは食えん人やなあ」

「その言葉、そっくりお返しします」

玄関までの緩やかな坂を押して行く。気のせいだろうか、金丸邸に赴《おもむ》く時よりも玄太郎の身体が軽くなった感じがする。

「岬先生」

「はい」

「わしは間違ったのかな」

「何をですか」

「つい先週も、やはり自分の部下だった春見という男が道を誤った。そして今度は龍雄だ。二人とも昔は小心ながら真っ当な人間やった。根が真っ当でありさえすれば、後は生きていくのに必要なことを教えさえすればいいと思い、わしはそうした。だが、見誤ってしもうた」

玄太郎の声は擦れ気味で、いつもの力を失っていた。

「人が自分の意志で生きていこうとすれば、いつかは必ず目の前に壁が立ちはだかる。だから、わしはあいつらに逃げるなと教え続けてきたが、それは間違いだったのかな」

「いささか気落ちされているようですね」

「さすがにな。なあ、岬先生よ。わしが伝えようとしたこと教えようとしたこと自体が、無駄やったのかなあ。わしは何かを得た者、歳を重ねた者が世の中に貢献するには教え伝えることしかないと信じておったんやが」

「そんなことはないと思います」

岬はそう断言した。たとえ確信のないことでも、今はそう言うべきだった。

「老いも若きも、誰でも教えを必要としない人間なんていません。僕は音楽しか知らない世間の狭い人間ですが、それでも偉人と称される先達たちが功成り名遂《と》げた後も、絶えず誰かから教えを乞おうとしていた事実を知っています。無駄な教えなんてありません。もしも間違ったとしても、その度に学習し直せばいいんです」

すると、玄太郎は愉快そうに小さく笑った。

「岬先生。きっとあんたは今まで何度も何度も挫折したんやろうな」

「どうしてですか」

「膝を屈した数だけ人間は剛《つよ》くなれるからさ。先生、迷惑のかけついでだ。もう一つだけ、わしの頼みを聞いちゃくれんか」

「何でしょう」

「わしには二人の孫娘がおってな」

「存じています。この間、鬼塚《おにづか》先生のピアノ教室でお見かけしました」

「まだまだ腕は未熟でな。もしも、その子たちがピアノを教えて欲しいと願ったら、先生になってやってくれんかね。ただし、このことは二人には内密にな。わしの差し金と知ったら気を悪くせんとも限らん」

「約束します」

「そうか……有難うよ」

玄太郎は安堵したように言うと、岬の手をぽんと叩いた。

「もう、ここまででいい。ここからは自分で行けるから」

緩やかな坂も終わり、そこから玄関までは平坦な道が続いている。

車椅子が岬の手を離れていく。

玄太郎は一人きりで車椅子を押して行く。

そして一度だけ振り返った。

「今日はな、息子夫婦も次男も出掛けておってわしと孫娘たちしかおらん。みち子さんも帰ったしな。そやから離れで久しぶりに三人きりなんや」

その嬉しそうな顔は普通の老人のそれと変わらなかった。

「じゃあな。岬先生」

会話はそれきりで終わった。

玄太郎の後ろ姿がどんどん小さくなっていく。

不意に、これが玄太郎を見る最後のような気がした岬は坂の下で視界から消えるまで、ずっとその車椅子を見送っていた。
闇が玄太郎の姿を覆い隠していく。
やがて、それは完全に見えなくなった。

初出

要介護探偵の冒険　別冊宝島一七一一『このミステリーがすごい！』大賞STORIES　二〇一〇年十二月

要介護探偵の生還　別冊宝島一七四九『このミステリーがすごい！』大賞作家書き下ろしオール・ミステリー　二〇一一年五月

要介護探偵の快走　このミステリーがすごい！　二〇一一年版　二〇一〇年十二月

要介護探偵と四つの署名　書き下ろし

要介護探偵最後の挨拶　書き下ろし

この作品は二〇一一年十月に小社より刊行した単行本『要介護探偵の事件簿』を加筆修正したものです。

この作品はフィクションです。もし同一の名称があった場合も、実在する人物、団体等とは一切関係ありません。また、一部単行本刊行当時の情報をそのまま掲載しております。

〈解説〉
意外性演出のオールラウンド・プレイヤー

千街晶之（ミステリ評論家）

　二年で六冊。中山七里がデビューしてから刊行した本の冊数である。デビュー前に書いていた原稿も含まれるとはいえ、新人ミステリ作家としてはかなりエネルギッシュな活躍ぶりと言えるだろう。この六冊には、中山七里という作家の、一見多彩でありながら際立った特色を持つ作風がくっきりと刻み込まれている。

　著者は第六回『このミステリーがすごい！』大賞の最終選考に「魔女は甦る」で残った二年後、第八回同賞に「バイバイドビュッシー」と「災厄の季節」の二作を応募、いずれも最終候補に残るというミステリ系新人賞史上初の記録を作り、そのうち『バイバイドビュッシー』によって見事受賞した（二〇一〇年に宝島社から『さよならドビュッシー』と改題して刊行）。また「災厄の季節」も『連続殺人鬼カエル男』と改題の上、二〇一一年に宝島社文庫から刊行された。

「バイバイドビュッシー」「災厄の季節」が二作とも最終候補に残ったのは、前者が音楽青春ミステリ、後者が猟奇的なサイコ・サスペンスと傾向が全く違っていて比較が難しく、しかもどちらも高水準な出来だったからだが、極度の結末の意外性を志向している点は両作品に共通している。また『魔女は甦る』も、二〇一一年に幻冬舎から刊行された。どちらかといえば『連続殺人鬼カエル男』に連なる猟奇路線ながら、よりホラー度が高いダークな作風だけれども、これまた結末の意外性が印象的な作品である。

ここからは、著者がミステリの醍醐《だいご》味《み》はどんでん返しにありと考えるタイプの書き手であることが窺《うかが》える。実際、『さよならドビュッシー』の探偵役であるピアニスト・岬洋介が再登場する音楽ミステリ『おやすみラフマニノフ』（二〇一〇年、宝島社）も、弁護士・御子《みこ》柴礼司《しばれいじ》が登場する『贖罪の奏鳴曲《ソナタ》』（二〇一一年、講談社）も、作品の傾向や印象こそ異なるとはいえ、やはりサプライズを重視した作品なのである。

さて、これらの作品はいずれも長篇なので、現時点で著者の短篇集は、二〇一一年十月に宝島社から刊行された、本書『さよならドビュッシー前奏曲《プレリュード》　要介護探偵の事件簿』（単行本版のタイトルは『要介護探偵の事件簿』）一冊のみということになる。

それにしても、『さよならドビュッシー』を先に読んでいたひとなら、誰もが本書の設定に仰天したに違いない。というのも、この連作短篇集の探偵役を務めるのは、『さよならドビュッシー』のヒロインの祖父で、物語の早い段階で退場してしまう香月玄太《こうづきげんた》郎《ろう》なのだ。あのようなかたちで退場したキャラクターが探偵役として再登場するという例はなかなか思いつかない。

香月玄太郎は、一代で財産を築いた名古屋有数の資産家である。発言にブレのない人格者とも鬼畜の如《ごと》き拝金主義者とも評される傑物だが、その人柄の一番の特色は、怒りを腹にため込んでおけず、相手が誰だろうが容赦なく罵倒することだ。といっても、彼の怒りは専ら、部署が異なるからと責任逃れに汲々《きゅうきゅう》とする警察官など、自分が果たすべき役割を果たさない不誠実な人間に向けられる。暴君的存在ではあるが、彼なりに筋を通してはいるのだ。そんな彼も七十歳にして脳梗塞で倒れ、下半身が不自由となって車椅子生活を送る身となったものの、口の悪さや気の強さは相変わらずだ。

ミステリの世界には、アームチェア・デティクティヴ（安楽椅子探偵）と呼ばれるタイプの名探偵がいる。彼らは実際に犯罪の現場を訪れることなく、与えられた情報だけから真相を推理してみせる。安楽椅子ならぬ車椅子を常用する玄太郎も、さぞかしこのタイプの探偵なのだろう……などと思ったら大間違い。彼は介護者である綴喜《つづき》みち子の付き添いのもと、自ら犯罪の現場に出向いて調査するのだ。警察上層部にコネがある玄太郎ならば、一般人でありながら現場に立ち入るという無茶なごり押しも可能なのである。

では、彼が解決した事件とはどのようなものなのか。まず「要介護探偵の冒険」（「別冊宝島一七一一『このミステリーがすごい！』大賞STORIES」所収、二〇一〇年十二月）は、玄太郎の店子だった建築士の変死事件を扱っている。死因は絞殺だが、現場は完全な密室状態。殺人が起こった家は忌避物件となり、周囲の敷地も買い手がつかなくなって値崩れするので、どうあっても一カ月で事件を解決せよ――と警察幹部に命じる玄太郎。しかし、頼りない警察に一任しておけるような彼ではない。みち子とともに現場に赴き、事件の手掛かりを捜しはじめる。

メインの密室トリックの発想自体には先例がないわけではない。だが、このトリックの実現可能性をこれほどまで綿密に検討し、更にアリバイ崩しなどの要素とも組み合わせたのは明らかに著者のオリジナリティ溢《あふ》れる発想だ。本格ミステリ作家としての中山七里の凄腕《すごうで》ぶりを堪能できる傑作である。

「要介護探偵の生還」（別冊宝島一七四九『このミステリーがすごい！』大賞作家書き下ろしオール・ミステリー二〇一一年五月）は、時系列で言えば本書の中で一番最初の話ということになる。それまで元気だった玄太郎が倒れ、下半身が不自由になったばかりか、両手の指と言語中枢にも後遺症が及んだ。彼は綴喜みち子の介護のもと、リハビリに励みはじめる。だが、玄太郎の病状を知った総会屋の溝呂木《みぞろぎ》は、彼を取締役から解任することを目論んでいた……。

物理的トリックをメインとした「要介護探偵の冒険」とは別の意味で、これまた本格ミステリの醍醐味を味わえる逸品と言えるだろう。一体いつになったら事件が起こるのか、と読者を不思議がらせるような物語だが、予想もしないようなタイミングで暴露される奸計《かんけい》に仰天させられることは確実だ。今まで見ていた光景が一瞬でポジからネガへと反転する衝撃を味わえる作品である。

近所の老人ばかりが襲撃されるという事件に玄太郎が挑むのが「要介護探偵の快走《チェイス》」（『このミステリーがすごい！ 二〇一一年版』所収、二〇一〇年十二月）だ。本気で捜査をしている様子がない警察に腹を立て、車椅子で近所を徘徊《はいかい》し、自ら囮《おとり》となって犯人をおびき寄せようとしたものの、それが功を奏さなかったと知った玄太郎は、小学校の運動会を利用した奇策に打って出る。この思いつきが一体どうやって事件解決に繋《つな》がるのかも読みどころだが、事件の真相がしばらく前にかなり騒がれた社会問題を取り入れている点にも注目したい。本格ミステリとしてきっちり考え抜かれた構成の背景にある、社会の矛盾に対する真摯な眼差しも、本書に通底している隠し味と言える。

ここまでの三作は、事件が発生してから玄太郎が首を突っこむパターンだったけれども、「要介護探偵と四つの署名」（書き下ろし）では初めて玄太郎が最初から事件に巻き込まれる。みち子とともに銀行に立ち寄った彼は、あろうことかその場に乱入してきた四人組の銀行強盗の人質となってしまうのだ。相手が武装した強盗だろうが何だろうが、玄太郎の毒舌はとどまるところを知らないが、相手の強盗も、計画停電を犯行に利用し、支店にある現金よりも更に金額の大きな目標に狙いを定めるほどの知能犯だけに、両者のあいだには激しく火花が散る。サスペンス色の濃い一篇だが、巧みに張りめぐらされた伏線がとびきり意外な結末に収束するあたり、やはり著者ならではの構想と言える。

「要介護探偵の冒険」のラストと繋がっているのが、最終話「要介護探偵最後の挨拶」（書き下ろし）の冒頭である。店子となったピアニストの岬洋介を面接した玄太郎は、彼が若いながらもなかなか非凡な人物であると直感した。そんな折り、玄太郎と旧知の仲である政治家の金丸公望《かねまるきんもち》が自宅で殺害されたという報せ《しら》が届く。死因は毒殺だったが、不可解なことに、自宅に着いてから彼は何も口にしていなかった。公望の趣味であるレコード鑑賞が事件と関係があるのではと考えた玄太郎は、岬に協力を求める。

みち子の立場から描かれていた前四作と異なり、大半が玄太郎の視点で進行する本作では、自らの人生を振り返る彼の、意外にも寂しげな独白が展開される。『さよならドビュッシー』を先に読んでいれば、彼と家族たち、そしてみち子のその後の運命を知っているぶん、寂寥《せきりよう》感は更に増すだろう。しかし、本書の実質的な探偵役が岬洋介であることを思えば、これは名探偵の世代交代の物語であるとも言えるのではないか。玄太郎はこの最後の事件で、自分の今までの生き方や信念は間違っていたのか——という深刻な懐疑に囚われる。だが彼は幸運にも、自らの理解者であると同時に探偵としての資質の継承者でもある、岬という若い逸材との出会いに辛うじて間に合ったのだ。玄太郎はそのことに満足して退場していったに違いない。

それにしても、五篇の中に凡作がひとつもなく、すべてがミステリとして水準以上の出来映えというのは驚くべきことだ。長篇が得意でも短篇が苦手な（あるいはその逆の）作家はいるものだが、著者の場合、これで長篇・短篇いずれにおいても実力派であることが証明された。しかも、『このミステリーがすごい!』大賞歴代受賞者が寄稿したショート・ショート集「10分間ミステリー」（二〇一二年）でも、著者は僅か七ページの掌篇「最後の容疑者」で大どんでん返しの妙技を披露してみせたのだから、どんな長さの小説でもそれに見合ったタイプの意外性を演出できるオールラウンド・プレイヤーとしての地位を確立したと言って良さそうだ。最もサプライズを愛し、最もどんでん返しを得意とするミステリ作家として、中山七里という名前がもっと広く知られることを願ってやまない。

二〇一二年四月

宝島社
文庫

さよならドビュッシー前奏曲　要介護探偵の事件簿
(さよならどびゅっしーぷれりゅーど　ようかいごたんていのじけんぼ)

2012年5月24日　第1刷発行
2021年7月23日　第8刷発行

著　者　中山七里
発行人　蓮見清一
発行所　株式会社 宝島社
〒102-8388　東京都千代田区一番町25番地
電話：営業 03(3234)4621／編集 03(3239)0599
https://tkj.jp

印刷・製本　中央精版印刷株式会社

First published 2011 by Takarajimasha, Inc.
ISBN 978-4-7966-9562-6